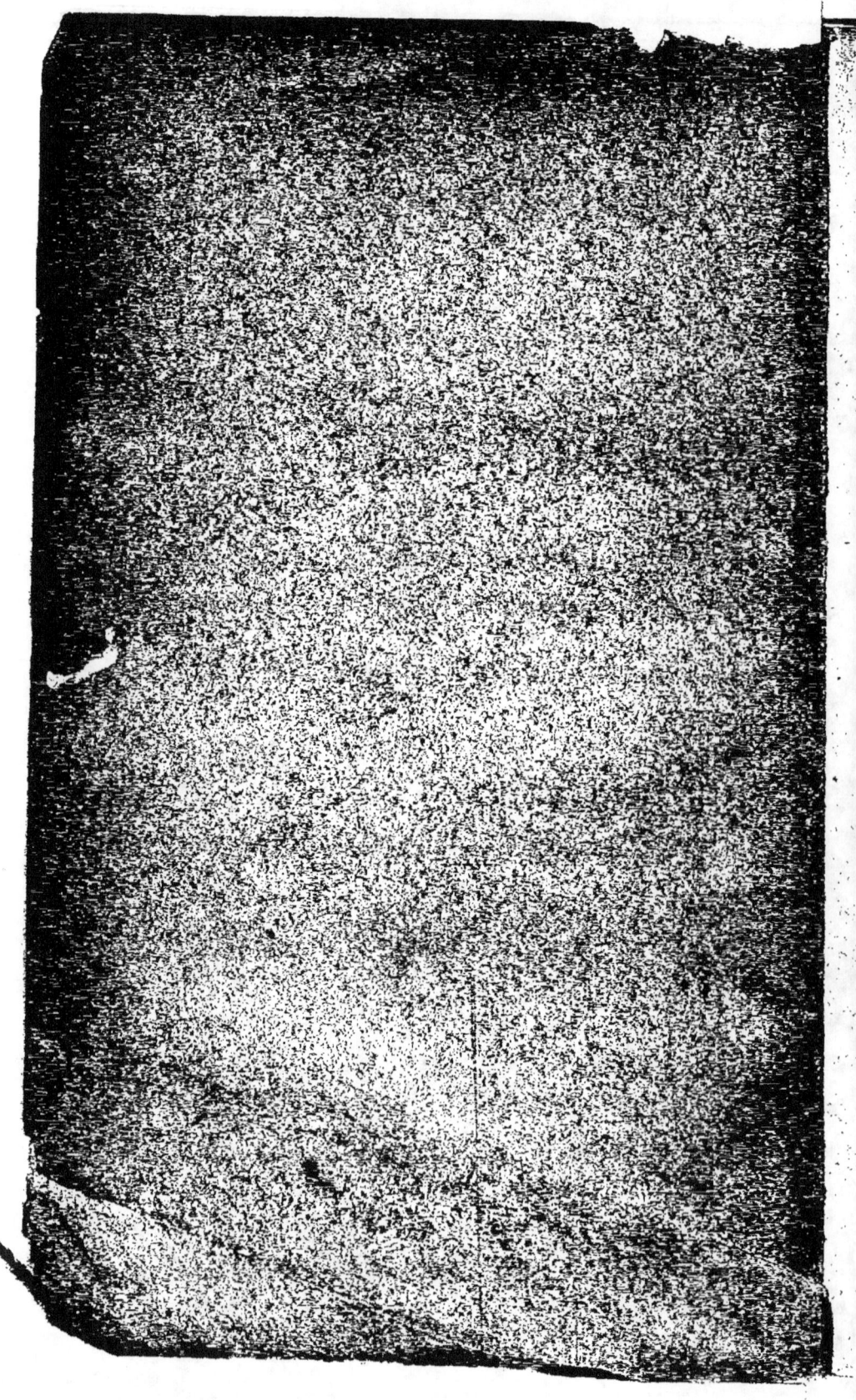

PLUTARQUE

LES GRECS ILLUSTRES

POITIERS. — TYPOGRAPHIE OUDIN ET Cie.

PLUTARQUE D'APRÈS THEUVET
(Bibliothèque nationale).

NOUVELLE BIBLIOTHÈQUE DE L'ENSEIGNEMENT MODERNE

PLUTARQUE

LES

GRECS ILLUSTRES

CHOIX

PAR

J. DE CROZALS

ANCIEN ÉLÈVE DE L'ÉCOLE NORMALE SUPÉRIEURE,
PROFESSEUR A LA FACULTÉ DES LETTRES DE GRENOBLE

Ce volume est orné de gravures et de cartes.
Il contient en appendice un lexique des noms historiques
et géographiques cités dans le texte.
Il répond aux nouveaux programmes
de l'enseignement moderne (classe de sixième).

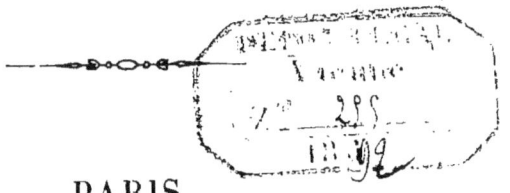

PARIS

LECÈNE, OUDIN ET Cie, ÉDITEURS

17, RUE BONAPARTE, 17

1892

PLUTARQUE

LES GRECS ILLUSTRES

CHOIX.

L'HOMME ET L'ŒUVRE

I

On a remarqué que le biographe de l'antiquité n'a pas de biographie. Une ironie du sort et peut-être une philosophique indifférence de Plutarque lui-même pour les renommées bruyantes nous a envié la connaissance précise et étendue de sa vie. Quelques indications jetées çà et là dans ses écrits sont nos seuls guides certains.

Plutarque naquit à Chéronée, bourgade de Béotie *, vers le milieu du premier siècle de

---

* Les mots marqués d'un astérisque sont l'objet d'une mention au Lexique de la fin du volume.

notre ère. A une époque où Rome fixait les re-
gards du monde, il y avait quelque mérite,
même pour un Grec, à confesser une patrie aussi
humble. Depuis plus d'un siècle, les intérêts et
les plaisirs appelaient à Rome les gens de toutes
les nations ; la curiosité, le besoin de paraître,
le désir de faire fortune y poussait un flot sans
cesse grossissant de vaniteux, d'ambitieux et de
désœuvrés. Des villes municipales, des colonies,
de la terre entière, on y courait, comme au
seul endroit où il fût possible de vivre et de parvenir.

Plutarque échappa à cette tyrannie ; il réserva
à la Grèce, même vaincue et humiliée, la première place dans ses affections ; il mit sa tendresse pour Chéronée dans ce coin du cœur que
ne battent point les caprices de la mode et de la
vanité.

Il se refuse à croire que « pour faire l'homme
heureux, il faille premièrement qu'il soit né en
quelque noble et fameuse cité. » Il lui semble
que « pour goûter la vraie félicité, dont la
source est dans les mœurs et les qualités de
l'âme, il importe peu que l'homme soit né dans
une ville obscure et de peu de renommée, *non
plus que s'il était né d'une mère laide et petite* » (1).

(1) *Vie de Démosthène*, I.

Mot charmant, qui unit d'un même lien ces deux principes tout-puissants des bonnes actions, la patrie et la famille.

Il connut lui-même longtemps la douceur de vivre dans ce cercle étroit de la famille, où la leçon se fait par l'exemple, où le respect de l'imitation et la douce tyrannie de l'habitude continuent la chaîne des vertus domestiques. Du bisaïeul, qui avait vu sur le sol de la Béotie * les effets de la lutte d'Octave et d'Antoine, au petit-fils, une tradition de vie studieuse, calme, réglée par la sagesse, s'était perpétuée dans sa famille. Plutarque était homme fait quand il perdit son aïeul, et marié, quand son père lui fit défaut.

Son âme s'ouvrit et se forma sous l'influence de ces maîtres vénérés, judicieux, mais non moroses. Son aïeul Lamprias, qu'il appelle « le Vieillard », comme on appelait Homère, par une suprême distinction, « le Poète », n'avait jamais l'esprit plus fécond et plus inventif que quand il avait bu. Il se comparait volontiers à l'encens, qui attend l'action du feu pour exhaler ses parfums les plus suaves.

Si son aïeul Lamprias excita de bonne heure la verve de Plutarque adolescent et découvrit à sa curiosité un horizon plus large, son père développa chez lui un jugement droit, la difficile science de la modestie et de la justice. Aux li-

1*

mites de l'âge, Plutarque n'avait pas oublié une
délicate semonce paternelle :

« Il me souvient qu'étant encore bien jeune, je fus
envoyé, avec un autre, en ambassade devers le proconsul, et, ce mien compagnon étant, je ne sais pourquoi, demeuré derrière, j'y allai seul et fis ce que
nous avions commission de faire. A mon retour, lorsque je voulus rendre compte en public et faire le
rapport de ma charge, mon père, se levant seul, me
défendit de dire : *Je suis allé*, mais, *Nous sommes allés* ; ni : *J'ai parlé*, mais *Nous avons parlé*. Il m'ordonna de faire mon récit en associant toujours mon
compagnon à ce que j'avais fait (1). »

Comme la grande affaire de la vie de Plutarque semble avoir été de former en lui-même
un esprit droit et une âme pure, il ne comprenait pas que tous les lieux du monde, même les
plus ignorés, ne fussent pas bons à cette œuvre
de lettré philosophe et de moraliste.

Ainsi se justifie son attachement opiniâtre
pour son village natal où devait s'écouler la plus
grande partie de sa vie.

Cet attachement n'était pas chez lui la manie
d'un esprit borné et sans culture. Plutarque
avait vu le monde ; il avait vécu dans les deux
villes marquées du sceau de la grandeur, Athènes
et Rome, et sur le sol sacré où la culture humaine avait jadis donné ses premiers fruits,

(1) *Préceptes politiques*, 20.

l'Egypte. Son éducation, déjà poussée très loin dans le cercle de la famille, s'était continuée à Delphes *, à l'ombre des grands souvenirs du culte d'Apollon *, puis à Athènes *. Il avait suivi dans cette ville la direction morale d'un maître, Ammonius, dont l'autorité, tempérée par une grâce toute hellénique, laissa sur l'âme du jeune disciple une impression ineffaçable. Il prit peut-être, ou il développa dans ce commerce son goût dominant pour les questions morales ; et en même temps il donna un premier aliment à cette curiosité qui devait se répandre sur tous les sujets et faire de ses œuvres comme un reflet animé de la vie antique. Pendant son séjour à Athènes *, il se lia d'amitié avec un descendant de Thémistocle *, et il vécut dans ce monde des grands souvenirs qu'il devait plus tard évoquer.

Il fit alors le voyage d'Alexandrie * ; puis il se rendit à Rome. C'était sans doute vers le début du règne de Vespasien (1) ; il est probable qu'il y alla d'abord pour suivre quelques affaires intéressant ses compatriotes, comme il l'avait déjà fait dans plusieurs villes de la Grèce.

II

Rome était alors une ville grecque. La culture grecque avait tout transformé de l'ancien esprit

(1) L'empereur Vespasien régna de 70 à 79 ap. J.-C.

romain, comme les immigrants grecs avaient tout envahi. La plupart, faméliques, intrigants et sans scrupules, ils tenaient tous les métiers qui demandent des ressources d'esprit et du savoir-faire. Ils s'étaient disséminés dans les maisons des grands ; au dernier degré comme au plus haut, esclaves ou philosophes favoris, ils régnaient sur les cœurs et gouvernaient les intérêts.

Ceux d'entre eux qui restaient fidèles au culte des lettres triomphaient dans ces exercices d'ostentation et dans ces parades qui, sous le nom de *lectures publiques*, passionnaient alors les esprits et faisaient courir la ville. Il y fallait, pour réussir, une mémoire merveilleusement ornée, du trait, de la présence d'esprit et ce talent des époques de décadence qui relève les riens par la préciosité de l'expression.

Jeune, nourri des poètes, peut-être alors vaniteux comme un jeune homme et un homme de lettres, Plutarque ne pouvait échapper à la contagion de cet exemple. Il fit des lectures, y réussit et se fit sa place parmi les sophistes en renom.

Mais il y avait mieux en lui que l'étoffe d'un charlatan littéraire qui se fait applaudir « en récitant l'éloge du vomissement ou de la fièvre. »

Son âme droite, éprise du bien, ne tarda pas à s'attacher étroitement à la philosophie mo-

rale. Sans s'inféoder à un système, il s'appliqua
surtout à diriger les consciences, à se faire un
collège de disciples qu'il formait à la vertu.

C'était un des besoins les plus vifs d'une
époque travaillée par un secret instinct de régé-
nération morale et dans laquelle le Christianisme agissait déjà par une sourde influence.
Le monde antique à son déclin et le monde moderne à son aurore se rapprochaient par ce qu'ils
avaient de meilleur, dans une commune recherche du bien et dans l'œuvre passionnée du
redressement des consciences. Il ne manqua pas
alors de philosophes païens, véritables confes-
seurs, pour prendre charge d'âmes; on les con-
sultait dans les affaires graves de l'existence;
par leurs conseils, ils ramenaient le calme aux
heures agitées de la vie intérieure, et ils puri-
fiaient le fond troublé de la conscience des derniers fidèles du paganisme.

« La doctrine des philosophes stoïciens a je ne sais
quoi de dangereux pour les natures fortes et vigou-
reuses, qui les induit quelquefois à témérité; mais
quand elle vient à s'imprimer en un naturel grave,
doux et reposé, c'est alors qu'elle montre et produit
ce qu'elle a de bon fruit (1) ».

Le stoïcisme (2) à Rome avait alors traversé

(1) *Vies d'Agis et de Cléomène*, XXV.
(2) Le stoïcisme était une doctrine philosophique et morale, représentée à Rome par Sénèque, l'esclave Épictète,

l'âge tragique; il était dans la période calmée et bienfaisante; il agissait avec plus de douceur sur des naturels reposés, et il portait dans la société découragée de l'Empire des fruits de résignation et de discrète fierté.

Sans se déclarer stoïcien, et en restant fidèle aux doctrines de l'Académie (1), Plutarque paraît avoir eu à Rome, comme prédicateur de morale, son église et ses clients spirituels. Ses Œuvres morales offrent, en maint endroit, des fragments d'exquises homélies; la jeunesse de nos jours ferait bien d'apprendre à son école *comment on doit écouter.*

« Le silence est en toute occasion le plus bel ornement d'un jeune homme, et l'application à bien écouter est le commencement d'une bonne vie. »

Avec cette modestie, parure de leur adolescence, ils supportaient gaiement leur nouveau joug ; car

« cette indépendance que, par l'effet d'une mauvaise éducation, la plupart des jeunes gens prennent pour liberté, dès qu'ils ont pris la robe virile, leur impose des maîtres bien plus durs que ceux qu'ils ont eus dans leur enfance. Les passions brisent les chaînes qui les retenaient captives et deviennent leurs tyrans.

l'empereur Marc-Aurèle ; sa devise était : « *Supporte et abstiens-toi.* »

(1) L'Académie était une doctrine philosophique, dont le représentant le plus illustre à Rome fut Cicéron.

Suivre la raison, c'est obéir à Dieu lui-même. Le passage de l'enfance à l'âge viril est, pour les jeunes gens sensés, non une entière indépendance, mais un changement de maître. Au lieu des instituteurs mercenaires qu'ils avaient eus jusqu'alors, c'est la Raison, ce maître divin, qui devient leur conducteur et leur guide. »

Savoir écouter, c'est encore faire fructifier par le travail intérieur les germes transmis par la parole.

« L'esprit n'est pas comme un vase qu'il ne faille que remplir. Il a plutôt besoin d'un aliment qui l'échauffe, qui donne l'essor à ses facultés, et l'enflamme pour la recherche de la vérité.

« Que diriez-vous d'un homme qui, allant chercher du feu chez son voisin et trouvant le foyer bien garni, y resterait à se chauffer et ne penserait plus à retourner chez lui ? Voilà l'image d'un jeune homme qui, prenant les leçons d'un philosophe, loin de s'appliquer à faire passer dans son âme la chaleur qui sortirait de ses discours, et se bornant au plaisir de l'entendre, se tiendrait tranquillement assis auprès de lui. Il pourrait en rapporter une apparence de savoir, semblable à ce rouge vif dont le feu nous colore ; mais la chaleur de la philosophie ne détruirait point la rouille attachée à son âme, ni sa lumière n'en dissiperait les ténèbres. »

Les écrivains latins contemporains ne nous ont pas laissé de témoignage sur le succès de Plutarque à Rome comme conférencier et prédicateur de morale. Il n'est pas douteux cependant

dant qu'il n'ait été goûté, et le contraire serait
inexplicable. Il compta dans son auditoire des
hommes d'une haute situation ; et dans la douceur de sa retraite de Chéronée il aimait à se
rappeler le trait suivant :

« Un jour que je déclamais à Rome, Rusticus, celui
que Domitien (1) depuis fit mourir, pour l'envie qu'il
portait à sa gloire, y était qui m'écoutait. Au milieu
de la leçon il entra un soldat qui lui bailla une lettre
missive de l'Empereur. Il se fit là un grand silence,
et moi-même fis une pause à mon dire, jusqu'à ce
qu'il l'eût lue. Mais lui ne voulut pas, ni n'ouvrit
point sa lettre, avant que j'eusse achevé mon discours
et que l'assemblée de l'auditoire fût départie (2). »

Comme il n'y a point en Plutarque de vanité,
on peut le croire sur parole, quand il rappelle
l'affluence de ceux qui le hantaient pour apprendre de lui la philosophie. Il eut son heure
de vogue, et comme il avait en outre le souci
des affaires politiques dont il était chargé pour
ses compatriotes, le temps lui manqua pour étudier à fond les lettres latines.

« Pendant que j'étais en Italie, et dedans Rome,
je n'ai pas eu le loisir d'étudier et de m'exerciter en
langue latine ; tellement que bien tard, étant déjà
fort avant au décours de mon âge, j'ai commencé à
prendre en main les livres latins.

(1) L'empereur Domitien régna de 81 à 96 ap. J.-C.
(2) *De la Curiosité*, 15.

« Quant à savoir bien goûter en quoi gît la beauté
de la langue romaine, ou la parler promptement, ou
bien entendre les figures des mots et sentir son harmonie, je pense bien que ce soit une belle chose et
bien délectable ; mais aussi elle requiert un long et
laborieux exercice, convenable à ceux qui ont plus
de loisir que je n'ai, et qui sont encore en âge pour
vaquer à telles gentillesses (1). »

On ne sait ni pour quel motif, ni à quelle
époque Plutarque quitta Rome. Fut-il enveloppé
dans la disgrâce générale des philosophes sous
Domitien ? On peut l'admettre. Dès lors, avec
une secrète joie de se ressaisir et sans regret de
quitter la ville où se concentraient comme en un
foyer tous les rayons épars dans le monde, il
s'enferma à Chéronée pour n'en plus sortir. Est-
il nécessaire de justifier cet effacement volon-
taire ? Il l'est suffisamment par ce mot d'une
sagesse délicieuse : « Moi, qui suis habitant en
une petite ville, je m'y tiens volontiers, de peur
qu'elle ne soit encore plus petite. »

III

Ce n'était point d'ailleurs la retraite d'un
homme lassé, qui prend un avant-goût du grand
repos ou qui cache les blessures d'une vanité
froissée et d'un cœur meurtri. Plutarque était

(1) *Vie de Démosthène*, III.

jeune encore quand il revint à Chéronée, et la
vie parut recommencer pour lui ; car il rattacha
son existence nouvelle au temps de sa jeunesse
par les affections de la famille qu'il retrouvait et
de celle qu'il allait fonder.

Il choisit sa femme, Timoxène, dans une des
plus anciennes familles de Chéronée, et leur
union ne fut qu'une longue chaîne de douces
joies et de tendres sentiments, à peine troublés
par intervalle du retentissement inévitable des
douleurs humaines. La mort de trois jeunes enfants jeta une ombre sur les premières années
de cette union, qu'elle resserra par l'intime communauté des regrets.

« Dans un mariage que l'amour a inspiré, et qu'il
favorise, on commence par proscrire le *mien* et le
tien, comme Platon l'a banni de sa *République* (1). Ce
n'est pas précisément entre amis que tout est commun, mais seulement entre ceux qui, n'étant séparés
que de corps, ne veulent et ne croient plus être deux
personnes, mais une seule, et qui finissent par concevoir l'un pour l'autre ce respect mutuel si nécessaire pour le mariage. »

Dans ce même dialogue sur l'*Amour conjugal*,
Plutarque met dans la bouche de son fils Auto-
bule une charmante anecdote sur les premiers
temps de son mariage :

(1) Titre d'un célèbre dialogue de Platon.

« Mon père, peu de temps après son mariage et bien avant ma naissance, alla à Thespies* pendant la fête, pour y sacrifier à l'Amour, à l'occasion d'un dissentiment qu'il avait eu avec les parents de sa femme ; il y mena ma mère qui devait faire la prière et le sacrifice. Ils passèrent les deux ou trois premiers jours dans la ville ; puis ils se réfugièrent sur l'Hélicon *, et ils prirent leurs quartiers auprès des Muses *. »

Ils revinrent, ajoute Villemain, « avec cette douce paix du cœur que le voyage seul était bien fait pour inspirer ; car l'Amour, dans la gracieuse théologie de l'antiquité, étendait son pouvoir à tous les liens de famille, à tous les sentiments affectueux ; il était même chargé de maintenir dans le monde physique la concorde et l'harmonie. »

Sans doute, les vertus conjugales peuvent s'accorder avec une certaine médiocrité d'esprit ; mais elles ne vont pas avec la sécheresse de cœur et l'égoïsme. Aussi tenons-nous pour suspecte l'anecdote sur les châtiments rigoureux que Plutarque faisait infliger à ses esclaves, et l'insensibilité de bel esprit avec laquelle il y assistait. Nous aimons mieux voir son vivant portrait dans la page suivante :

« Vendre les esclaves et les chasser de la maison après qu'ils sont envieillis à votre service, ni plus ni moins que si c'étaient des bêtes de somme, quand on

en a tiré le service toute leur vie, il me semble que
cela procède d'une par trop rude austérité de nature.
C'est penser que, d'homme à homme, il n'y a point de
plus grande société qui les oblige réciproquement
que celle de l'intérêt. Toutefois, nous voyons que
bonté s'étend plus loin que ne fait *justice,* parce que
nature nous enseigne à user d'équité et de justice
envers les hommes seulement, et de grâce et de bé-
nignité quelquefois jusqu'aux bêtes brutes. Cela procède de la fontaine de douceur et d'humanité, laquelle
ne doit jamais tarir en nous. Car, à la vérité, nourrir
les chevaux usés et rompus au travail en notre
service, et non seulement nourrir les chiens quand
ils sont petits, mais les alimenter et en avoir soin
encore quand ils sont envieillis avec nous, sont
offices convenables à une nature charitable et dé-
bonnaire.

« Il n'est pas raisonnable d'user de choses qui
ont vie et sentiment, tout ainsi que nous ferions
d'un soulier ou de quelque autre ustensile, en
les jetant après qu'elles sont tout usées et rom-
pues de nous avoir servi. Quand ce ne serait pas
pour autre chose que pour nous exercer toujours à
l'humanité, il nous faut accoutumer à être doux et
charitables jusqu'à tels petits et menus offices de
bonté.

« Et quant à moi, je n'aurais jamais le cœur de
vendre le bœuf qui aurait longuement labouré ma
terre, parce qu'il ne pourrait plus travailler à cause
de sa vieillesse, et moins encore un esclave en le
chassant, comme de son pays, du lieu où il aurait
longtemps été nourri, et de la manière de vivre qu'il
aurait de longue main accoutumée, pour un peu
d'argent que j'en pourrais retirer en le vendant,

lorsqu'il serait aussi inutile à celui qui l'achèterait qu'à celui qui le vendrait (1). »

Tel était l'homme dont une douce philosophie morale et un patriotisme toujours agissant remplissaient la vie. C'était pour lui une grande douceur de pouvoir conserver à sa petite patrie une apparence de liberté : aussi mit-il son ambition à remplir à Chéronée tous les emplois municipaux qui pouvaient détourner ses concitoyens de recourir à l'intervention du proconsul ou du préteur. Il pensait, avec Caton*, qu' « un bon citoyen doit consacrer au service du public tous ses soins et ses talents ». Il eût volontiers répondu avec Epaminondas*, nommé à une charge de police par les intrigues de ses ennemis, que « non seulement la place faisait connaître l'homme, mais que l'homme illustrait la place ».

« Moi-même, disait il, je prête à rire aux étrangers qui viennent à Chéronée, lorsqu'ils me voient souvent en public occupé de soins vulgaires, tels que la propreté des rues et l'écoulement des eaux. Mais je me rappelle alors ce que dit Antisthène* à quelqu'un qui s'étonnait qu'il portât de la saumure à travers la place publique : « *Je la porte pour moi.* » Je réponds au contraire à ceux qui me blâment d'aller voir mesurer de la brique, charger de la chaux et des pierres : *Ce n'est pas pour moi que je le fais, c'est pour ma patrie* (2). »

(1) *Vie de Caton*, XI.
(2) *Préceptes d'administration publique.*

Son âme religieuse, attachée à un paganisme
épuré, se plaisait dans l'exercice du sacerdoce
et la pratique des cérémonies. Déjà vieux, il ne
pouvait se résoudre à renoncer à ses charges
diverses, qui étaient pour lui des devoirs à remplir. Il ne voulait pas entendre ceux qui lui disaient : « Plutarque, vous avez assez offert de
sacrifices, assez présidé à nos chœurs et à nos
cérémonies religieuses ; il est temps, à l'âge où
vous êtes, de déposer la couronne et d'abandonner l'oracle (1). » La vieillesse n'est pas dépla-
cée dans l'administration publique ; elle a l'expérience et l'autorité, la tradition et la bienveillance.

Ce bienfaisant vieillard était l'ornement de sa
cité. Son patriotisme studieux lui avait découvert l'histoire de la patrie hellénique ; et, en établissant un parallèle entre les grands hommes
de la Grèce et ceux de Rome, il goûtait la douceur infinie d'une revanche, désormais sous-
traite aux hasards de la fortune, où son âme
fervente se complut jusqu'à la dernière heure.
Il vit venir la mort ; une divinité amie lui en
donna le pressentiment dans un songe ; et il
s'éteignit avec une sagesse résignée, comme un
de ces grands antiques qui lui étaient si
chers (2).

(1) *Si un vieillard doit s'occuper d'administration publique.*
(2) On ne sait exactement ni l'année de la naissance, ni l'an-

IV

A dire vrai, les *OEuvres morales* de Plutarque devraient comprendre toutes ses œuvres ; car il y a dans ses écrits la même unité que dans sa vie, et comme il fut surtout préoccupé de la recherche du bien moral et du souci de fortifier par des exemples sa théorie de la vertu, toutes les productions de son heureux génie sont animées d'un même souffle. Leur lecture produit une parfaite unité d'impression ; et si les *Vies* paraissent former un tout isolé, c'est par une méconnaissance de l'intention qui les dicta. Il eût déplu sans doute à Plutarque de voir détruire ainsi l'harmonie morale de son œuvre, et il convient de la rétablir par la pensée, en songeant que les *Vies* furent la démonstration par l'exemple et la mise en action des préceptes qu'il voulait établir.

Dans ses *OEuvres morales*, « le plus vaste répertoire de faits, de souvenirs et d'idées que nous ait transmis l'antiquité » (1), Plutarque a passé en revue la plupart des états de l'âme, offrant un remède aux passions, une consolation

née de la mort de Plutarque. On hésite, pour établir la date de sa mort, entre les dernières années du règne d'Hadrien (117-138) et les premières du règne d'Antonin (138-161).

(1) Villemain, *Notice sur Plutarque.*

aux douleurs, une récompense à la vertu. Sa
morale n'a pas la raideur de l'école stoïcienne ;
elle se maintient dans la zone moyenne où peuvent atteindre les courages ordinaires.

« Par l'encourageante simplicité de ses préceptes, il met la sagesse à la portée de tout le
monde. Ces âpres sentiers où Sénèque * « poulse »
péniblement le sage, deviennent, chez lui, « des
chemins doux fleurant » qui semblent porter et
faire avancer d'eux-mêmes ceux qui s'y confient ;
il aplanit tous les abords de la vertu. Se laisse-
t-il entraîner par ses exemples à quelque exagé-
ration? C'est une surprise et comme une trahison de sa mémoire, contre laquelle son rare esprit pratique réagit aussitôt. Le bon sens est sa
règle. Cette loi morale du retour sur soi-même
dont le stoïcisme se fait honneur, lui aussi, il la
recommande. Un de ses meilleurs traités a pour
objet de faire apprécier par lui-même au jeune
homme qui est entré dans le chemin de la vertu
chacun de ses progrès. Mais, tandis que les plus
fermes courages sont exposés à fléchir sous
l'examen que le stoïcisme impose à la conscience, avec quel tact et quelle mesure Plutarque en manie les délicats ressorts !

« Enfin, si mesurées que soient toujours les
leçons de Plutarque, jamais il ne les impose.
Nous sommes tous plus ou moins comme le
Grand Roi : nous voulons bien prendre notre

part du sermon, nous n'aimons pas qu'on nous la fasse ; nous n'aimons même pas, disciples en cela de Montaigne *, « qu'on nous plante les choses évidentes comme infaillibles. » Plutarque avertit, conseille, recommande, il ne parle point d'autorité ; et si, çà et là, il se cite en exemple, comment ne pas écouter un homme qui vous dit, moins souvent encore qu'il n'aurait le droit de le dire : « Ce que je vous invite à faire, je l'ai fait ; fermez mes livres, et ouvrez ma vie (1). »

On chercherait vainement dans ses divers traités une trace de l'influence chrétienne, et ce n'est pas une des moindres surprises du lecteur. La Grèce avait été touchée des premiers rayons de la religion nouvelle ; à Rome, les persécutions seules devaient suffire à provoquer l'attention d'un esprit curieux ; et Alexandrie *, où Plutarque adolescent avait reçu les leçons d'Ammonius, était un des foyers de ce nouveau mouvement religieux. Les occasions ne durent donc pas manquer à Plutarque de connaître le christianisme ; mais, comme s'il s'y fût volontairement dérobé, il n'en usa point.

Aussi bien faut-il chercher, dans les dispositions mêmes de son esprit, l'explication de cet aveuglement sur le plus grand phénomène mo-

(1) Gréard, *La morale de Plutarque,* ch. III, p. 384.

ral de son temps. Par son éducation philosophique, son culte pour les traditions de la Grèce
libre, son patriotisme politique, littéraire et
religieux, Plutarque était, avant toutes choses,
un homme d'autrefois. Son regard était fixé sur
le passé ; son cœur cherchait dans le seul
monde des souvenirs, des sujets d'attachement
et des objets de tendresse. Comme il aimait d'une
foi sincère ces dieux expirants qu'il voyait
encore dans leur toute-puissance de l'âge héroïque, il ne connut jamais cette incertitude d'un
esprit que le doute a effleuré. L'habitude entretint et fortifia chez lui ce que le respect avait
commencé. Prêtre d'Apollon * Pythien, sa vie
quotidienne était mêlée à la vie même des dieux
du polythéisme, et il se trouva ainsi un des re-
présentants les plus dignes de respect et les plus
sincères de cette restauration païenne qui marque le temps où il vécut. « Il aime à voir fumer
l'encens, à diriger les chœurs aux robes blan-
ches, à encourager les jeux sacrés, à distribuer
les couronnes. Ces visites qu'il reçoit, ces discours qu'il tient sous les portiques du temple
d'Apollon *, enchantent son imagination, eni-
vrent son cœur. Les pieux souvenirs qui débor-
dent de sa mémoire reconstituent, pour ainsi
dire, au pied des autels qu'il sert, tout l'appareil
des solennités antiques. S'il est dans les devoirs
du sacerdoce des moments fatigants et pénibles,

il en est, disait-il, de si doux ! Le charme qu'il trouvait à les remplir avait fini par intéresser sa vie ; l'administration du dieu de Delphes* était devenue la compagne inséparable et nécessaire de sa vieillesse ; la mort seule put l'en détacher (1). »

V

Les critiques qui se sont plu à exalter ou à diminuer le mérite de Plutarque comme historien l'eussent fort surpris en lui faisant une place dans ce chœur d'élite des écrivains. Historien ! à l'entendre lui-même, il ne l'est point ; il se défend de prétendre à cet honneur avec une modestie qui n'est point feinte, et il a soin de désarmer l'envie en donnant la juste mesure de ses prétentions.

Quand il écrit la vie de Nicias *, il s'expose à toucher à des événements racontés par Thucydide* ; et, dès les premiers mots, il entend bien que les distances soient gardées. Il n'imitera pas Timée de Tauroménium qui, voulant rivaliser d'éloquence avec Thucydide, s'est jeté au beau milieu des sujets traités par le grand écrivain, combats de terre, batailles navales, harangues publiques. Mais,

« ne lui déplaise, Timée n'approche pas plus de Thu-

(1) Gréard, *ouvrage cité*, p. 321.

cydide que ne ferait un homme à pied d'un char de
Lydie *. Il se fait lui-même connaître véritable ap-
prenti, homme de peu de jugement. Quant à moi, il
m'est avis que généralement toute cette contention et
ambitieuse jalousie de tâcher à écrire mieux que les
autres est chose basse et qui sent son écolier dispu-
tatif ; mais quand encore elle s'adresse à vouloir combattre ce qui est si excellent qu'on ne peut l'imiter,
alors il me semble une véritable folie (1). »

Il n'entre donc pas dans sa pensée de traiter
la grande histoire, de faire une narration conti-
nue où se mêle la philosophie des événements
et de rivaliser avec les maîtres. Il a été conduit
à toucher aux grands personnages historiques
par son constant souci des choses morales.
Pour lui, l'histoire n'est pas seulement un instrument de politique et une école de gouvernement. En gardant, comme le plus précieux des
dépôts, le souvenir des hauts faits des aïeux,
elle présente aux jeunes générations le parfait
exemplaire des vertus qui doivent continuer la
grandeur de la patrie et fortifier sa puissance.
C'est une école de patriotisme ; mais il faut en
même temps saluer en elle un auxiliaire tout-
puissant de la morale ; elle est véritablement la
maîtresse de la vie, et elle fournit à l'édification
publique des modèles et des leçons des vertus.

---

(1) On appelle polythéisme tout système religieux qui admet la pluralité des dieux. Les religions de la Grèce et de Rome
étaient des religions polythéistes.

Son action bienfaisante doit se faire sentir jusque dans le détail de la vie individuelle qu'elle anime et qu'elle dirige.

« Je regarde dans l'histoire comme dedans un miroir, tâchant à arranger ma vie et la former au moule des vertus de ces grands personnages. Cette façon de rechercher leurs mœurs et écrire leurs vies me semble proprement un commerce habituel et familier avec eux. M'est avis que je les loge tous chez moi les uns après les autres, quand je contemple ce qu'ils ont eu de grand et ce qu'ils étaient (1). »

« Les effets de la vertu, quand on les entend ou qu'on les lit, impriment ès cœurs une affection et un zèle de les suivre. La vertu a cette force qu'elle incite la volonté de l'homme qui la considère à vouloir sur-le-champ l'exercer ; elle engendre en son cœur une envie de la mettre à exécution, formant les mœurs de celui qui la contemple. C'est pourquoi j'ai estimé que je devais mettre par écrit les Vies des hommes illustres (2). »

Aussi ne s'applique-t-il pas à tout raconter ; il lui importe peu d'exposer amplement et en détail chaque événement, même toutes les actions mémorables. Il ne s'engage à fournir qu'un sommaire des grands faits, et, dans le détail des faits insignifiants, il ne se pique pas d'une exactitude absolue.

Il faut en convenir, la manière de Plutarque

(1) *Vie de Nicias*, I.
(2) *Vie de Paul-Émile*, I.
(3) *Vie de Périclès*, I.

1***

exposait à un péril inattendu. La morale ne va point nécessairement avec l'agrément ; les traités de morale en action ne valurent jamais à leurs auteurs un brevet de génie, et la monotonie est leur moindre défaut. A célébrer toujours la vertu, on court risque de lasser les plus complaisants, et le bien tout nu qu'on admire dans la vie ennuie parfois dans un livre.

Il y a un art de présenter la morale et de la faire agréer de tous : il consiste à la déguiser si habilement sous le tissu vivant des faits qu'elle passe inaperçue et sans éveiller de défiance. A la faveur des exemples, elle s'insinue par un chemin rapide et sûr. Encore faut-il que le modèle proposé intéresse à d'autres titres : plus il aura tous les caractères de la vie, plus il séduira par l'irrésistible attrait de sa ressemblance avec l'homme réel, et plus la contagion de l'exemple sera puissante.

Plutarque est un admirable précepteur de morale, parce qu'il n'endoctrine jamais. Il se dégage de ses *Vies* un parfum de bonnes actions qui agit sur le lecteur plus que de longs conseils. Plutarque incline les cœurs à la vertu en faisant connaître et admirer des gens vertueux ; il les fait aimer parce qu'il nous initie au secret de leur vie familière, qu'il nous admet dans leur commerce, qu'il fait de nous leurs intimes et leurs confidents.

C'est le trait original et tout à fait personnel de sa méthode.

« Les plus hauts et les plus glorieux exploits ne sont pas toujours ceux qui montrent mieux le vice ou la vertu de l'homme; mais bien souvent une légère chose, une parole ou un jeu, mettent plus clairement en évidence le naturel des personnes et bien mieux que ne font des défaites où il sera demeuré dix mille hommes morts, ni les grosses batailles, ni les prises des villes par siège ou par assaut (1). »

Pour nous intéresser aux personnages qu'il offre en exemple, il veut avant tout les faire ressemblants et vivants. Alors seulement ces ombres s'animeront dans notre imagination; prenant place dans la galerie de ceux que nous avons connus et aimés, elles se mêleront à notre vie individuelle, et, par une sorte de présence mystérieuse, elles domineront nos pensées et nos actes.

Aussi Plutarque laisse-t-il volontiers à d'autres les grands événements, les guerres et les batailles. Il n'a souci que de découvrir et de présenter l'homme intérieur, de fixer les traits par lesquels il se trahit au regard et se distingue de tout ce qui n'est pas lui.

« Tout ainsi comme les peintres qui portraient au vif, recherchent les semblances seulement ou prin-

(1) *Vie d'Alexandre*, I.

cipalement en la face et aux traits du visage, èsquels se voit comme une image empreinte des mœurs et du naturel des hommes, sans guère se soucier des autres parties du corps ; aussi nous doit-on concéder que nous allions principalement recherchant les signes de l'âme ; et par là formant un portrait au naturel de la vie et des mœurs d'un chacun (1). »

Il n'a pas la prétention d'écrire une *Histoire*, mais des *Vies* seulement : il revient maintes fois sur cette distinction, qui rassure sa modestie et donne carrière à son investigation morale. Jean-Jacques Rousseau * est bien entré dans l'esprit de Plutarque quand il a écrit (2) :

« L'histoire montre bien plus les actions que les hommes, parce qu'elle ne saisit ceux-ci que dans certains moments choisis, dans leurs vêtements de parade. Elle n'expose que l'homme public qui s'est arrangé pour être vu ; elle ne le suit point dans sa maison, dans son cabinet, dans sa famille, au milieu de ses amis; elle ne le peint que quand il représente ; c'est bien plus son habit que sa personne qu'elle peint.

« La lecture des Vies particulières est excellente pour commencer l'étude du cœur humain; car alors l'homme a beau se dérober, l'historien le poursuit partout; il ne lui laisse aucun moment de relâche, aucun recoin pour éviter l'œil

(1) *Vie d'Alexandre*, 1.
(2) *Émile*, livre IV.

perçant du spectateur, et c'est quand l'un croit
le mieux se cacher que l'autre le fait mieux connaître. »

— « Ceux, dit Montaigne *, qui écrivent des
Vies, d'autant qu'ils s'amusent plus aux conseils
qu'aux événements, plus à ce qui part du dedans
qu'à ce qui arrive au dehors, ceux-là me sont
plus propres: voilà pourquoi, en toutes sortes,
c'est mon homme que Plutarque. »

Rousseau * fait remarquer que l'habitude de la
représentation, plus grande chez les modernes
que chez les anciens, et une plus grande réserve
dans les actes et les paroles, rendent plus précieux encore le procédé d'analyse de Plutarque,
son habileté à dépouiller le personnage des dra-
peries de théâtre, et à saisir l'homme dans
l'acteur.

« Plutarque excelle par ces mêmes détails
dans lesquels nous n'osons plus entrer. Il a une
grâce inimitable à peindre les grands hommes
dans les petites choses, et il est si heureux dans
le choix de ses traits, que souvent un mot, un
sourire, un geste lui suffit pour caractériser son
héros. Avec un mot plaisant, Annibal * rassure son
armée effrayée et la fait marcher en riant à la
bataille qui lui livra l'Italie; Agésilas * à cheval
sur un bâton me fait aimer le vainqueur du Grand
Roi ; César * traversant un pauvre village et cau-
sant avec ses amis, décèle, sans y penser, le

fourbe qui disait ne vouloir qu'être l'égal de
Pompée*; Alexandre avale une médecine et ne dit
pas un seul mot: c'est le plus beau moment de
sa vie; Aristide* écrit son propre nom sur une coquille et justifie ainsi son surnom; Philopœmen*,
le manteau bas, coupe du bois dans la cuisine de
son hôte. Voilà le véritable art de peindre. La
physionomie ne se montre pas dans les grands
traits, ni le caractère dans les grandes actions :
c'est dans les bagatelles que le naturel se découvre.

« Un des plus grands hommes du siècle dernier fut incontestablement M. de Turenne*. On a
eu le courage de rendre sa vie intéressante par
de petits détails qui le font connaître et aimer.
Je n'en citerai qu'un, que je tiens de bon lieu,
et que Plutarque n'eût eu garde d'omettre.

« Un jour d'été qu'il faisait fort chaud, le vicomte de Turenne, en petite veste blanche et en
bonnet, était à la fenêtre de son antichambre: un
de ses gens survient, et, trompé par l'habillement,
le prend pour un aide de cuisine avec lequel ce
domestique était familier. Il s'approche doucement par derrière, et, d'une main qui n'était pas
légère, lui applique un grand coup sur le dos.
L'homme frappé se retourne à l'instant. Le valet
voit en frémissant le visage de son maître. Il se
jette à genoux tout éperdu : « *Monseigneur, j'ai
cru que c'était George... — Et quand c'eût été*

George, s'écrie Turenne en se frottant le dos, *il ne fallait pas frapper si fort.* »

Il aurait bien du charme, un Plutarque français, où tous les grands hommes de notre histoire découvriraient ainsi leur naturel par des traits soudains et des paroles familières! L'antiquité a eu la bonne fortune d'être ainsi traitée par un maître dans le choix et l'arrangement de ces matériaux humains.

On en verra, dans ce volume, plus d'un exemple.

Il ne s'agit point ici de montrer toute l'œuvre historique de Plutarque, mais d'en offrir quelques aspects. Nous n'avons pas voulu dispenser le lecteur de lire Plutarque; nous voudrions au contraire l'incliner à lier commerce avec lui. Dante*, descendant aux enfers, prit Virgile* pour guide; si elle veut remonter et vivre dans la double antiquité, notre mère, la jeunesse de notre époque prendra Plutarque et ne s'égarera point avec lui.

Nous finirons en disant avec Amyot*: « Theodorus Gaza, personnage grec d'érudition singulière et digne de l'ancienne Grèce, étant quelquefois enquis par des familiers amis, quel auteur il choisirait entre tous s'il était réduit à n'en pouvoir retenir qu'un seul, il répondit qu'il élirait Plutarque, parce que, tout compris, il n'y en a pas un qui soit si profitable et si délectable ensemble à lire que lui. »

CHAPITRE PREMIER

LA GRÈCE HÉROIQUE

THÉSÉE

La vie de Thésée appartient à la légende plus qu'à l'histoire. Plutarque se plaît à promener le lecteur dans le dédale de ces vivantes fictions primitives, au seuil de ces temps enchantés où le divin et l'humain se mêlaient. Thésée est une réduction d'Héraclès*. Il rayonne, comme une puissance tutélaire, au sommet de l'histoire d'Athènes.

Thésée descendait par Egée (1), son père, de l'ancien Erechthée et des premiers habitants de l'Attique.

Il naquit à Trézène*; mais jusqu'à l'âge d'homme

(1) On s'accorde à placer le règne d'Egée vers le XIVe siècle avant l'ère chrétienne.

il resta ignoré de son père. La reconnaissance du père et du fils ne devait avoir lieu que plus tard, pour satisfaire aux ordres du Destin.

I

Thésée émule d'Héraclès ; ses premiers travaux.

Æthra (1), mère de Thésée, lui laissa toujours ignorer sa véritable origine, et Pitthée, son aïeul maternel, fit courir le bruit qu'il était fils de Poséidôn, car les Trézéniens adorent particulièrement ce dieu : c'est le protecteur de leur ville ; ils lui consacrent les premiers de leurs fruits, et son trident est la marque de leur monnaie.

Dès que Thésée fut parvenu à l'adolescence, et qu'il eut montré qu'il joignait la force du corps, le courage et la grandeur d'âme avec la prudence et la fermeté, sa mère le mena près d'une grosse pierre sous laquelle Egée avait caché autrefois une épée et des chaussures ; ce devaient être les signes de reconnaissance entre le père et le fils si celui-ci pouvait soulever le bloc sous lequel ils étaient cachés. Æthra lui ordonna de tirer les signes que son père y avait cachés, et d'aller le trouver à Athènes par mer. Thésée leva facilement la pierre ; mais, malgré les instances de sa mère et de son aïeul, il refusa de

---

(1) C'est sur l'ordre d'un oracle qu'Egée, n'ayant pas d'enfant, avait demandé Æthra, fille de Pitthée, roi de Trézène, dont il eut Thésée.

s'embarquer, quoique la route par mer fût la plus
sûre. Il était très dangereux d'aller par terre à
Athènes, car les chemins étaient infestés par des brigands ; et ce siècle-là portait des hommes d'une taille
prodigieuse, et infatigables dans les plus grands
travaux ; des hommes qui en courage, en force et en
vitesse, surpassaient tous les autres, et qui, bien loin
d'employer les dons de la nature à des choses honnêtes et utiles, prenaient plaisir à commettre toutes
sortes d'outrages et d'injustices, et faisaient consister
tout le fruit qu'ils pouvaient tirer de leur supériorité,
à assouvir leur cruauté, et à soumettre, à forcer,
à détruire tout ce qui tombait entre leurs mains.

Pitthée ne négligea rien pour faire changer de dessein à Thésée, et pour le décider à aller par mer.
Mais il y avait longtemps que la gloire et la vertu
d'Héraclès* lui avaient secrètement enflammé le courage. Il n'estimait rien au prix de ce héros, et était
toujours prêt à écouter ceux qui lui racontaient quel
personnage c'était, et surtout ceux qui l'avaient vu,
et qui pouvaient lui apprendre quelque particularité
de sa vie, dont ils eussent été les témoins. Alors on
voyait manifestement qu'il souffrait les mêmes agi-
tations et le même travail d'esprit que souffrit, longtemps après lui, Thémistocle *, quand il dit que les
trophées de Miltiade* ne le laissaient point dormir.
Aussi l'admiration que lui donnait la vertu d'Héraclès*
faisait que ses actions lui revenaient la nuit en
songe, et qu'elles le piquaient le jour d'une noble
émulation, et excitaient en lui un violent désir de
l'imiter.

La parenté qui était entre eux augmentait encore
sa jalousie ; car ils étaient fils de deux cousines ger-
maines, sa mère Æthra étant fille de Pitthée, et
Alcmène, fille de Lysidice. Or, Lysidice et Pitthée

étaient tous deux enfants d'Hippodamie et de Pélops*(1).
Il trouvait donc que ce serait une chose honteuse et
insupportable, qu'Héraclès eût cherché par tout le
monde les brigands, qu'il en eût purgé la terre et la
mer, et que pour lui il évitât même ceux qui se présentaient sur son chemin ; que, par ce lâche embar-
quement, il déshonorât la mémoire de celui que le
bruit public faisait passer pour son père, et qu'il ne
portât à son véritable père, pour tout signe de reconnaissance, que la chaussure et une épée qui n'aurait pas encore été teinte de sang. Il se mit en chemin, résolu de n'attaquer personne, mais de repousser courageusement tous les outrages et toutes les
violences.

Comme il passait par les terres d'Epidaure *, Péri-
phate, qui avait une massue pour arme, et qui était
appelé le *Porteur de massue*, eut l'insolence de porter
la main sur lui et de l'arrêter. Thésée le combattit
et le tua ; et ravi d'avoir gagné cette massue, il la
porta toujours, comme Héraclès porta la peau du
lion de Némée (2).

(1) Voici, d'après Plutarque, le tableau de cette parenté :

PÉLOPS,
fils de Tantale,
épouse Hippodamie, fille d'Œnomaüs,
roi de Pise en Elide

LYSIDICE	PITTHÉE
ép. Electryon,	
roi de Mycènes.	
Alcmène,	Æthra,
mère d'Héraclès.	mère de Thésée.

(2) Allusion au premier des douze travaux d'Héraclès. La
vallée de Némée (Argolide) était désolée par un lion monstrueux. Héraclès en délivra le pays, et revint à Tirynthe, portant le lion mort sur ses épaules.

De là, traversant l'isthme de Corinthe, il punit Synnis, le *ployeur de pins*, de la même manière dont ce géant avait fait mourir plusieurs passants (1).

Près des frontières de Mégare*, il défit Scyron, et le précipita du haut des rochers dans la mer, suivant l'opinion commune, parce qu'il détroussait les passants, ou, selon d'autres, parce que, par une insolence et par un orgueil insupportables, il présentait ses pieds aux étrangers, leur ordonnait de les lui laver, et pendant qu'ils le faisaient, il les poussait, et les précipitait du haut de ces rochers.

De là, arrivant à Hermione*, il fit mourir le géant Damaste, qu'on appelait *Procruste*, en l'obligeant de s'égaler à la mesure de ses lits, comme il forçait lui-même ses hôtes. Thésée imitait en cela Héraclès, qui punissait ceux qui l'attaquaient du même genre de mort qu'ils lui avaient préparé.

Lorsque Thésée entra dans Athènes*, il trouva cette ville pleine de troubles et de discussions, et la famille royale en particulier dans un très grand désordre.

Médée*, qui dominait le vieux roi, et qui n'en avait pas d'enfant, avertie de l'arrivée de Thésée et de ses desseins, persuada à Egée d'empoisonner l'étranger dans un banquet qui lui serait offert. On alla donc de sa part inviter Thésée. Quand il fut dans la salle, il ne jugea pas à propos de déclarer qui il était; mais, voulant donner occasion à son père de commencer cette reconnaissance, dès qu'on eut servi,

(1) Quand ce géant avait vaincu quelqu'un, il courbait deux pins, attachait à chacun un bras et une jambe du malheureux et lâchait en même temps ces arbres, qui emportaient les membres qu'on y avait attachés. Pausanias écrit que, de son temps, sous le règne d'Hadrien, on voyait encore un de ces pins près du rivage.

il tira son épée comme pour couper les viandes. Egée,
reconnaissant aussitôt cette épée, renversa d'abord
la coupe où était le poison, fit ensuite beaucoup de
questions à Thésée, et, après l'avoir embrassé, il convoqua sur-le-champ une assemblée générale, où il
reconnut son fils devant tous les Athéniens, qui le
reçurent avec une très grande joie à cause de sa valeur. (*Vie de Thésée*, vi à xiv.)

I

Thésée et le Minotaure. — Athènes s'affranchit du joug de la Crète.

Quelque temps après, arrivèrent à Athènes les
ambassadeurs de Minos *, roi de Crète, qui venaient,
pour la troisième fois, demander le tribut qu'on avait
coutume de lui payer pour la mort de son fils ; car
Androgéos (1) ayant été tué en trahison dans l'Attique,
Minos y porta le fer et le feu ; et les dieux, d'accord
avec lui pour venger ce meurtre, désolèrent tout le
pays par la peste et par la stérilité, et firent tarir les
rivières.

Les Athéniens, accablés de tous ces fléaux, eurent
recours à l'oracle d'Apollon *, qui leur répondit
qu'ils ne trouveraient la fin de leurs misères, et que
le ciel ne serait apaisé que quand ils auraient fait à
Minos la satisfaction qu'il exigerait. Ils envoyèrent
donc en Crète * des ambassadeurs en état de sup-

---

(1) La légende veut qu'Androgéos, ayant vaincu tous ses
concurrents aux jeux des Panathénées, à Athènes, fut mis à
mort sur l'ordre d'Egée, jaloux de sa gloire.

pliants, pour lui demander la paix. Minos la leur
accorda, à condition que de neuf en neuf ans ils lui
enverraient un tribut de sept jeunes hommes, et
d'autant de filles. Pour rendre cette histoire plus
tragique, la fable y ajoute que ces enfants étaient
dévorés par le Minotaure, ou qu'enfermés dans le
Labyrinthe dont ils ne pouvaient trouver l'issue, ils y
mouraient de faim.

Pour le Minotaure, c'était, dit Euripide *, « un
« mélange horrible, un monstre affreux, moitié
« homme et moitié taureau ». Suivant d'autres, ce
Labyrinthe était simplement une prison, où l'on
n'avait d'autre mal que d'être sûrement gardé.

Minos *, pour honorer la mémoire de son fils, avait
établi des jeux où les vainqueurs recevaient, pour
prix de leur adresse, ces enfants qui étaient gardés
dans ce labyrinthe; enfin le premier vainqueur dans
ces jeux fut un des principaux de sa cour et le général
de ses armées, nommé *Taurus*, homme rude et bru-
tal, qui traitait les Athéniens captifs avec beaucoup
de cruauté et d'orgueil.

Le temps du troisième tribut étant arrivé, les
pères qui avaient des enfants encore jeunes, se voyant
contraints de les livrer pour le fatal tirage au sort,
murmurèrent contre Egée. Ils se plaignaient ouvertement qu'étant seul la cause du mal, il fût le seul
qui n'eût point de part au châtiment. Ces plaintes
touchaient très sensiblement Thésée, qui, reconnaissant qu'il était juste de courir la même fortune que
ses sujets, s'offrit volontairement lui-même, sans
vouloir tenter la faveur du sort. Cette générosité
remplit d'admiration tout le monde; et l'on fut
charmé de voir qu'il s'égalât lui-même au peuple, et
qu'il eût des sentiments, non de roi, mais de citoyen.
Egée fit tous ses efforts pour l'en détourner; mais,

voyant qu'il ne pouvait le persuader, et qu'il était inébranlable à ses prières et à ses remontrances, il tira les autres enfants au sort.

Comme il n'y avait aucune espérance que ces enfants pussent se sauver, le vaisseau qu'on envoyait avait toujours des voiles noires, pour marquer qu'ils allaient à un danger évident et certain. Thésée sut si bien rassurer son père, par les grandes promesses qu'il lui fit de tuer le Minotaure, que, déjà plein d'espérance, Egée donna au pilote une voile blanche, et lui enjoignit très expressément de la mettre à son retour, si son fils était sauvé, sinon de revenir avec la noire qui apprendrait de loin son malheur. Après le tirage au sort, Thésée prit les enfants désignés, descendit du Prytanée (1), alla dans le temple delphinien, offrir pour eux à Apollon la branche des suppliants, rameau de l'olivier sacré, tout entouré de bandelettes de laine blanche. Après avoir prié, il s'embarqua.

Plusieurs historiens, d'accord avec les poètes, écrivent que sitôt qu'il fut arrivé en Crète, Ariadne*, qui avait conçu pour lui de l'amour, lui donna un peloton de fil, et lui enseigna comment avec ce secours il pourrait se tirer aisément de tous les détours du Labyrinthe; qu'il tua le Minotaure, qu'il enleva Ariadne, et l'emmena à Athènes avec tous les jeunes enfants qu'il avait conduits en Crète.

Suivant d'autres, Minos ayant annoncé des jeux en l'honneur de son fils, personne ne douta que Taurus ne remportât la victoire comme les autres fois, et que cette idée excitât contre lui une envie furieuse; car sa grande puissance était à charge à tout le monde à

(1) Palais où siégeaient les magistrats appelés *Prytanes.* C'est là que l'on gardait le feu sacré.

cause de son méchant naturel. Aussi Thésée ayant
demandé la permission de le combattre, Minos * la lui
accorda volontiers; et comme c'est la coutume en
Crète * que les femmes assistent aux spectacles,
Ariadne *, qui était présente à ces jeux, fut frappée de
la beauté et de la bonne mine de cet étranger, et
remplie d'admiration en voyant avec quelle force et
quelle adresse il terrassait tous ceux qui osaient
entrer en lice contre lui. Minos * qui n'en était pas
moins aise que la princesse, et qui sentait d'ailleurs
une secrète joie de voir Taurus abattu et moqué,
rendit à Thésée les jeunes prisonniers; et en sa faveur il remit aux Athéniens le tribut qu'ils lui
payaient.

Quand ils approchèrent de l'Attique *, Thésée et
son pilote eurent tant de joie, qu'ils oublièrent tous
deux de mettre la voile blanche, qui devait avertir
Egée * de leur retour. Egée, ne voyant que la voile
noire, se précipita du rocher où il était, et se tua.

Cependant Thésée entra dans le port de Phalère*.
Il se mit en devoir de s'acquitter des sacrifices qu'il
avait voués avant son départ; mais auparavant il
envoya à la ville un héraut apprendre à son père son
arrivée. Ce héraut trouva beaucoup de citoyens
affligés de la mort du roi : mais il en trouva aussi un
grand nombre qui, comme on peut penser, plus
touchés de la joie publique que sensibles aux malheurs d'une seule maison, le reçurent à bras ouverts,
et lui offrirent les fleurs dont on couronne ceux qui
portent de bonnes nouvelles. Il prit ces couronnes :
mais, au lieu de les mettre sur sa tête, il en entoura
le bâton que les hérauts portent à la main ; et étant
de retour à Phalère * avant que Thésée eût achevé
son sacrifice, il s'arrêta à la porte du temple pour ne
pas le troubler. Quand tout fut fini, et que les liba-

2*

tions furent faites, alors il lui annonça la mort de son
père. Thésée et tous ceux qui étaient avec lui s'en
allèrent à grande hâte vers la ville, remplissant tout
de leurs plaintes et de leurs cris ; et de là vient, dit-
on, qu'encore aujourd'hui dans les fêtes des rameaux, le héraut n'est point couronné, mais seulement sa baguette, et qu'à la fin des libations, toute
l'assemblée s'écrie : *Elelen*, et *iou iou*, dont l'un est
le cri des gens qui se hâtent et qui se préparent au
combat, et l'autre, le cri de ceux qui sont dans l'afflic-
tion et dans le trouble. Thésée, après avoir fait les
funérailles de son père, accomplit ses vœux à Apollon *.

(*Vie de Thésée*, XVIII à XXVI.)

III

Thésée donne à l'Attique sa première organisation politique.

L'Attique semblait placée en dehors du con-
tact des races conquérantes, fermée au nord par
une ligne de montagnes et plongeant par sa
longue pointe entre la mer des Cyclades * et le
golfe Saronique*. Elle fut longtemps le refuge
d'une population pélasgique ; puis, la mer lui
apporta des visiteurs et des colons, phéniciens,
dardaniens, minyens, thraces, cariens, pélasges.
Après l'invasion dorienne, il y eut vers l'Attique comme un concours de tous les fugitifs du
Péloponèse. La population de la presqu'île

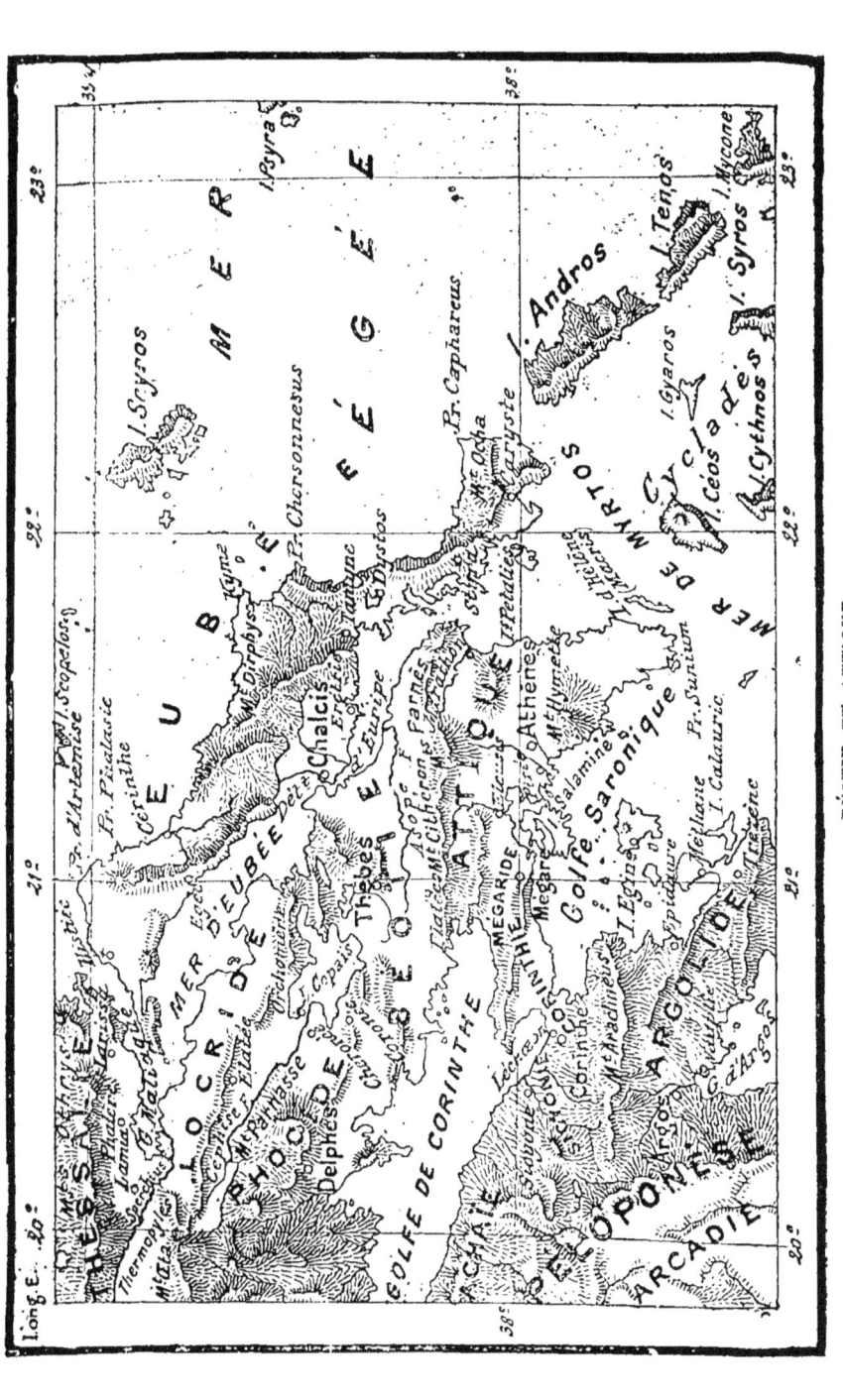

BÉOTIE ET ATTIQUE.

« aux longs rivages » n'était donc pas homo-
gène ; elle réunissait les éléments les plus
divers. De cette variété se composa le tempérament le plus original et le plus sympathique
du monde grec.

L'Attique passa de l'émiettement politique à
une certaine concentration, avec son premier
héros, Thésée.

La nature avait marqué, dans la plaine du
Céphise* et de l'Ilissus*, à égale distance de la
pointe de Sunium et de la frontière mégarienne,
le centre politique de l'Attique. Au milieu de
cette plaine que dominent à l'est les sommets du
Lycabette*, de l'Hélicon* et de l'Hymette*, se
dressait un plateau rocheux, accessible d'un
seul côté, par un étroit passage, défendu par
des parois à pic, assez large pour porter avec
les temples des dieux les châteaux forts des
maîtres du pays : ce fut l'Acropole d'Athènes.

Les dieux l'avaient marqué pour devenir le
centre de l'Attique. Zeus* fut dès l'origine son
dieu protecteur ; Poséidôn* y fit jaillir une source
et Athénè*, plantant le bois de sa lance dans le
sol, fit épanouir l'olivier, l'arbre bien-aimé de
l'Attique. « Sur cette terre, croît un arbre que
ne possèdent ni l'Asie, ni la grande terre dorienne
de Pélops*, arbre qui ne fut pas planté par une
main mortelle, qui vient sans culture, et devant
lequel reculent les lances ennemies. Nulle part

il ne pousse plus vigoureux que dans cette contrée : c'est l'olivier au pâle feuillage. »

Thésée exécuta un très grand dessein ; car il réduisit en un seul corps de ville tous les habitants de l'Attique, qui étaient dispersés dans des bourgs, et par conséquent très difficiles à assembler quand il fallait les appeler au conseil pour le bien public. Souvent même il naissait de là entre eux des querelles et des guerres. Thésée alla lui-même de bourg en bourg, et de famille en famille, pour tâcher de les persuader. Les simples particuliers et les pauvres goûtèrent ses raisons sans peine ; mais quand il vint à parler aux plus riches et aux plus puissants, quoiqu'il leur proposât une forme de gouvernement populaire, qui ne reconnaîtrait point de roi, et où il ne se réservait que l'intendance de la guerre et le maintien des lois, et laissait le reste au peuple qui aurait en tout une égale autorité, il trouva quelque résistance.

Il en gagna pourtant quelques-uns ; et enfin les autres, considérant que sa puissance était déjà fort grande, et que son audace ne l'était pas moins, aimèrent mieux lui accorder de bonne grâce ce qu'il demandait, que d'attendre de s'y voir réduits par la force. Il fit donc abattre, dans les bourgs, les palais et les salles destinées à tenir le conseil, cassa tous les officiers et les magistrats, fit bâtir un palais commun dans le lieu où il est encore aujourd'hui, appela la vieille et la nouvelle ville, *Athènes*, et unit tout le peuple par un sacrifice commun qu'il appela par cette raison les *Panathénées*. Il établit aussi un autre sacrifice, qu'il appela *Métoïkia*, comme qui dirait le sacrifice de *déménagement*, et qui se célèbre encore le 16 d'août.

Il déposa ensuite toute l'autorité royale et ne s'occupa qu'à régler et à policer la république, après avoir consulté les dieux ; car il envoya à l'oracle de Delphes, qui lui répondit : « Fils d'Egée et de la « nymphe Pitthéide, mon père a attaché les destinées « de plusieurs villes à la tienne. N'accable pas ton « esprit de tant d'inquiétudes et de soins, et qu'il te « suffise de savoir que tu seras comme un liège qui « flotte toujours sur la mer, malgré les efforts des « vents et des ondes. »

Pour peupler et augmenter sa ville, il y appela les étrangers aux mêmes droits et privilèges que les citoyens, et l'on dit que la publication qu'il fit faire dans le dessein de rendre Athènes la patrie de tout le monde, est la même qu'on fait encore aujourd'hui dans quelques cérémonies : *Peuples, venez tous ici.* Mais en même temps, pour empêcher que cette multitude, ramassée de toutes parts, ne portât la confusion et le désordre dans la république, il en fit trois corps : celui des nobles, celui des artisans, et celui des laboureurs. Il donna aux nobles le soin des choses de la religion, et toutes les charges, avec le pouvoir d'interpréter les lois, et de connaître de tout ce qui concernait le droit divin et humain ; et, par ce moyen, il rendit presque égaux tous ces trois états : car si les nobles étaient plus considérables par leurs honneurs et par leurs dignités, les laboureurs avaient l'avantage par l'utilité qu'on en tirait, et par le besoin qu'on avait d'eux ; et les artisans l'emportaient par leur nombre. Thésée fit frapper une monnaie avec la marque d'un bœuf, soit à cause du taureau de Marathon (1), ou en

---

(1) Thésée avait tué, dans la plaine de Marathon, un taureau sauvage.

mémoire de Taurus qu'il avait défait, soit enfin
pour porter ses concitoyens à l'agriculture ; et l'on
dit que c'est de cette monnaie qu'ont été tirées ces
expressions, « cela vaut cent bœufs, cela vaut dix
bœufs ».

Il joignit à l'Attique le territoire de Mégare*, et
fit élever dans l'Isthme cette célèbre colonne où il
grava une inscription qui marquait les limites des
deux pays.

Il y avait sur le côté oriental :

« *Ce n'est pas ici le Péloponèse* ; c'est l'Ionie* (1);

Et sur le côté occidental :
« *C'est ici le Péloponèse, et non pas l'Ionie* ».

(*Vie de Thésée*, XXVIII à XXX.)

(1) Ce mot, qui désigne ordinairement un district de l'Asie-
Mineure colonisé par les Grecs Ioniens, s'applique ici à la
partie de la Grèce proprement dite occupée par la race ionienne.

CHAPITRE II

LES LÉGISLATEURS

LYCURGUE

Quatre-vingts ans environ après la guerre de Troie, il y eut dans la Grèce un grand mouvement de populations. Le fait connu sous le *retour des Héraclides* n'est autre chose que l'invasion du Péloponèse par la race dorienne, et son établissement définitif dans la plus grande partie de cette contrée. La citadelle de la race dorienne fut dès lors la Laconie*, et Sparte* est restée la plus fidèle expression de son caractère.

Le nom, peut-être légendaire, de Lycurgue personnifie l'œuvre de la législation spartiate. La tradition rapportait à ce héros l'honneur d'avoir fixé la constitution politique et sociale de Sparte*, et jusqu'aux traits essentiels du caractère national. On croyait qu'il avait élaboré dans ses voyages son œuvre de législateur ; il avait vu la Crète* et lui avait fait des emprunts ; il avait visité l'Asie pour comparer aux mœurs

simples et austères des Crétois la vie volup-
tueuse et délicate des Ioniens. Il en avait rap-
porté peut-être les poèmes d'Homère*, mine iné-
puisable, selon lui, d'enseignements moraux et
politiques. Une tradition, plus complaisante
encore à la mémoire du législateur spartiate,
prolongeait son voyage d'étude à travers
l'Ibérie*, la Libye*, jusque dans l'Inde*, où il
avait reçu les conseils des gymnosophistes (1).

Cependant la voix publique le réclamait à Sparte
et la Pythie* consultée l'appelait l'ami des dieux,
un dieu plutôt qu'un homme. « Il lui serait
donné, ajoutait-elle, de faire de bonnes lois, qui
l'emporteraient infiniment sur les institutions
des autres peuples. »

L'œuvre politique de Lycurgue n'intéresse
plus aujourd'hui que les érudits. La création
d'un Sénat (2), la mise en tutelle de la royauté sont
des mesures dont l'effet est épuisé depuis des
siècles, et il n'importe guère à notre vie morale
que nous en sachions le détail. Il n'en est pas de
même de l'étude du caractère spartiate. Ce fut,
pour une longue suite de générations, un idéal
de vertu.

(1) Philosophes indiens qui s'adonnaient à la contemplation
et s'abstenaient de viandes.
(2) Le Sénat de Sparte (dont le vrai nom était la γερουσία)
était une assemblée de vieillards âgés au moins de 60 ans et
nommés à vie. Ils étaient élus par acclamation parmi les chefs
des grandes familles.

I

La discipline sociale de Sparte.

La réforme la plus hardie de Lycurgue fut le partage des terres ; car il y avait entre les habitants une si prodigieuse inégalité qu'elle était même dangereuse pour la ville, la plupart étant si pauvres, qu'ils n'avaient pas un seul pouce de terre, et tout le bien se trouvant entre les mains d'un petit nombre de particuliers. Pour bannir donc l'insolence, l'envie, la fraude, le luxe, et les deux plus grandes et les plus anciennes pestes des villes et des Etats, la pauvreté et l'avarice, il persuada à tous les citoyens de mettre leurs terres en commun, et d'en faire un nouveau partage pour vivre ensemble dans une parfaite égalité, ne donnant la prééminence et les honneurs qu'à la vertu seule, et ne mettant entre eux d'autre différence que celle qui vient du blâme dû aux mauvaises actions, et de la louange que méritent les actions honnêtes et vertueuses. Cela fut aussitôt exécuté.

Il partagea les terres de la Laconie en trente mille parts, qu'il distribua à ceux de la campagne, et il fit neuf mille parts du territoire de Sparte, qu'il distribua à autant de citoyens. Chaque part pouvait produire par an soixante-dix boisseaux d'orge pour un homme, et douze pour une femme ; avec du vin et d'autres fruits liquides à proportion : car cette quantité parut suffisante pour entretenir les hommes sains et dispos, sans qu'ils eussent besoin de rien davantage.

On rapporte de lui que, quelques années après, revenant d'un long voyage, comme il traversait les terres de la Laconie qui venaient d'être moissonnées, il vit les tas de gerbes si égaux, que l'un ne paraissait en rien plus grand que l'autre ; et, se tournant vers ceux qui l'accompagnaient, il leur dit en riant : « Ne semble-t-il pas que la Laconie * soit « l'héritage de plusieurs frères qui viennent de faire « leur partage ? »

Après les immeubles, il entreprit de leur faire partager aussi les autres biens, pour achever de bannir d'entre eux toute sorte d'inégalité. Mais, voyant qu'ils le supporteraient avec plus de peine s'il s'y prenait ouvertement, il y procéda par une autre voie, en sapant l'avarice par les fondements. Car premièrement il décria toutes les monnaies d'or et d'argent, et ordonna qu'on ne se servirait que de monnaie de fer, qu'il fit d'un si grand poids et d'une valeur si modique, qu'il fallait une charrette à deux bœufs, pour traîner une somme de dix mines (1), et une chambre entière pour la serrer.

Cette nouvelle monnaie ne fut pas plustôt répandue, qu'elle chassa de Lacédémone toutes les injustices et tous les crimes. Qui est-ce qui aurait voulu voler, ravir ou recevoir pour prix de son injustice, une chose qu'on ne pouvait cacher, dont la possession n'était point enviée, et qui, étant mise en pièces, était inutile à tout? car on dit que les ouvriers avaient ordre de tremper le fer tout rouge dans le vinaigre pour en émousser la pointe et le rendre inutile à tout autre emploi ; ce fer, ainsi trempé,

(1) On donnait le nom de *mine* à une somme de 100 drachmes (92 fr. environ de notre monnaie) ; 60 mines, ou 6,000 drachmes faisaient un *talent* (5,560 fr. 90).

devenait si aigre et si éclatant, qu'on ne pouvait plus ni le battre, ni le forger.

· De plus, il bannit de Sparte tous les arts inutiles et superflus ; et quand il ne les aurait pas chassés, la plupart seraient tombés d'eux-mêmes, et s'en seraient allés avec l'ancienne monnaie ; les artisans ne trouvant pas à se défaire de leurs ouvrages, parce que cette monnaie de fer n'avait point de cours chez les autres Grecs.

Lycurgue, voulant encore davantage poursuivre le luxe et achever de déraciner l'amour des richesses, fit un établissement très sage et très beau, qui fut celui des repas (1). Il ordonna que tous les citoyens mangeraient ensemble des mêmes viandes réglées par la loi, et leur défendit expressément de manger chez eux sur des lits somptueux et sur des tables magnifiques, en se faisant servir par des cuisiniers et des officiers habiles, pour s'engraisser dans les ténèbres comme des animaux gloutons, et pour corrompre par ce moyen le corps et l'esprit, en s'abandonnant à toutes sortes de dissolutions et de débauches, qui demandent ensuite un long sommeil, des bains chauds, un grand repos et des remèdes journaliers, comme de véritables maladies.

(1) Ces repas publics étaient, avant tout, des actes religieux ; ils n'étaient nullement liés à la pratique d'un communisme qui n'exista jamais à Sparte. Athènes avait aussi des repas publics : ils avaient lieu tous les jours. Tous les Athéniens n'y assistaient pas ; mais chaque tribu s'y faisait représenter par son prytane. — Les repas publics de Sparte (Σισσίτια) sont donc, avant tout, des cérémonies religieuses. Aucun auteur ne dit qu'ils eussent lieu tous les jours, ni que tout le monde y assistât. Ils étaient tenus deux fois par mois, sous la présidence des rois, avec les victimes fournies par l'Etat, et par chaque citoyen à tour de rôle. Plutarque a donc dénaturé, sans le vouloir, le caractère de cette institution ; et son interprétation a trouvé crédit en France, jusqu'à notre siècle.

Si ce fut une grande chose à Lycurgue d'être parvenu à cela, c'en fut une plus grande encore d'avoir pu mettre les richesses hors d'état d'être dérobées, ou, plutôt, d'être enviées, et de les avoir rendus pauvres par cette communauté des repas, et par la simplicité et la frugalité de la table ; car il n'y avait aucun moyen d'user ni de jouir de sa magnificence, non pas même d'en faire parade ou de la montrer, lorsque le pauvre et le riche mangeaient à la même table.

Sparte était donc la seule ville du monde où ce que l'on dit communément de Plutus *, qu'il est aveugle, se trouvât vrai. En effet, il y était renfermé et immobile, comme une statue sans âme et sans mouvement ; car il n'était pas permis de manger chez soi, et d'arriver rassasié aux salles publiques, parce que tous les autres observaient avec grand soin celui qui ne buvait et ne mangeait point, et lui reprochaient son intempérance ou sa trop grande délicatesse, qui lui faisaient mépriser ce repas public.

Les tables étaient de quinze personnes chacune, un peu plus ou un peu moins ; et chacun apportait, par mois, un boisseau de farine, huit mesures de vin, cinq livres de fromage, deux livres et demie de figues, et quelque peu de leur monnaie pour acheter de la viande. D'ailleurs, quand quelqu'un faisait chez lui un sacrifice, ou qu'il avait été à la chasse, il envoyait une pièce de sa victime ou de sa venaison à la table dont il était. Il n'y avait que ces deux occasions où il fût permis de manger chez soi, quand la chasse ou le sacrifice avaient fini trop tard ; autrement on était obligé de se trouver au repas public.

Le plus exquis de tous leurs mets était ce qu'ils appelaient *le brouet noir*. Les vieillards le trouvaient si bon qu'ils laissaient la viande aux jeunes gens, et mangeaient de ce brouet en se mettant tous du

même côté. Il y eut un roi de Pont *, qui, pour en
manger, acheta exprès un cuisinier de Lacédémone.
Il n'en eut pas plustôt goûté, qu'il le trouva fort mauvais et se mit en colère ; mais le cuisinier lui dit :
« Seigneur, ce qu'il y a de meilleur manque à ce
« brouet : c'est qu'avant de le manger, il faut se bai-
« gner dans l'Eurotas *. » Après qu'ils avaient mangé et
bu très sobrement, ils s'en retournaient chez eux sans
lumière ; car il n'était pas permis de se faire éclairer,
Lycurgue ayant voulu qu'on s'accoutumât à marcher
hardiment dans les ténèbres. Tel était l'ordre de
leurs repas.

(Vie de Lycurgue, XII à XXI.)

Même à une époque où le luxe avait pénétré
à Sparte, la religion du brouet noir conservait
ses fidèles ; et, jusqu'à la fin, les Spartiates gar-
dèrent, surtout hors de chez eux, une affectation
d'austérité : c'était leur personnage, et un des
éléments de la force de la république.

II

L'éducation des enfants.

Nulle part plus qu'à Sparte, l'individu ne fut
étroitement subordonné à l'État, élevé en vue
de son service, et, dans tous ses actes, surveillé
par les magistrats.

Les pères n'étaient pas les maîtres d'élever leurs
enfants ; mais sitôt qu'un enfant était né, il fallait que

le père le portât lui-même dans un lieu appelé
Lesché, où les plus anciens de chaque tribu, qui y
étaient assemblés, le visitaient ; et s'ils le trouvaient
bien formé, vigoureux et fort, ils ordonnaient qu'il
fût nourri, et lui assignaient une des neuf mille
portions pour son héritage ; et si au contraire ils le
trouvaient mal fait, délicat et faible, ils l'envoyaient
jeter dans un lieu appelé les *Apothètes*, qui était une
fondrière près du mont Taigète * : car ils estimaient
qu'il n'était avantageux ni pour lui ni pour la république, qu'il vécût, puisque, dès sa naissance, il se
trouvait composé de manière que de sa vie il ne pouvait avoir ni force ni santé.

C'est pourquoi aussi les sages-femmes ne lavaient
pas dans l'eau les enfants, comme partout ailleurs ;
mais elles les lavaient dans du vin, pour éprouver
leur constitution ; car on dit que ceux qui sont épi-
leptiques et maladifs, ne pouvant résister à la force
du vin qui les pénètre, meurent de langueur, et que
ceux qui sont bien sains, en deviennent d'une com-
plexion plus dure et plus forte.

D'un autre côté, les nourrices mettaient beaucoup
de soin et d'art dans la manière de les élever ; car, loin
de les lier et de les garrotter avec des langes, elles
leur laissaient tout le corps libre, afin de leur donner
un air noble et dégagé ; elles les accoutumaient aussi
à n'être point délicats et friands pour leur nourriture ; à n'avoir point de peur dans les ténèbres, et
dans la solitude, et à ne connaître ni la mauvaise
humeur, ni les cris et les pleurs, qui sont autant de
marques de lâcheté et de bassesse : aussi les étrangers achetaient-ils des nourrices de Lacédémone ; et
l'on dit qu'Amycla, celle qui nourrit Alcibiade, était
Spartiate.

Lycurgue s'était bien gardé de confier l'éducation

des enfants à des mercenaires et à des esclaves ache-
tés à prix d'argent. Il n'en laissa pas même la disposition aux pères ; mais sitôt qu'ils avaient sept ans,
il les prenait et les distribuait par classes ; et les
faisant élever ensemble dans les mêmes lois et dans
la même discipline, il les accoutumait à avoir les
mêmes divertissements et les mêmes jeux.

Pour chaque classe, il choisissait, parmi les
jeunes gens les mieux faits, celui qui était le plus
estimé, qui avait le plus de prudence et de sagesse,
et qui avait témoigné le plus de courage et de fermeté dans les combats, et il l'établissait sur toute la
troupe. Ces enfants avaient toujours l'œil sur lui,
obéissaient à ses ordres, et se soumettaient sans
murmurer à tous les châtiments et toutes les peines
qu'il leur imposait. Ainsi leur éducation n'était, à
proprement parler, qu'un apprentissage d'obéissance.
D'ailleurs, les vieillards assistaient ordinairement à
leurs jeux, et jetaient souvent entre eux des sujets de
dispute et de querelle, pour avoir occasion de découvrir à fond le naturel de chacun, et de connaître
s'il aurait de la hardiesse, et s'il serait incapable de
fuir devant l'ennemi.

Pour ce qui est des lettres, ils n'en apprenaient
que pour le besoin ; toute leur étude ne tendait qu'à
savoir obéir, supporter les travaux et vaincre. C'est
pourquoi, à mesure qu'ils avançaient en âge, on augmentait la sévérité de leur discipline et de leur règle ;
on leur coupait les cheveux, on les accoutumait à
aller sans chaussure, et la plupart du temps on les
faisait jouer ensemble tout nus. Quand ils étaient
parvenus à l'âge de douze ans, on leur ôtait la tunique, et on ne leur donnait par an qu'un simple
manteau, qui faisait qu'ils étaient toujours sales, ne
se baignant et ne se parfumant jamais que certains

jours de l'année, qu'on leur permettait d'user de
cette propreté et de cette douceur. Chaque bande
couchait dans la même salle, sur des paillasses faites
de bouts de roseaux, qui croissaient sur les bords de
la rivière d'Eurotas *, et qu'ils étaient obligés d'aller
cueillir et rompre eux-mêmes, avec leurs mains,
sans se servir d'aucun instrument. En hiver, on leur
permettait d'y mêler de la barbe de chardon (1), cette
matière paraissant avoir quelque sorte de chaleur.

Chaque troupe avait pour chef un *irène*, c'est-à-
dire un jeune garçon, qui depuis deux ans était sorti
de l'enfance. Cet irène était le capitaine de la bande ;
il se servait de ses compagnons dans sa maison, leur
commandait comme à ses esclaves. Les plus grands et
les plus forts allaient chercher le bois pour faire le
souper, et les plus actifs et les plus faibles apportaient les légumes, qu'ils allaient dérober dans les
jardins et dans les salles à manger, où ils se glis-
saient le plus adroitement et le plus subtilement
qu'ils pouvaient ; et s'ils étaient découverts, on les
fouettait pour avoir manqué ou de vigilance ou
d'adresse.

Ils dérobaient aussi toutes les viandes sur lesquelles ils pouvaient mettre la main, très habiles
à profiter de l'occasion quand on dormait ou qu'on
les gardait avec négligence ; ils dérobaient avec tant
de soin et avec tant de crainte d'être découverts, que
l'on raconte qu'un d'eux ayant pris un petit renard,
le cacha sous sa robe, et souffrit, sans jeter un seul
cri, qu'il lui déchirât le ventre avec les ongles et les
dents, jusqu'à ce qu'il tombât mort sur la place. Et
cela ne paraîtra pas incroyable à ceux qui savent ce

(1) Il s'agit ici du chardon cotonneux.

que les enfants de la même ville font encore aujour-
d'hui. Nous en avons vu plusieurs expirer sous les
verges sur l'autel d'Artémis *, surnommée *Orthia* *,
sans dire une seule parole.

Pendant que l'irène était à table, il ordonnait à
l'un de chanter, et proposait à l'autre quelque question, qui demandait une réponse pleine de réflexion
et de prudence ; par exemple : *Qui est le plus vertueux
de la ville ? — Que dis-tu d'une telle action?* — Ce qui
les accoutumait dès leur enfance à juger des actions
des hommes, et à s'informer des mœurs des citoyens.
Si l'enfant à qui l'on avait demandé qui est le plus
vertueux de la ville, ou qui est le plus méchant, hé-
sitait à répondre, on prenait cette lenteur pour la
marque d'une nature lâche et paresseuse, et qu'aucun aiguillon d'honneur ne pouvait porter à la vertu.
Celui qui répondait nonchalamment et sans réflexion,
était mordu au pouce par l'irène même.

(*Vie de Lycurgue*, XXXII à XXXVII.)

III

Le Spartiate appartient à l'Etat.

L'éducation de la jeunesse s'étendait jusqu'aux
hommes faits ; car il n'y avait personne qui eût la
liberté de vivre comme il voulait ; mais ils étaient
tous dans la ville comme dans un camp, sachant
chacun ce qu'ils devaient avoir pour vivre et ce
qu'ils devaient faire pour le public, et passaient ainsi
leur vie, persuadés qu'ils n'étaient pas à eux-mêmes,
mais à leur pays.

Quand on ne leur avait point donné d'ordre, et
qu'ils n'avaient rien à faire, ils allaient voir les en-

fants, et leur enseigner quelque chose d'utile, ou
s'instruire eux-mêmes auprès de ceux qui étaient
plus âgés. Car un des plus beaux et des plus heureux établissements de Lycurgue, ce fut le grand
loisir dont il fit jouir les citoyens, en leur défendant de s'occuper à aucun art mécanique, et en
les empêchant de se tourmenter pour amasser,
avec beaucoup de peines et de travaux, des richesses qu'il avait rendues méprisables à cause de
leur inutilité.

Les Hilotes (1) cultivaient leurs terres, et leur en
rendaient un certain revenu. On raconte à ce sujet
qu'un Lacédémonien se trouvant à Athènes, un
jour où l'on rendait la justice, et ayant entendu dire
qu'un citoyen venait d'être condamné à l'amende
pour oisiveté, et s'en retournait chez lui plein de tristesse et accompagné de ses amis, qui le plaignaient
et prenaient part à son infortune, il pria ceux qui
étaient autour de lui, de lui montrer cet homme
qu'on venait de condamner pour avoir vécu noble-
ment et en homme libre : ce qui fait voir combien les
Spartiates estimaient bas et servile de faire quelque
métier et de travailler de ses mains pour devenir
riche.

(Vie de Lycurgue, LI, LII.)

_____

(1) Les Hilotes formaient la classe inférieure de la population
à Sparte. C'étaient sans doute des captifs originaires de Messénie et d'Hélos, devenus à Sparte esclaves publics ou privés.
Ils ne pouvaient être ni vendus hors du territoire ni affranchis. Comme leur nombre les rendait redoutables (200,000 environ contre 40,000 Spartiates), on les maintenait systématique-
ment sous un régime de terreur.

IV

La guerre.

La guerre, terme auquel aboutissait la vertu
spartiate, en était aussi la récompense.

Quand ils venaient à donner une bataille, le roi
sacrifiait d'abord aux Muses*, pour rappeler aux combattants l'éducation qu'ils avaient reçue, et les jugements qu'on ferait d'eux ; il voulait que ces déesses,
toujours présentes à leur esprit, les portassent à mépriser les plus grands dangers, et à faire des actions
dignes de mémoire.

Quelquefois même, dans ces occasions, on relâ-
chait de la sévérité de la discipline ordinaire en
faveur des jeunes gens ; car on leur permettait
d'ajuster leurs cheveux, et d'orner et d'embellir
leurs habits et leurs armes, et l'on était bien aise
de les voir gais et fringants comme de jeunes chevaux, qui, au premier signal du combat, hennis-
sent, et sont pleins d'ardeur et de feu. Ainsi, quoique
dès leur enfance ils eussent soin de leurs cheveux, ils
les soignaient encore davantage le jour d'une bataille ;
car alors ils les parfumaient et les partageaient également, se souvenant de ce mot de Lycurgue, « que les
« longs cheveux rendent les beaux encore plus beaux,
« et les laids encore plus hideux et plus effroyables ».

Leurs exercices étaient beaucoup plus doux à l'armée qu'à la ville, leur genre de vie moins dur et leur
conduite moins sujette à être examinée ; de sorte
qu'il n'y avait qu'eux au monde à qui la guerre fût
un temps de repos et une occasion de relâchement.

2***

Quand ils étaient en bataille en présence de l'ennemi, le roi sacrifiait une chèvre, donnait ordre à tous ses soldats de se couronner de fleurs, commandait aux joueurs de flûte de jouer l'air de Castor (1), et, entonnant lui-même le chant qui était le signal de la charge, il marchait le premier à la tête des troupes ; de sorte que c'était un spectacle tout à la fois beau et terrible de les voir marcher ainsi en cadence au son des flûtes, sans jamais rompre leurs rangs, ni donner aucune marque de crainte, et aller posément et gaiement affronter les plus grands périls.

Quand l'heure des vrais combats était venue, la vie militaire n'avait pour ces adolescents aucune surprise fâcheuse. Ils savaient d'ailleurs quel système de vexations et d'outrages attendait chez eux le retour du lâche, et tout conspirait à en faire des héros. Ils n'avaient même pas à se garder de l'enivrement de l'amour ou de la tendresse maternelle ; car les femmes spartiates, partageant l'éducation virile, le disputaient aux hommes en énergie morale et en vigueur. « Vous autres, Lacédémoniennes, disait une femme étrangère, vous êtes les seules qui commandiez aux hommes. — C'est que nous sommes les seules qui mettions au monde des hommes. »

---

(1) L'air d'un hymne qu'on chantait en l'honneur de Castor et de Pollux. Ces deux héros, désignés sous le nom de Dioscures (Διόσκουροί — fils de Zeus), étaient, à Sparte, l'objet d'un culte particulier. Ils étaient regardés comme les inventeurs de la danse guerrière.

Lorsque Pyrrhus * menaça Lacédémone *, les femmes montrèrent même plus d'énergie que les hommes.

« La nuit venue, les Lacédémoniens tinrent conseil entre eux ; ils furent d'avis d'envoyer secrètement leurs femmes et leurs enfants en Crète *. Elles-mêmes s'y opposèrent, et il y en eut une, nommée Archidamia, qui alla en plein Conseil avec une épée porter la parole au nom des autres femmes, remontrant que les hommes leur faisaient grand tort, s'ils estimaient qu'elles eussent le cœur si lâche que de vouloir survivre après que Sparte * serait détruite. Puis il fut arrêté en ce conseil que l'on tirerait une tranchée à l'opposite du camp ennemi, aux deux bouts de laquelle on mettrait des chariots qu'on enterrerait jusqu'au moyeu, afin qu'ayant ainsi le pied ferme, les Spartiates pussent arrêter les éléphants et les empêcher de passer. Comme on commençait à mettre la main à l'œuvre, survinrent les femmes et filles pour travailler à cette tranchée avec les vieillards, engageant les jeunes qui devaient combattre les jours suivants à se reposer en attendant.

« Quand vint le jour où les ennemis commencèrent à donner l'assaut, elles-mêmes allèrent prendre des armes, qu'elles mirent entre les mains des jeunes hommes et leur confièrent la tranchée, en les priant de la vouloir vaillamment garder et défendre, leur remontrant le grand plaisir que c'était de vaincre les ennemis, en combattant à la vue de tout son pays, et le grand bien et grand honneur qu'il y a à mourir entre les bras de sa mère et de sa femme, après avoir fait le devoir d'homme de bien et digne de la magnanimité de Sparte. Mais une femme, Chélido-

nide, s'étant retirée à part, avait attaché un nœud
coulant à son cou, toute prête à se pendre et s'étran-
gler, plutôt que de tomber entre les mains de l'ennemi. » (*Vie de Pyrrhus*, LXII.)

V

L'Hilote.

Admirable soldat, le Spartiate n'était qu'un
soldat. En dehors de l'exercice des armes, tout
était indigne de lui, et l'oisiveté était la vraie
marque de la noblesse. Il fallait que toute une
classe d'hommes travaillât et peinât pour lui.
Le Spartiate ne pouvait se compléter que par
l'Hilote.

Les gouverneurs de la jeunesse choisissaient de
temps à autre ceux qui leur semblaient les plus
avisés, et les envoyaient dans la campagne, isolés,
armés de poignards et portant avec eux les vivres
nécessaires. Ces jeunes gens se cachaient pendant le
jour dans les lieux couverts; la nuit, ils se mettaient
en embuscade sur les chemins et tuaient le premier
Hilote qu'ils rencontraient. C'est ce qu'on appelait
la *cryptie*.

Quelquefois ils faisaient la même chose en plein
jour; ils tuaient les plus forts et les plus robustes de
ces Hilotes. Thucydide rapporte que les Hilotes,
que les Lacédémoniens avaient choisis à cause de
leur grand courage, qu'ils avaient affranchis, couronnés et menés dans tous les temples remercier les

dieux de leur liberté, disparurent, bientôt après, au nombre de plus de deux mille, sans que jamais on ait pu savoir ce qu'ils étaient devenus, ni comment ils étaient morts.

Aristote* même écrit que les Ephores (1) n'étaient pas plus tôt en charge, qu'ils déclaraient la guerre aux Hilotes, afin qu'on pût les tuer sans crime. Il est certain qu'ils leur faisaient toutes sortes de mauvais traitements : par exemple, ils les faisaient boire à outrance, et les menaient en cet état dans les salles, pour faire voir à leurs enfants quelle honte c'était que de s'enivrer ; et ils les obligeaient à chanter des chansons inconvenantes, et à danser d'une manière indécente et ridicule, leur défendant de danser et de chanter rien d'honnête, et qui convînt à des hommes libres.

Aussi dit-on que dans l'expédition que les Thébains * firent en Laconie *, quand ils commandaient aux Hilotes qu'ils avaient faits prisonniers, de chanter des chansons de Terpandre *, d'Alcman *, ils s'en excusaient, disant que cela leur était défendu par leurs maîtres.

(Vie de Lycurgue, LVIII.)

VI

L'esprit spartiate : ce que c'est que laconiser.

La tradition faisait un mérite à Lycurgue d'avoir donné à l'esprit spartiate cette qualité

---

(1) Les Ephores étaient des magistrats de Sparte, au nombre de cinq. dont le rôle était de surveiller les autres pouvoirs et de veiller au respect des lois.

précieuse de discerner rapidement le vrai et de doubler la force de l'expression en la resserrant. Dans une vie toute d'action, il n'y avait point de place pour les discours, et Lycurgue, qui avait donné à la monnaie de fer un grand poids et peu de valeur, fit tout le contraire pour la monnaie du langage. Il voulut qu'elle contînt dans un petit nombre de mots simples beaucoup de sens et des pensées d'un grand prix.

Les Spartiates enseignaient aux enfants à parler de manière que leur discours fût toujours assaisonné d'une pointe mêlée de grâce, et comprît en peu de paroles beaucoup de sens ; car Lycurgue voulait que la monnaie fût fort pesante, et de peu de valeur, et, au contraire, que les paroles fussent simples et légères, et pourtant d'un fort grand prix. Il accoutumait les enfants par un long silence à avoir la repartie vive et aiguë ; car l'intempérance de la langue rend le discours insipide et vain.

Voilà pourquoi leurs réponses étaient si énergiques et si subtiles, comme celle que le roi Agis* fit un jour à un Athénien qui se moquait des courtes épées des Lacédémoniens, et qui disait que les bateleurs les avalaient facilement sur les théâtres devant tout le monde. « Cependant, lui répondit-il, avec ces « épées si courtes, nous ne laissons pas de percer « nos ennemis. »

Pour moi, je trouve que le langage laconique est d'une grande brièveté, mais qu'il va bien au but et frappe tous ceux qui l'écoutent. Et tel était Lycurgue dans sa manière de parler, s'il en faut juger par quelques-unes de ses réponses que l'on a con-

servées, comme celle-ci sur le gouvernement : quelqu'un lui remontrant un jour qu'il devait établir
dans Sparte* la démocratie, afin que le plus petit
y eût autant d'autorité que le plus grand : « Mais
« toi-même, lui répondit-il, va l'établir première-
« ment chez toi, et donne-nous l'exemple ». — Et
cette autre sur les sacrifices : on lui demandait pourquoi il avait ordonné qu'on offrît des victimes si
petites et de si peu de valeur : « C'est afin, dit-il, que
« nous ayons toujours de quoi honorer les dieux ». —
Il disait encore sur les combats : « Je n'ai défendu aux
« citoyens que les combats où l'on tend la main ».

On rapporte aussi de lui d'autres réponses qu'on a
tirées des lettres qu'il écrivait aux Spartiates, comme
celle-ci : « Vous me demandez comment vous éviterez
« les incursions de vos ennemis. Ce sera en demeu-
« rant toujours pauvres, et en ne voulant pas avoir
« plus de bien l'un que l'autre ». — Les Spartiates
l'ayant consulté pour savoir s'ils devaient bâtir des
murailles, il leur répondit : « Ne vous imaginez pas
« qu'une ville soit sans murailles, lorsqu'au lieu de
« briques, elle a autour d'elle de vaillants hommes
« qui la défendent ». — Il est vrai qu'on n'a aucune
preuve certaine que ces lettres et autres semblables
soient de lui ; mais il est toujours constant que les
Lacédémoniens étaient grands ennemis des longs
discours, comme on le voit par quelques-uns de leurs
bons mots.

Le roi Léonidas * dit un jour à un grand parleur,
qui disait à contre-temps de fort bonnes choses :
« Mon ami, tu tiens mal à propos de très bons
« propos ». — Quelqu'un demandait au roi Cha-
rilaüs, neveu de Lycurgue, pourquoi son oncle avait
établi si peu de lois ? « Parce que, dit-il, peu de lois
« suffisent à ceux qui parlent peu ».

Et quant à ce que j'ai dit plus haut, que leurs réponses étaient souvent assaisonnées d'une pointe mêlée de grâce, en voici la preuve. Un fâcheux rompait un jour la tête à Démaratus * de mille questions impertinentes, et ne cessait de lui demander qui était le plus honnête de Lacédémone. Il lui répondit : « Celui qui te ressemble le moins ».

Voilà quelle était leur manière de parler par apophthegmes et par sentences. De sorte que ce n'est pas sans raison qu'on a dit que *laconiser*, c'était moins s'attacher aux exercices du corps, qu'à l'étude de la sagesse. On ne les élevait pas avec moins de soin à faire de beaux vers et de belles chansons qu'à faire de grandes actions.

A toutes les fêtes de Sparte *, il y avait trois chœurs, par rapport aux trois âges de l'homme. Le premier était composé de vieillards, qui commençaient en chantant :

> Nous avons été jadis
> Jeunes, vaillants et hardis.

Le second, celui des jeunes hommes, qui répondaient :

> Nous le sommes maintenant,
> A l'épreuve à tout venant.

Et le troisième, celui des enfants, qui poursui-
nt :

> Et nous, un jour, le serons,
> Qui tous vous surpasserons.

(*Vie de Lycurgue*, XXXIX à XLIV.)

tte vie étroite, sans élan vers l'idéal,
vaient point leur place, et la muse

guerrière de Tyrtée *trouva seule grâce à Lacédémone. Là seulement, dans le monde hellénique, on put voir un magistrat, l'éphore Ec-
prépès, couper d'un coup de hache les deux
cordes que le musicien Phrynès avait ajoutées
à la lyre.

VII

Isolement de Sparte.

Comme le pire danger pour des mœurs où la
convention domine est la comparaison et l'exemple, une barrière était élevée entre Sparte et le
reste de la Grèce. Il fallait une permission des
magistrats pour voyager hors des frontières de la
Laconie; une loi frappait de mort tout étranger
qui mettait le pied, à l'exception de certains jours,
sur ce sol réservé. Le sentiment de la fraternité
hellénique fut toujours refusé à l'égoïste citoyen
de Lacédémone'.

Lycurgue ne permettait pas à toutes sortes de
personnes de voyager et de courir le monde, de peur
qu'ils ne rapportassent des mœurs étrangères, des
coutumes désordonnées et licencieuses, et plusieurs
différentes idées de gouvernement. Il chassa aussi de
sa ville tous les étrangers qui n'y allaient pour rien
d'utile ni de profitable, et que la curiosité seule y
attirait.

Ce n'est pas qu'il craignit, comme le prétend Thucydide, qu'ils voulussent imiter la forme de son gouvernement et qu'ils apprissent à aimer la vertu ; c'était plutôt de peur qu'ils n'enseignassent à ses citoyens à aimer le vice. Car à mesure que les étrangers entrent dans les villes, il y entre nécessairement des propos nouveaux ; ces propos engendrent de nouveaux sentiments, et ces sentiments font immanquablement éclore un malheureux essaim de passions et d'inclinations nouvelles, qui sont entièrement opposées au gouvernement, et ruinent toute son harmonie, comme dans la musique l'harmonie est ruinée par les dissonances et les faux tons ; et c'est pourquoi il croyait qu'il était plus important et plus nécessaire de fermer les portes des villes aux mœurs corrompues, qu'aux malades et aux pestiférés.

(*Vie de Lycurgue*, LVI.)

SOLON

I

Origine de Solon. — Les Sages.

Solon descendait de Codrus du côté de son père ; et sa mère était cousine germaine de Pisistrate. Le père de Solon ayant dépensé la plus grande partie de son bien à obliger tout le monde, Solon, étant encore jeune, prit le parti du commerce.

Alors, dit Hésiode, il n'y avait ni travail des mains qui fût honteux, ni art, ni métier qui mit de la différence entre les hommes. Le commerce surtout était honorable, parce qu'il ouvre des communications avec les nations étrangères, qu'il donne le moyen de faire amitié et alliance avec les rois, et qu'il instruit d'une infinité de choses qu'on ignorerait sans lui. Il y a eu même des commerçants qui ont fondé de grandes villes, comme Protis qui fonda Marseille après avoir acquis l'amitié et l'estime des Gaulois qui habitent le long du Rhône. On dit aussi que le sage Thalès* fit le commerce, et que Platon* ne fournit aux frais de son voyage d'Egypte que par le moyen de l'huile qu'il y vendit.

Solon ne se livra d'abord à la poésie que par manière de divertissement et pour occuper ses loisirs ; ensuite il mit en vers des sentences de morale.

On parle d'une conversation que Solon eut avec Anacharsis (1), et d'une autre qu'il eut ensuite

(1) Philosophe de nation Scythe, qui visita la Grèce vers 589 av. J.-C.

avec Thalès. On dit qu'Anacharsis, étant allé
à Athènes, se présenta à la porte de Solon ; ayant
frappé, il dit « qu'il venait pour faire amitié avec
lui, et pour établir entre eux le droit d'hospitalité.
Solon lui répondit qu'il était mieux de faire amitié
chez soi sans courir si loin. « Eh bien, répondit Anacharsis, puisque tu es chez toi, fais donc amitié
avec nous selon ta maxime. » Solon, étonné de la
vivacité de cette réponse, le reçut à bras ouverts, et
le retint quelques jours chez lui.

Solon s'occupait déjà du gouvernement de la
république et travaillait à ses lois. Anacharsis, à
qui il en fit part, se moqua de cette entreprise, et de
ce qu'il espérait, par des lois écrites, réfréner l'avarice et l'injustice de ses concitoyens : « Car toutes
« ces lois, disait-il, ressemblent proprement aux
« toiles d'araignée : les faibles et les petits s'y pren-
« dront et s'y arrêteront ; mais les puissants et les
« riches les rompront sans peine. » — « Cependant,
« repartit Solon, le hommes exécutent fort bien tous
« les traités qu'ils ont faits, quand aucune des parties
« ne trouve son profit à les rompre. Il en sera de
« même de mes lois ; car je les tempère de telle ma-
« nière et je les accommode si bien aux intérêts de
« mes concitoyens, qu'ils connaîtront évidemment
« qu'il leur est plus avantageux de les observer que
« de les violer. » Mais l'événement fit voir que la
comparaison d'Anacharsis était plus juste que l'espérance de Solon n'était bien fondée. Anacharsis dit
encore à Solon, après avoir assisté à une assemblée
des Athéniens : « Qu'il ne pouvait assez s'étonner de
« voir que dans leurs délibérations c'étaient les sages
« qui parlaient, et les fous qui décidaient. »

Ensuite Solon alla à Milet pour voir Thalès. La
première chose qu'il lui dit, ce fut « qu'il s'éton-

« nait comment il n'avait jamais voulu avoir ni
« femme ni enfants ». Thalès ne lui répondit rien
sur l'heure ; mais, quelques jours après, il aposta
un étranger qui disait arriver d'Athènes d'où il était
parti depuis dix jours. Solon lui demanda, d'abord,
« s'il n'y avait rien de nouveau lorsqu'il en était
« parti ». L'étranger, qui savait fort bien sa leçon,
repartit « qu'il n'y avait autre chose que la mort
« d'un jeune homme dont toute la ville accompa-
« gnait le convoi, parce que c'était, disait-on, le
« fils de quelque grand personnage, et du plus
« honnête homme de la ville, qui même se trouvait
« pour lors absent depuis longtemps. » — « Ah ! in-
« terrompit Solon, que ce père est malheureux ! mais
« comment l'appelait-on ? »—« Je l'ai entendu nommer
« fort souvent, répliqua l'étranger ; son nom m'est
« échappé ; je me souviens seulement qu'on ne par-
« lait que de sa sagesse et de sa justice. »

Ainsi, à chaque réponse, Solon se fortifiant dans ses
craintes, et déjà plein de trouble, dit lui-même son nom
à l'étranger, et lui demanda « si ce jeune homme
« n'était pas le fils de Solon ». L'étranger lui ayant dit
qu'oui, Solon commença à se frapper la tête, et à
faire et dire tout ce que la plus violente douleur a
coutume d'inspirer. Thalès, le prenant par la main,
et se mettant à rire, lui dit : « Solon, ce qui m'a em-
« pêché de me marier et d'avoir des enfants, c'est
« justement ce qui t'arrive et qui te bouleverse en
« ce moment, quoique tu sois un très ferme et très
« vaillant athlète ; mais console-toi, il n'y a rien de
« vrai dans tout ce que tu viens d'entendre. »

(*Vie de Solon*, I à IX.)

II

Débuts de Solon dans la vie publique. Reprise de Salamine.

Les Athéniens, fatigués de la guerre aussi longue que malheureuse qu'ils soutenaient contre les habitants de Mégare* pour l'ile de Salamine*, firent une loi qui défendait, sous peine de mort, d'avancer ni par écrit, ni de vive voix, qu'on dût recouvrer cette ile. Solon, ne pouvant souffrir cette infamie, et voyant que la plupart des jeunes gens ne demandaient qu'à recommencer la guerre, mais qu'ils n'osaient la proposer à cause de cette loi, s'avisa de contrefaire le fou, et fit répandre dans toute la ville par ses domestiques qu'il avait perdu l'esprit. Cependant il composa une belle élégie, qu'il apprit par cœur pour la réciter en public ; et un jour qu'on ne s'y attendait nullement, il sortit de sa maison avec un chapeau sur la tête, et courut à la place, où le peuple s'étant assemblé autour de lui, il monta sur la pierre d'où les hérauts avaient coutume de faire leurs proclamations, et chanta cette élégie, qui commence ainsi : « Je suis un héraut qui vient vers vous de l'agréable « Salamine *, après avoir composé pour cette assem- « blée ce beau discours en vers. » Cet ouvrage est appelé *Salamine*, et contient cent vers parfaitement beaux. Solon n'eut pas plus tôt achevé de les chanter, qu'ils se mirent à les louer hautement, et que Pisistrate même exhorta et encouragea si bien les citoyens à l'en croire, que la loi fut révoquée sur-le-champ, la guerre résolue, et Solon élu général.

Pour commencer cette expédition, on dit qu'il s'embarqua avec Pisistrate, et qu'il alla au promontoire de Coliade *, où toutes les femmes athéniennes étaient assemblées pour faire le sacrifice annuel à Démèter*. Dès qu'il y fut arrivé, il envoya à Salamine un homme en qui il se fiait entièrement, qui, se donnant pour un transfuge, dit aux Mégariens, qui tenaient alors cette île, que s'ils voulaient prendre les principales femmes des Athéniens, ils n'avaient qu'à venir promptement avec lui au promontoire de Coliade *. Les Mégariens le crurent, et envoyèrent sur l'heure même des soldats.

Solon, qui était sur la pointe du promontoire, n'eut pas plus tôt vu sortir leur vaisseau du port de Salamine *, qu'il renvoya promptement toutes les femmes à Athènes, donna leurs habits, leur coiffure et leurs chaussures aux plus jeunes de ses soldats qui n'avaient point encore de barbe, leur fit cacher des poignards sous leur robe; et quand il les eut équipés, il leur commanda de danser tous ensemble sur le bord de la mer jusqu'à ce que leurs ennemis fussent à terre, et que leur vaisseau ne pût plus échapper. Cela étant exécuté, et les Mégariens, trompés par ces danses qu'ils découvrirent de loin, approchèrent avec une entière confiance; et étant abordés, ce fut à qui descendrait le premier pour aller ravir ces femmes; mais on les reçut si bien, que pas un ne se sauva, et qu'ils furent tous tués sur place. Les Athéniens s'embarquèrent aussitôt, et se rendirent maîtres de Salamine * sans aucune difficulté.

(*Vie de Solon*, XI, XII.)

III

Les principales lois de Solon.

Déjà, dès l'époque de Codrus*, c'est-à-dire depuis le milieu du XII⁰ siècle, la royauté « était devenue dépendante ». Elle avait perdu l'autorité politique, pour ne garder que l'autorité religieuse, et les Archontes (1) se partagèrent, en les démembrant, ses principaux attributs.

Les premières révolutions d'Athènes furent provoquées par la fatale rivalité des pauvres et des riches et la question des dettes. La législation de fer de Dracon* ne contint que pour quelque temps l'agitation de la cité.

Avec Solon, la constitution athénienne prend sa véritable physionomie historique : les classes inférieures, émancipées par la suppression de la servitude personnelle et l'abolition des dettes, reçoivent comme « un bouclier pour la défense de leur liberté naissante ». Tous les habitants de l'Attique firent partie de l'Assemblée souveraine ;

---

(1) Les Archontes étaient des magistrats d'Athènes au nombre de 9 ; d'abord perpétuels, puis décennaux, enfin annuels. Les trois principaux étaient l'Archonte *éponyme*, qui donnait son nom à l'année ; l'Archonte *roi*, qui présidait aux sacrifices ; l'Archonte *polémarque*, qui avait l'administration militaire. Les six autres étaient les Archontes *thesmothètes*.

le Sénat, l'Aréopage* ne furent plus réservés aux
seuls Eupatrides* ; les classes ne furent plus dis-
tinguées que par la richesse.

Ainsi, tandis qu'à Sparte le peuple n'avait
qu'une ombre de pouvoir, à Athènes, dès l'époque de Solon, il était mis en mesure d'exercer
une influence dominante. Les chemins étaient
préparés à l'avènement de la démocratie.

Athènes était retombée dans ses premières dissensions, et s'était divisée en autant de partis qu'il y
avait de différentes sortes d'habitants dans l'Attique.
Car les montagnards tenaient pour le gouvernement
populaire; ceux de la plaine voulaient un État oligarchique; et ceux de la côte maritime, demandant un
gouvernement mêlé des deux premiers, empêchaient
l'un et l'autre des deux partis opposés d'avoir l'avantage.

D'ailleurs, la division qui naît ordinairement
entre les pauvres et les riches, à cause de leur inégalité, était alors plus animée que jamais ; de sorte
que toute la ville se trouvait dans un très pressant
danger, et semblait n'avoir d'autre moyen de se
garantir du naufrage, que de se soumettre au pouvoir d'un seul. Les pauvres, se trouvant obligés envers les riches pour des dettes qu'ils ne pouvaient
payer, étaient réduits ou à leur donner tous les ans
le sixième des fruits de leurs terres, ce qui leur faisait donner le nom de *sixénaires* et de *mercenaires*, ou
à engager leurs propres personnes : ce qui les réduisait au pouvoir de leurs créanciers qui se les faisaient
adjuger, et qui les retenaient pour leurs esclaves,
ou les envoyaient vendre dans les pays étrangers. La

3*

plupart même étaient forcés de vendre leurs propres
enfants : car il n'y avait point de loi qui l'empêchât;
ou bien ils étaient contraints d'abandonner leur
patrie, pour se soustraire à la cruauté de ces usuriers
impitoyables.

Enfin, le plus grand nombre de ces malheureux,
et ceux qui se trouvèrent les plus forts et les plus
résolus, s'étant assemblés, s'encouragèrent à ne plus
souffrir cette barbarie, et à élire pour chef un homme
digne de leur confiance, avec lequel ils iraient déli-
vrer ceux qui n'avaient pas pu payer à temps, obtien-
draient un nouveau partage des terres, et change-
raient entièrement le gouvernement de l'Etat.

Dans cette extrémité, les plus sages des Athéniens,
voyant que Solon était le seul qui ne fût suspect à
aucun des deux partis, car il n'avait trempé ni dans
l'injustice des riches, ni dans la révolte des pauvres,
se mirent à le prier de s'entremettre des affaires, et
d'apaiser tous ces différends. Il fut élu archonte, et
nommé arbitre souverain et législateur, du consentement de tout le monde : les riches l'agréant volontiers comme riche, et les pauvres le recevant comme
homme de bien.

On dit même qu'il courut alors ce mot de lui, *que
l'égalité n'engendre point de guerre*, mot qui plut merveilleusement aux pauvres et aux riches, parce que
les premiers espéraient de parvenir à cette égalité,
et de contre-balancer leurs ennemis par le nombre
et par la mesure des terres distribuées, et que les
autres s'attendaient à tirer le même avantage de leur
dignité et de leur vertu ; de sorte que les deux partis
étant pleins d'espérance, ceux qui étaient à leur tête
ne cessaient de presser Solon de se faire roi, et de
prendre hardiment la conduite d'une ville où il avait
déjà toute l'autorité.

La plupart même des citoyens, qui n'étaient ni de l'un ni de l'autre parti, voyant qu'il était très difficile d'attendre de la raison humaine et des lois un changement favorable, n'étaient pas éloignés de communiquer le pouvoir suprême à un seul, qui fût le plus sage et le plus juste.

Il y en a aussi qui disent qu'il reçut un oracle de Delphes * conçu en ces termes : « Sieds-toi au milieu « de la poupe du vaisseau, et prends en main le « gouvernail : la plupart des Athéniens te seront « favorables ». Ses amis surtout l'accusaient de bassesse et de lâcheté, de n'oser accepter la monarchie, de peur d'être appelé tyran : « comme si tous « les jours la tyrannie ne devenait pas une royauté « légitime par la vertu de ceux qui s'en sont saisis. »

Toutes ces raisons ne purent ébranler Solon ; il se contenta de répondre à ses amis : « C'est un beau « pays que celui de la royauté ; mais il n'a point « d'issue. »

Cependant, quoiqu'il eût refusé la royauté, il ne se porta pas plus mollement ni plus lâchement au maniement des affaires ; et on ne le vit, ni céder aux plus puissants dans l'établissement de ses lois, ni rien faire par complaisance pour ceux qui l'avaient élu.

Des auteurs modernes écrivent que les Athéniens ont coutume de cacher la dureté des choses en les adoucissant par des noms plus honnêtes et plus doux ; par exemple, ils appellent les impôts, *des contributions ;* les garnisons, *les gardes des villes*, et la prison, *la maison.* Cet adoucissement fut une invention de Solon, qui appela l'abolition des dettes, *la décharge :* car sa première ordonnance porta que toutes les dettes seraient abolies, et que personne ne pourrait plus s'obliger par corps.

Il y a pourtant des auteurs qui écrivent que ce ne fut pas une abolition des dettes, mais une simple diminution des intérêts ; et que les pauvres, ravis du soulagement qu'ils en tiraient, donnèrent eux-mêmes le nom de *décharge* à cette ordonnance pleine d'humanité, qui comprenait aussi l'augmentation des mesures et celle de la monnaie ; car la mine (1), qui ne valait que 73 drachmes, fut portée à 100 : de sorte qu'en payant la même chose en valeur, et donnant beaucoup moins en poids, les débiteurs de grosses sommes gagnaient beaucoup, sans que les créanciers perdissent.

D'abord, cette ordonnance ne plut ni à l'un ni à l'autre des deux partis. Elle choqua les riches, parce qu'elle abolissait les dettes ; et elle fâcha encore plus les pauvres, parce qu'elle n'ordonnait pas un nouveau partage des terres, comme ils l'avaient espéré ; et que Solon ne les avait pas tous rendus égaux en biens, comme Lycurgue l'avait fait à Lacédémone.

Toutes les lois de Dracon *, excepté celles qui étaient contre les meurtriers, furent cassées à cause de leur trop grande sévérité, car elles n'ordonnaient pour toutes les fautes qu'une même peine, qui était la mort ; de sorte que ceux qui étaient convaincus de paresse et d'oisiveté, et ceux qui n'avaient volé que des herbes et des fruits dans un jardin, étaient punis aussi sévèrement que les homicides et les sacrilèges.

Aussi a-t-on fort vanté, dans les siècles suivants, le mot de Démade *, qui dit, en parlant de ces lois, « qu'elles n'avaient pas été écrites avec de l'encre, « mais avec du sang ». Et Dracon lui-même, inter-

(1) Voir la note de la page 56.

rogé pourquoi il avait ordonné une peine capitale
pour toutes les fautes, avait répondu que c'était
« parce que les plus petites lui avaient paru dignes
« de mort, et qu'il n'avait pu trouver d'autre puni-
« tion pour les plus grandes ».

Après avoir annulé ces lois, Solon, voulant laisser
les charges entre les mains des riches, et donner
aussi aux pauvres quelque part au gouvernement
dont ils étaient exclus, fit une estimation des biens
de chaque particulier.

Ceux qui se trouvèrent avoir cinq cents mesures
de revenu annuel, tant en grains qu'en choses liquides, furent mis au premier rang, et appelés les
pentacosiomédimnes, c'est-à-dire, ceux qui avaient cinq
cents mesures de revenu.

Le second ordre comprit ceux qui en avaient trois
cents, et qui pouvaient nourrir un cheval de guerre ;
on les appela les *chevaliers*.

Ceux qui n'en avaient que deux cents, composèrent
le troisième, sous le nom de *zeugites*.

Tous les autres, qui étaient au-dessous, furent
compris sous le nom de *thètes*, c'est-à-dire, de mercenaires travaillant de leurs mains, auxquels Solon
ne permit d'avoir aucune charge ; il leur laissa seulement le droit d'opiner dans les assemblées et dans
les jugements du peuple, ce qui au commencement
ne parut rien, et se trouva à la fin un très grand
avantage ; parce que la plupart des procès et des différends retournaient toujours au peuple, devant lequel on pouvait appeler de tous les jugements des
magistrats.

Solon établit l'Aréopage *, qu'il composa de ceux
qui avaient été archontes ; et comme il avait eu
cette charge, il fut du nombre des juges. Mais,
voyant que l'abolition des dettes avait rendu le

peuple fier et arrogant, il créa un second Conseil composé de quatre cents membres (1), cent de chaque tribu, devant lesquels on rapportait toutes les affaires avant que de les proposer dans l'Assemblée générale; de sorte que le peuple ne connaissait d'aucune affaire qui n'eût été auparavant bien vue et examinée par ce Conseil.

Il réserva à l'Aréopage, comme à la cour souveraine, l'intendance générale de toutes choses, et le soin de faire observer toutes les lois dont il le fit le dépositaire; et il crut que l'État, arrêté et affermi par deux bonnes ancres, ne serait plus si agité ni si tourmenté, et que le peuple serait plus tranquille.

Parmi ses autres lois, il y en a une bien singulière et bien étrange : c'est celle qui déclare infâmes ceux qui, dans une sédition, ne prennent aucun parti. Il ne voulait pas qu'on fût sensible aux malheurs communs, et qu'après avoir mis sa personne et ses biens en sûreté, on se fît un mérite et que l'on triomphât de n'avoir pris aucune part aux misères de sa patrie; il voulait que, dès le commencement, on embrassât le parti le plus juste, que l'on courût le même danger, et qu'on n'attendît pas tranquillement de quel côté pencherait la victoire, afin de suivre le victorieux.

On loue avec raison une autre loi de Solon qui défend de dire du mal des morts ; car il y a de la religion à tenir les morts pour sacrés, de la justice à épargner ceux qui ne sont plus, et de la politique à empêcher les haines d'être immortelles. Il défendit aussi de dire aucune injure à personne dans les temples, dans les lieux où se rendait la justice, dans

---

(1) C'était le Sénat, composé de 400 membres, soit 100 par tribu.

les assemblées du peuple, et dans les théâtres pendant les jeux.

Il ne donna de force et de vigueur à ses lois que pour cent ans, et les fit écrire sur des rouleaux de bois qui furent enchâssés dans des cadres où ils tournaient.

Le Sénat jura qu'il maintiendrait les lois de Solon; et chacun des thesmothètes, ou officiers qui avaient la garde des lois, jura la même chose en particulier sur la place, près de la pierre où se font les proclamations publiques; et, en cas qu'il lui arrivât d'en violer quelqu'une, il s'obligea de consacrer dans le temple de Delphes sa propre statue d'or massif, qui pèserait autant que lui.

(Vie de Solon, XX à LII.)

IV

Le travail à Athènes.

En faisant de la richesse le principe des droits politiques, Solon avait mis en honneur le travail. Il avait tourné vers les arts l'activité des citoyens, et fait une loi qui dispensait un fils de l'obligation de nourrir son père, si son père ne lui avait pas fait apprendre un métier.

L'Aréopage* devait s'enquérir des ressources de chaque citoyen, et punir ceux qui vivaient dans l'oisiveté.

La population de la ville d'Athènes augmentait

tous les jours, car on y accourait de tous côtés, à cause de la grande sûreté dans laquelle on y vivait. Solon, voyant que la plus grande partie du terroir de l'Attique * était ingrate et stérile, et que ceux qui faisaient le commerce sur mer n'apportaient rien aux citoyens qui n'avaient rien à leur donner en échange, exhorta les Athéniens à cultiver les manufactures et les arts, et fit une loi qui portait que le fils ne serait pas tenu de nourrir son père, qui ne lui aurait fait apprendre aucun métier.

Lycurgue, qui habitait une ville où il n'y avait pas d'étrangers, et qui possédait un si grand territoire, qu'il aurait suffi, comme dit Euripide *, à une fois autant d'habitants, et, ce qui est encore plus considérable, qui se voyait environné d'une grande multitude d'Hilotes qu'il était dangereux de laisser en repos, qu'il fallait abattre et humilier par un travail continuel; Lycurgue, dis-je, fit fort bien de décharger ses citoyens de tous les arts mécaniques et abjects, et de ne les accoutumer qu'au seul exercice des armes.

Mais Solon, qui devait bien plus accommoder les lois aux choses que les choses aux lois, et qui connaissait la nature du pays, qui, bien loin d'être en état de fournir à la nourriture d'une populace fainéante et oisive, pouvait à peine faire subsister les laboureurs, fit aussi très sagement de relever les arts et les métiers par toutes sortes d'honneurs et de privilèges, et de commettre l'Aréopage pour informer de la manière dont chacun gagnait sa vie, et pour châtier ceux qui ne faisaient rien.

(*Vie de Solon*, XLII.)

En résumé, si on veut mettre en regard l'esprit des lois civiles de Sparte et d'Athènes, on voit ceci:

La famille athénienne était constituée avec
une largeur qui contrastait singulièrement avec
l'étroit despotisme de Sparte. Le père partage
également ses biens entre ses fils; l'aîné n'a
qu'une prérogative, il garde le foyer paternel.
Les filles héritent au même titre que les garçons,
et les fils dotent leurs sœurs. L'homme qui meurt
sans enfants peut disposer de ses biens par testament. Solon avait voulu que chacun fût véritablement maître de ses biens; il avait préféré
l'amitié à la parenté, la liberté du choix à la
contrainte.

Les lois de la cité ne gênent plus d'une façon
absolue les libres sentiments de l'individu; la
puissance de la tribu, de l'État cède devant la reconnaissance des droits nouveaux de l'être isolé.

Tandis qu'à Sparte l'enfant ne vit qu'avec la
permission de l'État, et qu'il échappe à la famille
dès l'âge de sept ans, à Athènes il reste jusqu'à
seize ans soumis à la seule autorité de son père.
La loi n'intervient que pour surveiller le père et
le fils dans l'accomplissement de leurs devoirs
réciproques.

De seize à dix-huit ans, le jeune homme étudie
sous différents maîtres, sans quitter la maison de
son père; à dix-huit ans, il prend rang parmi les
éphèbes et se forme à l'art de la guerre. Soldat, il
prête le serment suivant: « Je ne déshonorerai
point mes armes en abandonnant mes compa-

gnons ; je combattrai jusqu'au dernier soupir
pour défendre les autels et le territoire de la patrie ; je laisserai mon pays en meilleur état que je
ne l'ai trouvé ; j'obéirai aux lois et aux magistrats, je respecterai la religion des ancêtres. »

La loi athénienne protégeait l'étranger et
ne retenait point le citoyen malgré lui. « Tu peux
quitter ta patrie, disent au citoyen les Lois dans
le *Criton* (1), si nous ou la République ne te
plaisons pas. » L'esclave est traité avec une douceur inouïe dans l'antiquité: un esclave frappé
par son maître peut, à l'instant même, exiger
d'être vendu. Quand il est en contestation avec
son maître, le temple de Thésée lui offre un
asile inviolable.

V

Entrevue de Solon et de Crésus.

Plutarque ne se fait aucune illusion sur l'au-
thenticité de cette entrevue; il reconnaît lui-
même qu'une exacte chronologie semble devoir
la faire rejeter au rang des fables. Mais il goûte
la saveur morale de cette légende et il n'a pas la
cruauté d'en priver le lecteur.

(1) Titre d'un dialogue de Platon.

On raconte que Solon s'étant rendu auprès de Crésus *, qui l'avait sollicité de venir le voir, fut à peu près comme cet homme qui, né au milieu de la terre ferme, et étant allé voir la mer, prenait pour elle toutes les rivières qu'il rencontrait. De même, Solon étant arrivé à la cour, et voyant un grand nombre de seigneurs magnifiquement vêtus, qui marchaient avec grand bruit, environnés d'une foule d'esclaves, de gardes et de courtisans, il les prenait tous pour Crésus *, jusqu'à ce qu'il fût conduit auprès de ce prince, qui, pour se faire voir avec plus de pompe et de majesté, avait ce jour-là sur lui tout ce qu'on peut imaginer de plus précieux et de plus rare.

Ses habits étaient d'un drap de pourpre de diverses couleurs, rehaussé d'or, où la délicatesse de l'art disputait avec la richesse de la matière, et où les pierres les plus précieuses étaient semées avec profusion. Solon fut longtemps devant lui sans donner aucune des marques d'émotion qu'il avait attendues, et sans dire la moindre parole qui sentit la surprise ou l'admiration ; au contraire, il fit connaitre aux gens sensés, qu'il méprisait cette vanité, comme une petitesse d'esprit, et comme une bassesse de courage.

Crésus commanda qu'on lui montrât tous ses trésors, et qu'on lui fit voir la somptuosité et la magnificence de ses appartements et de ses meubles : chose fort inutile ; car, pour juger de Crésus, Solon n'avait qu'à le voir. Quand il eut tout examiné, on le ramena. Crésus lui demanda « s'il avait jamais connu d'homme « plus heureux que lui » ? Solon répondit qu'*oui*, et que « c'était un simple bourgeois d'Athènes, nommé « Tellus, qui avait vécu en homme de bien, qui « avait laissé après lui des enfants généralement « estimés, et qui, après avoir été toute sa vie au-

« dessus du besoin, était mort en combattant glorieu-
« sement pour sa patrie ».

Crésus croyait déjà qu'il avait perdu l'esprit, et le
prenait pour un homme stupide et grossier, de ne
pas mesurer le bonheur à l'abondance de l'or et de
l'argent, et de préférer la vie et la mort d'un homme
du peuple à une si grande puissance et à un empire
si florissant.

Cependant il lui demanda encore « si, après ce
« Tellus, il avait connu un autre homme dont le
« bonheur fût égal au sien »? Solon lui répondit
« qu'il avait connu de plus heureux que lui, Cléo-
« bis et Biton, deux frères qui avaient été un mo-
« dèle parfait d'amitié fraternelle, et qui avaient eu
« pour leur mère tant d'amour et de piété, qu'un
« jour de fête solennelle, où elle devait aller au
« temple de Junon, comme ses bœufs tardaient trop
« à venir, ils se mirent eux-mêmes au joug, et trai-
« nèrent le char de leur mère, qui était ravie, et
« dont tout le monde vantait le bonheur d'avoir
« eu de tels enfants. Après le sacrifice, ils allèrent
« se coucher; mais ils ne se relevèrent pas le len-
« demain, et terminèrent leur vie par une mort
« douce et tranquille, au milieu d'une très grande
« gloire qui n'aura point de fin. »

— « Eh quoi! reprit Crésus déjà transporté de co-
« lère, tu ne me compteras point parmi les heureux? »
Solon, qui ne voulait ni le flatter, ni l'aigrir davantage,
lui dit avec douceur : « Roi de Lydie *, Dieu nous a
« donné à nous autres Grecs toutes choses dans la mé-
« diocrité; surtout il nous a fait présent d'une sagesse
« ferme, mais simple et populaire, qui n'a rien de
« royal ni d'éclatant, et qui, connaissant que la vie
« des hommes éprouve un nombre infini de vicissi-
« tudes et de changements, ne nous permet ni de nous

« glorifier des biens dont nous jouissons nous-mêmes,
« ni d'admirer dans les autres une félicité qui peut
« n'être que passagère, et n'avoir rien de réel ; car
« l'avenir est pour chaque homme un tissu d'acci-
« dents tout divers, qui ne peuvent être prévus :
« celui-là nous paraît seul heureux, de qui Dieu a
« continué la félicité jusqu'au dernier moment de
« sa vie ; mais pour celui qui vit encore, et qui flotte
« au milieu des écueils sur cette mer orageuse, son
« bonheur nous paraît aussi incertain et aussi mal
« assuré, que la couronne pour celui qui combat
« encore et qui n'a pas encore vaincu ». Solon se
retira après ces paroles, qui ne firent qu'affliger
Crésus sans le corriger.

Ésope *, celui qui a fait des fables, était alors à la
cour, où il avait été appelé par Crésus qui le traitait
très favorablement ; il fut fâché du mauvais accueil
que Solon avait reçu de ce prince, et lui dit par
forme d'avis : « Solon, il faut ou ne point approcher
« des rois, ou ne leur dire que des choses qui leur
« soient agréables. — Dis plutôt, répondit Solon,
« qu'il faut ou ne les point approcher, ou leur dire
« des choses qui leur soient utiles. »

Ainsi Crésus eut toujours, depuis, beaucoup de
mépris pour Solon ; jusqu'à ce qu'ayant été défait
en bataille par Cyrus *, sa ville capitale prise, et lui-
même fait prisonnier, et étant déjà monté tout lié sur
le bûcher où il allait être brûlé au milieu des Perses,
et à la vue de Cyrus même, il s'écria par trois fois de
toute sa force : O Solon !

Cyrus, étonné, lui envoya demander quel homme
ou quel dieu c'était que Solon qu'il réclamait seul
dans ce malheur inévitable. Crésus répondit, sans
rien déguiser : « C'est un des Sages de la Grèce,
« que j'avais fait venir auprès de moi, non pas pour

« l'écouter et pour apprendre de lui les choses dont
« j'avais si grand besoin, mais afin qu'après avoir
« été le spectateur et le témoin de ma gloire et de
« mes richesses, il allât remplir la Grèce du bruit
« de ma félicité, dans la perte de laquelle je trouve
« aujourd'hui plus de mal que je n'ai jamais trouvé
« de bien dans sa jouissance ; car les faveurs de la
« fortune n'étaient qu'en idée et en opinion, au lieu
« que ses revers me plongent dans des malheurs
« réels et dans des calamités véritables, et c'est ce
« que conjecturait fort bien ce sage Grec. Car, pré-
« voyant ce qui m'arrive aujourd'hui sur ce que je
« faisais alors, il m'avertissait de regarder toujours
« à la fin de ma vie, et de ne pas m'enorgueillir,
« enflé d'une vaine confiance qui n'avait point de
« fondement. »

Quand on eut fait ce rapport à Cyrus, ce prince,
beaucoup plus sage que Crésus, et qui voyait les
paroles de Solon confirmées par ce grand exemple,
non seulement délivra son ennemi, mais l'honora
tout le temps qu'il vécut.

(*Vie de Solon*, LVI à LIX.)

CHAPITRE III

LES GUERRES MÉDIQUES

L'HÉGÉMONIE D'ATHÈNES

Les guerres médiques sont assurément le plus grand événement de l'histoire de la Grèce, dont elles forment comme le nœud. En mettant aux prises deux races d'hommes différentes, en opposant deux types de civilisation et deux génies politiques, elles furent pour le monde grec comme la révélation de sa force et de son vrai caractère. La menace de l'ennemi du dehors éveilla pour la première fois chez les Hellènes la conscience de leur unité, et leur communiqua, avec ce sentiment nouveau, l'énergie suffisante pour défendre leur indépendance.

Ce fait complexe et tragique dépasse les proportions d'une histoire particulière ; un déplacement de la victoire dans les luttes médiques eût

modifié dans son essence même, avec l'histoire
de la Grèce, les caractères de cette civilisation
antique dont nous procédons. Darius* et Xerxès*,
personnification du génie asiatique, sont nos
ennemis, comme ils furent ceux d'Athènes. Les
victoires de Miltiade* et de Thémistocle* sont nos
victoires, et le génie d'Eschyle* eut la divination
du caractère universel de ce grand fait, quand il
s'écriait, au lendemain de Marathon, dans sa tragédie des *Perses*: « Les peuples ne se prosterne-
ront plus à terre devant la majesté souveraine;
la puissance du Roi a péri. La langue des
hommes n'est plus emprisonnée. Le joug de la
force a été brisé; dès cet instant, le peuple
déchaîné exhale librement sa pensée. »

La première guerre médique fut une surprise
à la fois pour les Barbares et pour les Grecs : les
uns croyaient ne faire qu'une marche triom-
phale; les autres espéraient à peine faire payer
chèrement leur défaite. Jusqu'alors le seul nom
des Mèdes, Hérodote* le reconnaît, avait inspiré
de la terreur aux Grecs. Les Athéniens rompi-
rent le charme, et le 12 septembre 490, sur le
champ de bataille de Marathon, Athènes était
sacrée reine du monde hellénique. Les dieux
s'étaient prononcés pour elle ; et lorsque le cou-
reur Philippide avait fait en deux jours le trajet
d'Athènes à Sparte pour demander le concours
de la cité guerrière, il avait vu, près du mont

Plaine de Marathon. D'après Stackelburg.

Parthénion*, au-dessus de Tégée*, le dieu Pan* en personne qui lui avait parlé de sa bienveillance pour Athènes et de la protection qu'il lui réservait pour l'avenir.

Marathon était un gage ; mais bien fol eût été le vainqueur s'il eût tenu cet avantage pour décisif. La Perse ne pouvait voir dans cette défaite qu'un accident, un arrêt momentané dans le développement de sa puissance. Elle devait réparer son échec et mesurer la grandeur des préparatifs au profond ressentiment de l'outrage. Son nouveau souverain, Xerxès, exalté par le délire de la toute-puissance, voyait déjà la Grèce grossir le nombre de ses satrapies (1).

Athènes se fût volontiers reposée dans l'enchantement de sa victoire, si elle n'avait été tenue en haleine par un des hommes qui représentent le mieux son génie, Thémistocle*.

(1) Les satrapies étaient les grandes divisions administratives de l'empire perse.

THÉMISTOCLE

I

Le premier éveil d'une ambition politique.

La naissance de Thémistocle était trop obscure pour servir à sa réputation ; car il était fils de Néoclès, un des moins considérables citoyens d'Athènes, du bourg de Phréar, de la tribu Léontide. On prétend même que, du côté de sa mère, il était étranger.

Tous les habitants illégitimes, c'est-à-dire, qui n'étaient pas Athéniens de père et de mère, étaient obligés de s'assembler pour leurs fêtes et pour leurs exercices à Cynosarges, qui est un lieu de palestre, consacré à Héraclès et situé hors de la ville, parce que ce héros n'était point de race divine de deux côtés, étant né d'une mère mortelle. Thémistocle persuada à quelques jeunes gens des plus grandes maisons de descendre à Cynosarges, et de s'exercer avec lui ; et par là, il parut avoir adroitement effacé la différence qui était entre les véritables citoyens et ceux qui n'en avaient pas toutes les qualités.

On convient que, dès son enfance, il était entreprenant et hardi, qu'il avait un sens droit, et qu'il était naturellement porté aux grandes choses et à la politique ; car, à ses heures de divertissement, on ne le voyait jamais perdre son temps à jouer ou à ne rien faire, comme les autres enfants ; mais on le trouvait toujours méditant et composant en lui-même quelques graves discours pour accuser ou pour défendre quelqu'un de ses camarades ; aussi son maître lui disait souvent : « Mon fils, tu ne seras jamais un « homme médiocre ; il faut nécessairement que tu « sois ou entièrement bon, ou entièrement mauvais ».

En effet, toutes les sciences, qui ne tendent qu'à polir les mœurs, ou qu'on ne cherche que pour quelque plaisir honnête, ou pour acquérir des grâces, il les apprenait avec lenteur, et sans faire paraître qu'il y eût aucune inclination ; au lieu que si l'on disait des choses qui pussent nourrir et augmenter la prudence, et rendre propre aux affaires d'État, il les écoutait avec une attention et avec une application au delà de son âge, et se les appropriait comme se confiant en son heureux naturel, et ne désespérant pas de les mettre un jour en pratique.

De là vint que longtemps après, étant raillé dans une assemblée par des gens qui paraissaient mieux instruits que lui dans ce qu'on appelle urbanité, et dans tout ce qui fait l'agrément du commerce de la vie civile, il repoussa ces railleries par des paroles trop fortes et trop hautaines : « Je ne sais, « dit-il, ni accorder la lyre, ni toucher le psaltérion ; « mais qu'on me donne une ville, quelque petite et « quelque inconnue qu'elle puisse être, je saurai la « rendre grande, et lui acquérir un grand nom ».

Dans la première ardeur de sa jeunesse, il fut inégal et inconstant. Il ne suivait que l'impétuosité de son naturel qui n'était réglé ni par la raison ni par l'éducation, et qui produisait en lui des changements de mœurs très prompts d'une extrémité à l'autre, et le poussait le plus souvent à tout ce qu'il y

3**

avait de plus mauvais. Il l'avouait lui-même dans la
suite, en disant: « que les poulains les plus difficiles
« et les plus fougueux deviennent les meilleurs che-
« vaux, lorsqu'ils sont domptés et dressés par un
« écuyer habile ».

Thémistocle était si enflammé du désir de la gloire,
si passionné pour les grands exploits, et si plein
d'ambition, qu'étant encore fort jeune, lorsque la
bataille de Marathon* fut livrée contre les Barbares,
comme on célébrait partout la valeur et la conduite
de Miltiade* qui l'avait gagnée, on le voyait le plus
souvent renfermé en lui-même tout pensif; il passait
les nuits entières sans fermer l'œil ; il ne se trouvait
plus aux festins publics, comme à l'ordinaire ; et
lorsque ses amis, étonnés de ce changement, lui en
demandaient la raison, il leur répondait « que les
trophées de Miltiade* ne le laissaient pas dormir ».

Aussi, pendant que tous les autres Athéniens ne
doutaient pas que la défaite des Barbares à cette
journée de Marathon ne fût la fin de la guerre, Thémistocle au contraire pensait qu'elle était le commencement et comme le signal des plus grands
combats.

Étant encore jeune et peu connu, il pria un joueur
de lyre, nommé Épiclès, qui était fort estimé des Athéniens, de venir tenir son école dans sa maison, afin
d'attirer tous les jours chez lui beaucoup de monde;
et dans un voyage qu'il fit pour assister aux Jeux
Olympiques*, il se piqua d'égaler ou de surpasser
même Cimon (1) dans la somptuosité de sa table,
dans la magnificence de ses tentes, et dans la richesse
du reste de son train et de son équipage : ce qui ne
plut pas aux Grecs, qui trouvaient que ce grand

(1) Voir plus loin les pages consacrées à Cimon.

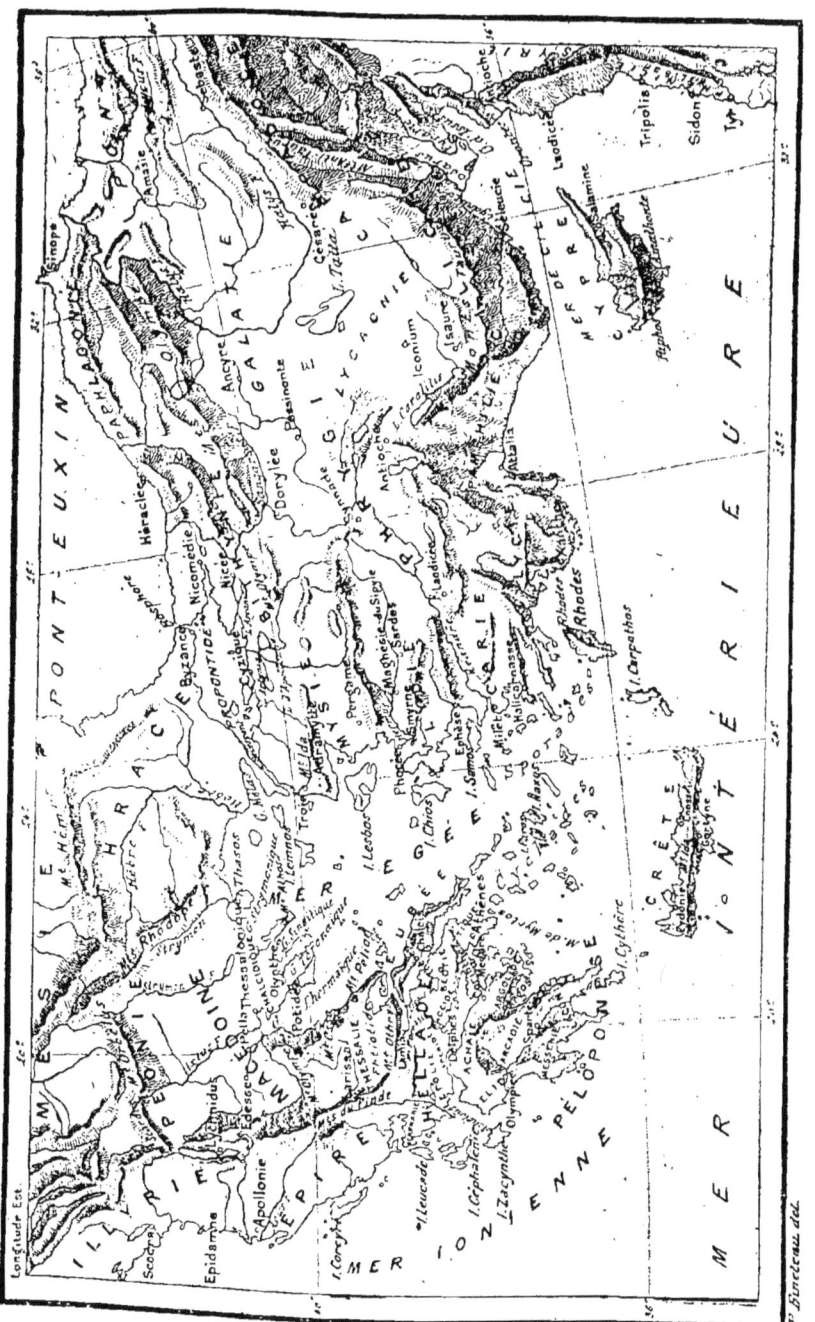

GRÈCE ET ASIE-MINEURE.

P. Bineteau del.

éclat convenait à Cimon, qui était jeune et de grande maison ; mais que Thémistocle, qui n'était pas encore connu, ne devait passer que pour un présomptueux, de s'élever ainsi au-dessus de son état et de sa fortune.

Cependant, il sut se rendre agréable aux Athéniens, soit parce qu'il nommait tous les citoyens chacun par leur nom, sans le secours de personne, soit parce que, dans tous leurs différends, il était leur arbitre sans montrer la moindre partialité : aussi répondit-il au poète Simonide de Céos * qui lui demandait quelque chose d'injuste pendant qu'il était archonte: « Comme tu ne serais pas bon poète si tu « faisais des vers contre les règles de la poésie, je ne « serais pas non plus bon magistrat, si je t'accordais « quelque grâce contre les lois ».

(*Vie de Thémistocle*, I à VI et IX.)

II

La préparation de Salamine et la grandeur maritime d'Athènes.

Avec le coup d'œil du génie, Thémistocle avait compris que ni le courage d'une poignée de braves, ni les remparts d'Athènes ne pouvaient arrêter indéfiniment un flot toujours renouvelé de barbares. Il fallait choisir un nouveau terrain de lutte sur lequel les Grecs pussent conserver l'avantage.

Thémistocle eut ce jour-là cette intuition su-

périeure qui fait les grands hommes d'Etat et
qui manqua à Miltiade lui-même, obstiné dans
sa routine de la lutte sur terre. Avec ce rapide
discernement qui découvre à l'heure critique le
but à viser, il changea complètement l'orienta-
tion de la politique nationale; son plan auda-
cieux, imprévu, tournait définitivement vers les
choses de la mer et le génie et toutes les ressources de la patrie.

Son premier acte fut d'oser, seul, proposer aux
Athéniens, qui avaient coutume de se distribuer tous
les revenus des mines d'argent du Laurium *, d'abolir
ces distributions et d'employer cet argent à construire des vaisseaux à trois rangs de rames, pour
faire la guerre aux Eginètes *, alors redoutables à
toute la Grèce, et les maîtres de la mer par le grand
nombre de leurs vaisseaux. Ce fut par là qu'il parvint
à les persuader, non pas en les menaçant de Darius *
et des Perses; car ils étaient déjà loin, et on ne craignait que faiblement qu'ils revinssent ; mais en réveillant leur animosité et leur ancienne jalousie contre
Egine * pour les porter à faire ces préparatifs.

On construisit donc cent galères qui combattirent
contre Xerxès; et, dès ce moment-là, il tourna peu
à peu les vues des Athéniens du côté de la marine,
en leur montrant que, sur terre, ils ne pouvaient pas
même résister à leurs égaux : au lieu que, par leurs
forces maritimes, ils seraient en état de repousser les
Barbares, et même de s'assujettir la Grèce entière.
Mais alors, suivant Platon *, il changea de bonnes
troupes de terre en matelots et en gens de mer, et
s'attira ce reproche, qu'il avait arraché aux Athé-

niens la pique et le bouclier pour les réduire au banc
et à la rame. Son avis même passa malgré les efforts
de Miltiade * qui s'y opposait.

L'immense flot humain que Xerxès* poussait
devant lui allait envahir la Grèce ; les Spartiates
de Léonidas* ne pouvaient qu'honorer le nom
grec sans sauver la patrie hellénique. Quand les
Thermopyles* furent forcées, c'était l'avis de la
plupart des Grecs de rassembler derrière l'isthme
de Corinthe* toutes les forces de la Grèce, de se
réfugier dans le Péloponèse*, comme dans une
citadelle, et de livrer le reste en proie.

Les Athéniens furent très irrités d'une si lâche
désertion, et fort abattus et découragés de se voir
abandonnés de cette manière : car de combattre seuls
contre des milliers d'hommes, c'était à quoi il ne fallait seulement pas penser. En cet état, il n'y avait
qu'un seul parti à prendre, qui était d'abandonner
leur ville et de s'embarquer ; mais le peuple ne voulait nullement y consentir, ne se souciant plus de
vaincre, et ne voyant aucun moyen de se sauver
après avoir abandonné les temples de leurs dieux et
les tombeaux de leurs ancêtres.

Thémistocle, voyant donc que, par toutes les raisons humaines, il ne pourrait faire consentir le peuple à son dessein, eut recours à d'autres moyens,
comme on emploie dans les tragédies des machines
lorsque le nœud est trop embarrassé , et fit alors
intervenir des prodiges et des oracles.

Pour prodige, il profita habilement de l'occasion
que lui fournit le dragon d'Athénè qui semblait avoir

disparu ces jours-là, et avoir quitté le lieu saint ; et il se servit adroitement des oblations qu'on lui faisait chaque jour, et qu'on trouva tout entières. Les prêtres, à qui Thémistocle avait fait la leçon, répandaient, parmi le peuple, que la déesse avait quitté la ville, et qu'elle leur montrait elle-même le chemin de la mer.

D'un autre côté, il les gagnait par le moyen de l'oracle de la Pythie *, qui leur ordonnait de se sauver dans des murailles de bois ; car il leur soutenait que ces murailles de bois ne signifiaient autre chose que des vaisseaux ; et que, par cette même raison, le dieu avait appelé, dans cet oracle, Salamine *divine*, et non pas *malheureuse*, comme une île qui donnerait son nom au plus grand exploit que les Grecs eussent encore fait.

Son avis ayant donc été reçu, il fit ce décret : « qu'on mettrait la ville d'Athènes sous la garde « d'Athène, protectrice des Athéniens ; que tous ceux « qui étaient en état de porter les armes monteraient « sur les vaisseaux, et que chacun pourvoirait, « comme il le pourrait, au salut et à la sûreté de sa « femme, de ses enfants et de ses esclaves ».

Ce décret ayant été approuvé, la plupart des Athéniens envoyèrent leurs parents qui étaient âgés, avec leurs femmes et leurs enfants, à Trézène *, où ils furent reçus avec beaucoup de générosité et d'humanité : les Trézéniens ordonnèrent qu'ils seraient nourris aux dépens du public, et leur assignèrent à chacun deux oboles par jour ; ils permirent, outre cela, aux enfants de prendre des fruits partout.

Quand toute la ville vint à s'embarquer, ce spectacle inspira aux uns de la compassion, et aux autres de l'admiration pour la fermeté et le courage de ces hommes qui renvoyaient ailleurs leurs parents, et qui, sans être ébranlés par leurs gémissements, ni par les tendres embrassements de leurs enfants et de leurs femmes, passaient avec tant de résolution à Salamine.

Et ce qui augmentait infiniment la compassion, c'était un grand nombre de citoyens qu'on était forcé de laisser à cause de leur extrême vieillesse ; mais parmi tant de sujets de tristesse et de pitié, on ne pouvait s'empêcher d'être encore touché et attendri de voir les animaux domestiques courir en poussant des hurlements, et en témoignant leurs regrets autour de leurs maîtres qui s'embarquaient. On remarqua surtout le chien de Xantippe, père de Périclès (1), lequel, ne pouvant supporter de se voir abandonné de son maître, se jeta à la mer, et nagea toujours près de son vaisseau jusqu'à ce qu'il aborda presque sans force à Salamine, où il mourut sur le rivage ; on montre encore aujourd'hui, dans le même lieu, un endroit qu'on appelle Cynossema, *la sépulture du chien*, où l'on prétend qu'il fut enterré.

Eurybiade, qui avait été élu général de la flotte à cause de la dignité de Sparte, mais qui d'ailleurs était homme de peu de courage, voulait absolument partir, et se retirer vers l'isthme où était assemblée l'armée de terre des Péloponésiens ; mais Thémistocle s'y opposa, et l'on rapporte quelques réponses qu'il fit en cette occasion, et qui sont dignes de remarque.

Eurybiade lui ayant dit : « On châtie ceux qui se « lèvent sans ordre dans les combats publics. — Il « est vrai, répondit Thémistocle ; mais on ne cou- « ronne jamais ceux qui attendent trop tard et qui « demeurent derrière ». — Sur cela Eurybiade ayant

(1) Voir plus bas les pages consacrées à Périclès.

levé le bâton comme pour le frapper, Thémistocle lui dit : *Frappe, mais écoute*. Alors Eurybiade, admirant sa douceur et sa patience, lui ordonna de parler.

Thémistocle le ramenait déjà à son avis, lorsqu'un des capitaines dit tout haut : « Il sied bien mal à un « homme qui n'a plus de ville, de conseiller à ceux « qui en ont encore une, de la quitter et de l'aban- « donner ». Thémistocle se tournant de son côté, et lui adressant la parole, lui dit : « Misérable que tu « es, nous avons abandonné nos maisons et nos « murailles, ne croyant pas que, pour conserver des « choses inanimées, nous dussions nous rendre es- « claves; mais il nous reste encore une ville beau- « coup plus grande que toutes les villes de Grèce; ce « sont ces deux cents vaisseaux qui sont ici pour « vous sauver, si vous voulez profiter du secours « qu'ils vous offrent. Si vous vous retirez et si vous « nous abandonnez pour la seconde fois, il y a ici « quelques Grecs qui entendront bientôt dire que les « Athéniens sont maîtres d'une ville libre, et qu'ils « possèdent des terres plus grandes et meilleures que « celles qu'ils viennent de quitter. »

Le matin, dès la pointe du jour, Xercès, pour voir sa flotte et l'ordre de bataille, se plaça sur une hauteur; il était au-dessus du temple d'Héraclès, près de l'endroit le plus resserré du canal, qui sépare l'île de Salamine de l'Attique, ou, selon d'autres auteurs, près des confins de Mégare *, sur les coteaux appelés *Kerata*, les *Cornes*. Assis sur un siège d'or, il avait à ses côtés plusieurs secrétaires, qui avaient ordre d'écrire tout ce qui se passerait dans le combat.

Pour ce qui est du nombre des vaisseaux des Barbares, le poète Eschyle *, dans sa tragédie des *Perses*, en parle en ces termes, comme d'une chose certaine, et dont il était très bien informé : « Xercès,

« je le sais fort bien, avait une flotte de mille vais-
« seaux ; et outre ces mille, il en avait encore deux
« cent sept d'une légèreté merveilleuse ». Les Athéniens en avaient cent quatre-vingts ; et sur chacun

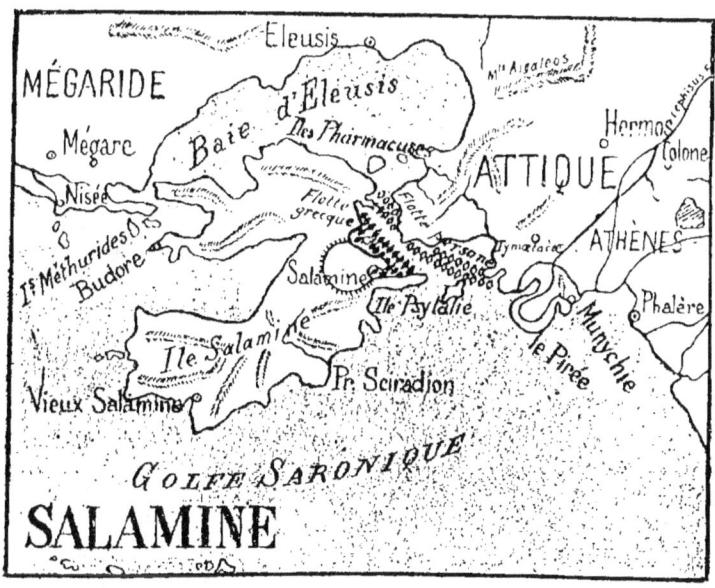

Carte de la baie de Salamine.

dix-huit hommes de guerre, dont quatre tiraient de
l'arc, et les autres étaient pesamment armés.

Si Thémistocle fut habile à choisir le lieu du combat, il ne le fut pas moins à saisir le moment favorable ; car, pour attaquer les ennemis, il attendit
l'heure où il souffle ordinairement de la mer un vent
très fort, qui dans ce détroit soulève les vagues. Ce
vent n'incommodait en rien les vaisseaux des Grecs,
qui étaient bas et plats, au lieu qu'il était très con-

traire aux vaisseaux des Perses, qui avaient la proue haute, les ponts fort élevés, et qui étaient pesants. Ils les faisaient tourner, de manière qu'ils présentaient le flanc aux Athéniens qui les attaquaient vivement et qui avaient toujours les yeux sur Thémistocle, comme sur celui qui savait le mieux ce qu'il fallait faire.

Pendant le combat, on dit qu'il parut une grande flamme du côté d'Eleusis * et que dans la plaine jusqu'à la mer, on entendit un grand bruit de voix confuses, comme d'une troupe de gens qui menaient en pompe le dieu Bacchus et qui célébraient sa fête, et que de dessous les pieds de cette multitude, il s'éleva un nuage de poussière qui alla tomber sur les vaisseaux des Grecs. D'autres crurent voir des fantômes et des figures d'hommes armés, qui de l'île d'Egine * tendaient les mains au-devant de leur flotte ; et l'on conjecturait que c'était les Eacides (1) dont on avait imploré le secours avant le combat.

Le premier qui prit un vaisseau ennemi fut un capitaine athénien, nommé Lycomède. Après s'en être rendu maître, il coupa la proue, et la consacra avec ses enseignes à Apollon *, surnommé *Porte-Laurier*. Les autres, à la faveur du détroit, présentant un front égal à celui des Barbares, qui ne pouvaient venir au combat qu'à la file, et qui s'entre-heurtaient et s'embarrassaient par leur grand nombre, les pressèrent si opiniâtrement, qu'après avoir combattu jusqu'à la nuit, ils les mirent en fuite, et remportèrent, comme dit Simonide *, cette belle et signalée victoire, qui a été l'action la plus éclatante que les Grecs et toutes les nations barbares aient jamais

(1) C'était le nom donné à tous les descendants d'Eaque, roi légendaire d'Egine, et plus tard juge aux Enfers. Ces descendants étaient Pélée, Achille, Pyrrhus, etc.

Vue la ra l e de Salamine. D'après une photographie.

faite sur mer, tant pour la valeur et le courage des soldats, que pour la prudence et la force de génie de Thémistocle.

Hérodote * écrit que de toutes les villes de la Grèce, celle qui se signala le plus dans cette bataille navale, fut Égine *, et que Thémistocle remporta le prix de la valeur, du consentement de tous les Grecs; que la vérité força à lui rendre ce témoignage, malgré l'envie qu'ils lui portaient; car après qu'ils se furent retirés dans l'isthme, tous les capitaines ayant été obligés de déclarer, par des billets pris sur l'autel, ceux qui avaient le mieux servi dans cette occasion, chacun s'adjugea le premier prix, et donna le second à Thémistocle. Les Lacédémoniens même, l'ayant mené à Sparte pour lui rendre les honneurs qui lui étaient dus, décernèrent à leur général Euribiade le prix de la valeur, et à Thémistocle celui de la sagesse, les honorant l'un et l'autre d'une couronne d'olivier. Ils firent aussi présent à Thémistocle du plus beau char qui fût dans la ville; et, à son départ, ils envoyèrent trois cents jeunes Spartiates des plus considérables pour l'accompagner jusqu'aux montagnes.

On raconte encore qu'aux Jeux Olympiques, qui furent célébrés après cette bataille de Salamine, sitôt que Thémistocle parut dans le stade, les spectateurs ne s'occupèrent plus des combattants, et eurent pendant tout le jour les yeux fixés sur sa personne, en le montrant aux étrangers avec des battements de mains, et avec toutes les marques d'une admiration extraordinaire. Thémistocle en fut si ravi, qu'il avoua à ses amis que, ce jour-là, il recueillait le fruit de tous les travaux qu'il avait soutenus pour la Grèce.

Lorsqu'il eut exécuté tant de grandes choses, Thémistocle ne pensa qu'à fortifier Athènes, et qu'à l'environner de murailles, ne cherchant qu'à gagner

du temps pour achever ses murailles, et qu'à faire
en sorte que les Athéniens pussent retenir pour
otages de sa personne, ceux qui leur seraient envoyés. Cela réussit; et les Lacédémoniens ayant été
informés de la vérité, ne lui firent aucun mauvais
traitement, mais prirent le parti de dissimuler leur
ressentiment, et le laissèrent partir.

Il bâtit et fortifia ensuite le Pirée *, ayant remarqué
la commodité de ses ports, et voulant tourner les
vues des Athéniens du côté de la mer. En cela il suivit
une politique toute contraire à celle des anciens rois
d'Athènes, qui, ne cherchant qu'à éloigner de la
marine leurs citoyens, et qu'à les porter à renoncer
aux vaisseaux pour cultiver la terre, publièrent cette
fable : Minerve, plaidant un jour contre Poséidon,
pour savoir qui, d'elle ou de lui, serait déclaré
protecteur de l'Attique, gagna sa cause en montrant
l'olivier à ses juges. Thémistocle ne confondit point
le Pirée avec la ville, comme le poète comique Aristophane * le lui reproche, mais il attacha la ville au
Pirée * et la terre à la mer.

Vie de Thémistocle, VII à XXXVIII.)

III

Thémistocle en exil.

Les Athéniens bannirent Thémistocle du ban de
l'ostracisme (1), pour rabattre cet excès de son auto-

(1) L'ostracisme était un mode de jugement usité à Athènes,
dès la fin du VIᵉ siècle, en vertu duquel les citoyens pouvaient
bannir, sans instruire de procès, tout homme dont l'ambition

rité et de son crédit, comme ils avaient coutume de
traiter tous ceux dont la puissance leur paraissait
trop grande et trop pesante, et n'avait aucune proportion avec l'égalité démocratique. Car ce ban
n'était pas une punition, mais un adoucissement et
un soulagement de l'envie qui se plaisait à rabaisser
ceux qui étaient trop élevés, et qui assouvissait toute
sa haine et exhalait sa colère par cette espèce de
vengeance.

Plus tard, le peuple d'Athènes, excité par les accusateurs de Thémistocle, envoya des gens pour se
saisir de sa personne. Thémistocle, averti, se réfugia
chez Admète, roi des Molosses *. Ce roi, ayant autrefois demandé du secours aux Athéniens, et ayant
été honteusement refusé par Thémistocle qui avait
alors la principale autorité, en conservait un vif ressentiment, et témoignait qu'il s'en vengerait, s'il en
trouvait une occasion favorable; mais Thémistocle,
qui jugea bien que dans son exil l'envie encore toute
récente de ses concitoyens était plus à craindre pour
lui que l'ancienne haine de ce roi, voulut courir ce
dernier risque.

Il se rendit donc suppliant d'Admète, et d'une
manière fort singulière et fort extraordinaire; car,
prenant entre ses bras le fils du roi, il s'assit au
milieu de son foyer entre ses dieux domestiques.
Les Molosses * regardent cette sorte de supplication
comme la plus grande, et la seule qu'on ne saurait
rejeter. Il y a des auteurs qui écrivent que ce fut la
femme même du roi, nommée Phtie, qui lui enseigna
cette manière de supplier, et qui, lui mettant son fils

ou les talents semblaient un danger pour les libertés publiques. Les votants inscrivaient le nom du personnage suspect
sur une coquille (οστρακον).

entre les bras, le plaça devant le foyer. D'autres prétendent qu'Admète lui-même, pour consacrer et sanc-
tifier la nécessité qui le forcerait de refuser Thémistocle à ceux qui le redemanderaient, imagina cette
espèce de supplication extraordinaire et tragique.

Il dut se rappeler alors ce mot qu'il avait dit
autrefois, comme avec un pressentiment :

« Quand il survient quelque orage de guerre, les
Athéniens viennent à moi, comme l'on fait à l'ombre
d'un platane quand il survient une soudaine pluie.
Ensuite, le beau temps venu, on l'ébranche et on lui
coupe ses rameaux. »

Plus tard, il se réfugia à la cour du Grand
Roi. C'est à cette grande scène que faisait allusion Napoléon 1er, quand il écrivait, le 14 juillet
1815, au prince régent d'Angleterre : « Je viens,
comme Thémistocle, m'asseoir sur le foyer du
peuple britannique. »

Quand Thémistocle parut devant le roi, il l'adora,
et se tint dans un profond silence. Le roi commanda
à un interprète de lui demander qui il était, et celui-ci
ayant exécuté l'ordre, Thémistocle répondit : « Grand
« roi, je suis Thémistocle. Athénien, qui, ayant été
« banni par les Grecs, me suis retiré vers vous. Véri-
« tablement, j'ai fait beaucoup de mal aux Perses,
« mais je leur ai fait encore plus de bien; car ce fut
« moi qui empêchai les Grecs de les poursuivre,
« lorsque la Grèce mise en sûreté par mes soins, et
« ma patrie sauvée, semblaient me permettre de
« vous rendre quelque service. Je n'ai d'autres pen-
« sées que celles qui conviennent à l'état présent de

« ma fortune ; et je viens dans la disposition, ou de
« recevoir vos bienfaits comme une grâce si vous
« êtes apaisé envers moi, ou de désarmer votre res-
« sentiment par mes soumissions et par mes prières.
« Prenez donc mes ennemis pour témoins des ser-
« vices que j'ai rendus à vos sujets ; et servez-vous
« de mon malheur, plutôt pour montrer votre vertu,
« que pour assouvir votre colère. Par l'une, vous
« sauverez votre suppliant ; et par l'autre, vous per-
« drez le plus grand ennemi de la Grèce. »

Le roi de Perse ne lui répondit rien sur l'heure,
quoiqu'il fût rempli d'admiration pour son grand
sens et pour sa hardiesse ; mais on dit qu'avec ses
amis il se félicita de cette circonstance, comme d'un
très grand bonheur ; qu'il pria son dieu Ariman
d'envoyer toujours à ses ennemis de semblables
pensées, et de les porter à se défaire de leurs plus
grands personnages ; qu'il en remercia ses dieux par
des sacrifices ; qu'il donna ensuite un grand festin, et
que s'étant couché, l'excès de sa joie fut tel qu'il
s'écria trois fois tout endormi : « *J'ai Thémistocle
l'Athénien.* »

Le lendemain, dès la pointe du jour, il convoqua
les plus grands seigneurs de sa cour, et fit appeler
Thémistocle, qui ne s'attendait à rien de favorable,
surtout depuis qu'il eut vu que les gardes n'eurent
pas plus tôt appris son nom, qu'ils lui donnèrent des
marques de leur haine, et le chargèrent d'injures
et de malédictions. Roxanès, capitaine de mille
hommes, le voyant passer près de lui dans la salle
même du roi, qui était assis sur son trône, et où tout le
monde était dans un silence respectueux, lui dit tout
bas, en poussant un profond soupir : « Serpent de
« Grèce, plein de ruse et de malice, la fortune du
« roi t'amène ici ».

Cependant, dès qu'il fut devant le roi et qu'il l'eut adoré pour la seconde fois, ce prince le salua, et lui parla avec amitié, lui disant qu'il lui devait déjà deux cents talents; car, puisqu'il s'était présenté lui-même, il était juste qu'il reçût la récompense qui avait été promise à celui qui le lui amènerait. Il lui fit encore de plus grandes promesses, le rassura entièrement, et lui ordonna de dire avec une pleine confiance tout ce qu'il avait à proposer sur la Grèce.

Plus tard, Thémistocle fut sollicité de prendre le commandement d'une expédition contre les Grecs.

Thémistocle ne put être tenté de se mettre à la tête de cette expédition, ni par les ressentiments qu'il conservait contre sa patrie, ni par la gloire de se voir élevé à ce haut point de puissance et d'autorité. Peut-être même qu'il prévit la difficulté ou l'impossibilité d'y réussir; car la Grèce avait alors de très grands capitaines, et, entre autres, Cimon, que la fortune semblait prendre plaisir à favoriser; mais ce qui lui donna encore plus d'éloignement pour cette guerre, ce fut la honte de flétrir et de déshonorer ses grandes actions et ses anciens trophées.

Pour se mettre donc à couvert de ce malheur, il prit la généreuse résolution de terminer sa vie par une fin digne de lui. Il fit un sacrifice solennel auquel il appela ses amis; et, après les avoir embrassés, et leur avoir fait les derniers adieux, il but du sang de taureau, ou, selon d'autres, il avala un poison fort prompt, et mourut à Magnésie *, âgé de soixante-cinq ans, dont il passa la plus grande partie dans le gouvernement de la république et dans le commandement des armées. Le roi, ayant appris la cause et le

genre de sa mort, l'estima et l'admira encore davantage, et continua de traiter favorablement ses amis
et ses domestiques.

(*Vie de Thémistocle*, XLIII à LVIII.)

IV

Quelques mots de Thémistocle.

Un homme de l'île de Sériphe * lui reprochant
un jour que sa gloire ne venait pas de lui, mais de
sa patrie : « Tu dis vrai », lui répondit Thémistocle ; « mais comme je ne serais pas fort illustre si
« j'étais de Sériphe, tu ne le serais pas non plus,
« quand tu serais d'Athènes ».

Un capitaine athénien, qui croyait avoir rendu un
service important à la république, s'en glorifiait
auprès de Thémistocle, jusqu'à oser comparer ses
actions avec les exploits de ce grand homme ; Thémistocle lui conta cette fable : « Le Jour de fête et
« son voisin Lendemain eurent querelle ensemble ;
« Lendemain se plaignait qu'il n'avait pas le moindre
« loisir, et qu'il était toujours accablé de travail et
« de peine, tandis que le Jour de fête ne faisait
« jamais rien et débauchait tout le monde, qui dès
« qu'il paraissait, ne pensait qu'à se divertir et à
« jouir de ce qu'il avait amassé. Le Jour de fête lui
« répondit : « Cela est vrai ; mais tout ce que j'ai à te
« dire, c'est que si je n'avais été, tu ne serais pas. —
« Tout de même, ajouta Thémistocle, si je n'avais été,
« où en seriez-vous à cette heure ? »

En parlant de son fils qui gouvernait sa mère, et
qui par le moyen de sa mère le gouvernait aussi lui-

même, il disait, en raillant, qu' « il était le plus
« puissant de tous les Grecs : car les Athéniens com-
« mandent aux Grecs, je commande aux Athéniens,
« sa mère me commande, et il commande à sa
« mère. »

Comme il voulait être singulier en tout, un jour
qu'il faisait vendre une de ses terres, il ordonna au
crieur public d'ajouter *qu'elle avait un bon voisin.*

Sa fille étant recherchée en mariage par deux citoyens, il préféra l'honnête homme pauvre au mal-
honnête homme qui était riche, et dit « qu'il aimait
mieux pour son gendre un homme sans bien, qu'un
bien sans homme ». Tel était Thémistocle dans ses
réponses et dans ses plaisanteries.

(*Vie de Thémistocle*, XXXV à XXXVI.)

ARISTIDE

Athènes était alors riche en hommes d'Etat.
Ce n'était pas sans fierté que les adversaires de
Thémistocle pouvaient opposer à son ambition
la vertu d'un homme tel qu'Aristide.

I

La popularité et la justice d'Aristide.

Thémistocle, en pratiquant d'abord et en gagnant
des amis, se fit un fort rempart pour sa sûreté personnelle, et acquit une autorité qui n'était pas à
mépriser.

Au contraire, Aristide marcha seul, pour ainsi
dire, et prit une route toute particulière dans sa
manière de gouverner ; car d'abord il ne voulut ni
plaire à ses amis en commettant à leur gré des injustices, ni leur déplaire en leur refusant tout et en ne
leur accordant jamais la moindre grâce.

Ensuite, voyant que l'appui des amis portait la plupart des gouverneurs à abuser de leur pouvoir pour
commettre des injustices, il se précautionna contre
ce penchant, en se mettant fortement dans l'esprit et

en disant toujours que le véritable citoyen, l'homme
de bien, devait faire consister toute sa force et tout
son appui à faire et à conseiller en tout et partout ce
qui était juste et honnête. Cependant, comme Thémistocle entreprenait beaucoup de choses téméraire-
ment, qu'il s'opposait à tous ses desseins, et rompait
toutes ses mesures, il fut obligé, de son côté, de le
contredire dans tout ce qu'il proposait, et de le tra-
verser, tant pour se défendre et pour se venger, que
pour rabattre son autorité qui allait toujours croissant par la faveur du peuple. Car il estimait qu'il
valait encore mieux empêcher quelque chose d'utile
à la république, que de souffrir que Thémistocle
devînt le maître absolu, en lui laissant tout emporter de force.

Un jour, Thémistocle ayant fait quelque proposi-
tion fort importante et fort avantageuse, Aristide
s'y opposa, et son avis prévalut ; mais en sortant
de l'assemblée, il ne put se retenir, et dit, tout haut,
qu' « il n'y avait de salut pour les Athéniens que de
« les jeter, Thémistocle et lui, dans le Barathre* ».

Une autre fois, ayant proposé au peuple un décret,
il trouva dans le Conseil beaucoup de contradiction ;
mais il ne laissa pas de l'emporter. Comme le prési-
dent de l'assemblée allait demander le consentement
du peuple, il reconnut, par la discussion qui avait
eu lieu, les inconvénients qui en devaient arriver, et
il y renonça volontairement. Souvent il faisait proposer ses avis par d'autres, dans la crainte que Thémistocle, par l'envie et par la jalousie qu'il avait
contre lui, ne s'opposât à tout ce qui pourrait être
le plus utile.

Mais ce qu'on trouvait d'admirable en lui, c'était
sa constance et sa fermeté dans les changements im-
prévus qu'ont à essuyer ceux qui se mêlent du gou-

vernement ; car jamais il ne s'enflait des honneurs qu'on lui rendait, ni ne se trouvait humilié des mépris et des refus qu'il éprouvait, conservant partout sa tranquillité et sa douceur ordinaires, et persuadé qu'on doit se livrer tout entier à sa patrie et la servir gratuitement sans aucune vue ni d'intérêt, ni de gloire.

Aussi le jour qu'on joua la pièce d'Eschyle * intitulée : *Les sept chefs contre Thèbes*, l'acteur ayant récité ces vers que le poète a faits à la louange d'Amphiaraüs * : « Il ne veut pas paraître homme « de bien, mais l'être véritablement, moissonnant les « fruits de son esprit profond d'où germent ces sen- « timents de grandeur et de sagesse » ; tous les spectateurs en même temps jetèrent les yeux sur Aristide, comme sur celui à qui cette louange convenait le plus.

Il avait en effet la force, non seulement de résister pour la justice aux sentiments de l'amitié et de la faveur, mais, ce qui est encore plus difficile, de fouler aux pieds l'inimitié et la colère. On raconte qu'un jour, poursuivant en justice un de ses ennemis, il avait proposé tous les chefs d'accusation, lorsque, voyant que les juges refusaient d'entendre l'accusé, et qu'ils allaient le condamner tout d'une voix, il se leva de sa place, et alla avec lui se jeter aux pieds des juges, pour les supplier de l'entendre dans ses justifications, et de ne pas le priver du privilège que lui accordaient les lois.

De toutes les vertus d'Aristide, la plus connue et celle qui se fit le plus sentir, fut sa justice, parce que c'est la vertu dont l'usage est le plus continuel, et dont les fruits se répandent sur plus de monde. De là vint que, quoique pauvre et simple particulier, il obtint le surnom de Juste, titre le plus digne des rois et des

dieux, mais que jusqu'ici aucun tyran ni aucun
prince n'ont ambitionné.

Pour revenir à Aristide, ce surnom de *Juste* le fit
d'abord aimer et respecter, mais finit par lui attirer
l'envie. Thémistocle surtout ne cessait de répandre
parmi le peuple, qu'Aristide, ayant aboli tous les tribunaux en jugeant tout par lui-même, et en se rendant lui seul arbitre de tous les différends, s'était
formé insensiblement, et sans qu'on s'en aperçût,
une monarchie sans pompe et sans gardes. Et le
peuple, naturellement fier, enorgueilli encore par
la victoire, et qui, se croyant digne des plus
grands honneurs, voulait que tout dépendît de
son autorité, était mal disposé pour ceux qui ac-
quéraient un nom et une réputation au-dessus des
autres.

C'est pourquoi, tous les habitants des bourgs de l'Attique s'étant assemblés dans la ville condamnèrent
Aristide au ban de l'ostracisme *, déguisant, sous le
beau nom de haine de la tyrannie, l'envie qu'ils portaient à sa gloire : car ce ban n'était point une punition
pour crime ou malversation quelconque, mais en lui
donnant un prétexte honnête, on l'appelait un affai-
blissement et une diminution de l'orgueil qui crois-
sait trop, et de la puissance qui devenait à charge ;
mais dans la vérité, c'était un doux allègement qu'on
accordait à l'envie.

Par ce moyen, celui qui était blessé de cette grandeur qui lui était suspecte, exhalait toute sa haine
en condamnant, non à une peine trop violente, mais
seulement à un exil de dix années. Il est vrai qu'après
qu'on eut fait tomber ce ban si honorable sur des
hommes de néant et chargés de crimes, et qu'on eut
enfin banni de cette manière l'infâme Hyperbolus *,
cette indignité fit ouvrir les yeux aux Athéniens,

et ils y renoncèrent. Voici le sujet de l'ostracisme d'Hyperbolus.

Alcibiade et Nicias *, les deux citoyens qui avaient le plus de pouvoir et d'autorité dans la ville, étaient opposés l'un à l'autre, et se faisaient une guerre ouverte. Voyant que le peuple allait recourir à l'ostracisme, et ne doutant point que cela ne menaçât l'un d'eux, ils s'abouchèrent, réunirent leurs partis, et firent, par leurs brigues, que l'ostracisme tomba sur Hyperbolus *. Le peuple, indigné de ce qu'on avait ainsi ravalé, flétri et déshonoré ce ban, l'abolit et y renonça pour toujours.

Je vais donner en peu de mots une idée de la manière dont on y procédait. Chaque citoyen prenait une coquille, et, après y avoir écrit le nom de celui qu'il voulait bannir, il la portait dans un certain lieu de l'assemblée, qui était fermé circulairement par une cloison de bois. Les magistrats commençaient d'abord par compter le nombre des coquilles ; car s'il y en avait moins de six mille, l'ostracisme était nul. Le nombre étant complet, on mettait à part tous les noms qui étaient écrits ; et celui dont le nom se trouvait sur un plus grand nombre de coquilles, était banni pour dix années ; mais il conservait la jouissance de ses biens.

Le jour qu'Aristide fut banni, comme on était occupé à écrire les noms, un habitant d'un bourg, homme grossier, qui ne savait ni lire ni écrire, s'adressa à Aristide qu'il prit pour un homme du peuple, et le pria d'écrire le nom d'Aristide sur sa coquille qu'il lui présenta. Celui-ci, fort étonné, lui demanda s'il avait reçu quelque déplaisir d'Aristide : « Aucun, lui dit le paysan, je ne connais pas « même cet homme ; mais je suis fatigué et blessé « de l'entendre partout appeler le *Juste* ». Aristide, sans répondre une seule parole, prit tranquillement la coquille, y écrivit son nom, et la lui rendit. Quand il sortit de la ville pour remplir son ban, il leva les mains au ciel et fit aux dieux une prière. Il leur demanda que « les Athéniens ne fussent jamais forcés « par la nécessité de se souvenir d'Aristide ».

Thémistocle ayant dit un jour au peuple, dans une assemblée, qu'il avait formé un dessein qui serait très utile et très salutaire à la ville, mais qui était d'une telle importance, qu'il devait être tenu secret, le peuple lui ordonna de le communiquer à Aristide seul qui l'examinerait. Thémistocle s'ouvrit donc à Aristide, et lui dit qu'il avait pensé qu'on devait brûler tous les vaisseaux des Grecs ; car, par ce moyen, les Athéniens se rendraient très puissants, et deviendraient les maîtres des autres peuples.

Aristide rentra dans l'assemblée, et dit : « Athé- « niens, le dessein que m'a communiqué Thémisto- « cle est le plus utile qu'on puisse jamais vous pro- « poser, mais il est en même temps le plus injuste ». Sur son rapport, les Athéniens ordonnèrent à Thé- mistocle d'y renoncer, tant ce peuple aimait la jus- tice, et tant ce personnage avait acquis son estime et sa confiance par son grand sens et par son amour pour tout ce qui était honnête.

(*Vie d'Aristide*, v à IX et XVI à XX.)

II

La fête de Platées.

Tel avait été l'ébranlement produit dans l'âme hellénique par le triomphe des Grecs sur les

Barbares qu'il se perpétua de siècle en siècle
dans la mémoire reconnaissante des générations.
Plutarque vit encore célébrer tous les ans la
fête commémorative de la victoire de Platées *,
et, sous la domination romaine, l'archonte des
Platéens rendait un solennel hommage au souvenir des héros tombés matyrs de la cause de la
liberté. C'est un bel exemple que cette fidélité
cinq fois séculaire à des souvenirs glorieux, sur-
vivant même à l'existence de la patrie qu'ils
illustrèrent.

Le seizième jour du mois de décembre, qui est
chez les Béotiens le mois *Alalcomène*, on fait à la
pointe du jour une procession précédée par un trompette qui sonne un air guerrier ; après ce trompette
marchent plusieurs chariots pleins de couronnes et
de branches de myrte ; ces chariots sont suivis d'un
taureau noir ; après le taureau marchent des jeunes
gens qui portent des cruches pleines de vin et de lait,
libations ordinaires pour les morts, et des fioles
d'huiles et d'essence. Tous ces jeunes gens sont de
condition libre ; car il n'est pas permis à aucun
esclave de se mêler dans cette cérémonie, qu'on fait
pour des hommes qui sont morts pour la liberté.
Enfin, cette pompe est fermée par l'archonte ou le
premier magistrat des Platéens, à qui, en tout
autre temps, il est défendu de toucher seulement
le fer, et d'être vêtu autrement que de blanc ; mais
ce jour-là, revêtu d'une robe de pourpre, ceint d'une
épée, et tenant dans ses mains une urne qu'il a prise
dans le greffe public, il s'avance au travers de
la ville vers le lieu où sont les tombeaux.

Dès qu'il y est arrivé, il puise de l'eau avec son urne dans la fontaine, lave lui-même les petites colonnes qui sont sur ces tombeaux, les frotte d'essence, et égorge ensuite le taureau sur un bûcher qu'on a préparé. Après avoir adressé des prières à Zeus et à Hermès *, il invite les âmes de ces vaillants guerriers à ce festin funèbre et à ces effusions funéraires ; et, remplissant de vin une coupe, il la verse, et dit à haute voix : « Je présente cette coupe « à ces hommes courageux qui sont morts pour la « liberté de la Grèce ». Telles sont les cérémonies qu'observent encore aujourd'hui les Platéens.

(*Vie d'Aristide*, LII.)

CIMON

Un patriote et un grand seigneur Athénien.

Emule de Thémistocle dans la conduite des affaires, et d'Aristide dans la conduite de sa vie, Cimon avait pris un parti héroïque dans la crise qui précéda Salamine. On l'avait vu monter, grave et tranquille, suivi de ses amis, le long du Céramique, vers l'Acropole ; il portait dans ses mains un mors de cheval qu'il allait consacrer à Athénè. C'était dire que l'heure des combats sur terre était passée. Puis, il prit un des boucliers pendus aux parois du temple, invoqua la déesse bienfaisante et descendit vers la mer.

Cimon ne cédait ni à Miltiade en courage et en audace, ni à Thémistocle en sagesse et en bon sens ; et tout le monde convient qu'il était plus juste et plus homme de bien que l'un et l'autre ; et que ne leur étant en rien inférieur dans les vertus militaires, il les surpassait infiniment dans les vertus politiques, lors même qu'il était encore jeune, et qu'il n'avait aucune expérience dans la guerre.

En effet, à l'invasion des Mèdes, lorsque Thémistocle conseilla aux Athéniens de quitter leur ville, et d'abandonner leur pays pour aller se poster sur leurs vaisseaux au-devant de Salamine, et y combattre sur mer, dans la consternation générale que causa un conseil si hasardeux et si téméraire, on vit Cimon, suivi de ses camarades, monter d'un air gai le long de la rue du Céramique à la citadelle, pour y consacrer dans le temple d'Athénè un mors de bride qu'il portait à la main. Il voulait insinuer par là que la ville, dans la conjecture où elle se trouvait alors, n'avait plus besoin de gens de cheval, mais de bons hommes de mer.

Et, après avoir fait son offrande, il prit un des boucliers qui étaient suspendus aux parois du temple, fit ses prières à la déesse, descendit sur le rivage, et fut le premier qui, par son exemple, inspira confiance à la plupart de ses concitoyens, et leur donna le courage de s'embarquer.

Il était d'ailleurs beau et bien fait ; car il avait la taille haute et majestueuse, et une grande quantité de beaux cheveux frisés qui ombrageaient ses épaules. Il se signala par son courage à la bataille qui fut donnée bientôt après, et acquit en même temps un grande réputation et l'affection de ses concitoyens. La plupart se rangèrent de son côté, et commencèrent à l'exhorter à avoir dès lors des pensées élevées, et à faire des actions qui répondissent à la gloire que son père s'était acquise à la journée de Marathon.

(*Vie de Cimon*, IX.)

Après Platées* et Mycale*, la capitale de l'Attique était véritablement la tête même de la Grèce. L'hégémonie athénienne s'établit sans effort, acceptée par tous comme une tutelle nécessaire ; les vertus et la modération d'Aristide et de

Cimon firent aimer le nouveau régime, et, dans leur enthousiasme, les alliés appelèrent l'*âge d'or* de la Grèce l'époque fortunée où les finances de la confédération ionienne, administrées par Aristide, semblaient gérées par l'équité en personne.

Un esprit nouveau soufflait sur le monde hellénique ; la forme du gouvernement aristocratique commençait à paraître lourde et oppressive, et chacun suivait d'un œil attentif la transformation du gouvernement intérieur d'Athènes, initiatrice de la Grèce à la démocratie. Le nom d'Aristide rassurait les plus timides, et l'on prenait confiance en voyant ce sage remanier avec prudence et justice la constitution athénienne.

Le parti aristocratique ne se laissa point entamer sans résistance. Il sut choisir pour chef un homme que son talent et son caractère recommandaient, le fils de Miltiade*, Cimon.

Cimon, étant devenu fort riche, fit un très bon usage de ces grands biens qu'il avait si honorablement gagnés sur les barbares ; car il les dépensa plus honorablement encore pour le soulagement de ses concitoyens. Il fit ôter les clôtures de ses terres et de ses jardins, afin que les Athéniens et les étrangers mêmes pussent y cueillir sans crainte les fruits dont ils auraient besoin.

Tous les jours il avait chez lui un souper simple, mais suffisant pour un grand nombre de personnes ;

et tous les pauvres qui voulaient y aller étaient bien
reçus, et avaient leur nourriture assurée, afin que,
n'étant pas obligés de travailler pour gagner leur
vie, ils pussent donner tout leur temps aux affaires
de la république.

Quand il allait dans les rues, il se faisait suivre
par un grand nombre de gens fort bien vêtus ; et
lorsqu'il rencontrait quelque pauvre vieillard qui
n'avait qu'un méchant habit, il lui faisait donner
celui d'un de ses domestiques, et il n'y avait point de
pauvre citoyen qui ne tînt à grand honneur de recevoir publiquement de lui cette libéralité. Ces mêmes
domestiques portaient toujours sur eux beaucoup
d'argent, et lorsqu'ils voyaient sur la place quelques-uns des plus honnêtes de ces indigents, ils leur
mettaient dans la main quelque pièce d'argent
très secrètement.

(*Vie de Cimon*, XVI.)

PÉRICLÈS

Ce fut, à Athènes, un piquant spectacle de voir le fils de Miltiade, Cimon, diriger le parti aristocratique avec l'humeur et les allures d'un chef populaire, et le fils de Xanthippe, Périclès, gouverner la démocratie avec l'activité sereine et la retenue d'un aristocrate de race. Le hasard de la naissance et les dispositions naturelles semblaient avoir réservé à Périclès le rôle qui échut à Cimon. Par son père et sa mère, il descendait des plus anciennes et des plus nobles maisons d'Athènes. La légende elle-même consacrait son berceau, et sa mère avait cru voir en songe qu'elle donnerait le jour à un lion.

I

Les maîtres de Périclès.

Périclès eut pour maître de musique Damon, homme très instruit en matière de gouvernement et qui, sous le voile spécieux de la musique, cachait au peuple sa grande capacité et sa véritable profession.

Il s'attacha à Périclès pour le former aux affaires, comme un maître de palestre s'attache à un bon athlète pour le bien dresser.

Périclès fut aussi le disciple de Zénon d'Elée qui traitait de la physique suivant les principes de Parménide*, et qui s'était fait une telle habitude de réfuter tout ce qu'on opposait à ses raisons, que par ses arguments invincibles il désarmait ceux qui disputaient contre lui, et les réduisait à ne pouvoir se défendre.

Mais celui qui fut le plus assidu auprès de Périclès, qui lui donna cette élévation, cette fierté trop grande et trop raide pour un état démocratique ; en un mot celui qui lui éleva le cœur et l'esprit, et qui lui inspira cette gravité et cette majesté, qui éclataient dans ses mœurs et dans ses manières, ce fut Anaxagore le Clazoménien, que l'on appelait de son temps *l'Intelligence*, soit pour marquer l'admiration qu'excitaient la profondeur et la subtilité de son esprit dans les découvertes de la nature, et qui effectivement paraissait prodigieux, soit parce qu'il avait établi le premier que le principe de l'arrangement de l'univers n'était ni la nécessité, ni la fortune, mais une intelligence pure et simple, qui avait démêlé et séparé les parties homogènes et semblables de l'ancien chaos.

Périclès, rempli d'une extrême admiration pour ce grand philosophe, et instruit à son école dans la connaissance de la nature et de toutes les choses célestes, eut non seulement, comme l'on peut penser, l'âme élevée et une éloquence sublime, éloignée de toute affectation, et qui n'avait rien de bas ni de populaire, mais encore une constance et une fermeté de visage, dont le rire n'adoucissait jamais la sévérité ; une démarche douce et tranquille ; une mo-

ΠΕΡΙΚΛΗΣ

PÉRICLÈS.

4.**

destie dans le geste, dans le port et dans l'habillement, que la passion la plus violente, lorsqu'il parlait
en public, ne pouvait jamais altérer ; une voix ferme
et toujours égale, et plusieurs autres qualités qui
étonnaient tous ceux qui le voyaient.

On raconte qu'étant insulté par un homme bas et
méchant, qui, pendant tout un jour, vomit contre lui
mille injures, il les souffrit patiemment, sans répondre une seule parole, se tenant constamment sur
la place publique, à expédier les affaires pressées.
Sur le soir, il se retira tranquillement et sans faire
aucun bruit, toujours suivi par cet insolent, qui l'ac-
cablait d'outrages. Quand il fut sur le seuil de sa
porte, comme il faisait déjà nuit, il ordonna à un
de ses esclaves de prendre un flambeau et de recon-
duire cet homme jusque dans sa maison.

(Vie de Périclès, IV à VIII.)

II

Périclès chef du parti démocratique.

La clairvoyance des ennemis de Périclès avait
découvert une certaine ressemblance physique
entre lui et le tyran Pisistrate * : les plus anciens de la cité lui trouvaient la même douceur
de voix, la même facilité de parole ; et ils s'en
effrayaient. Sa richesse, ses relations, son origine, tout l'exposait à la défiance populaire et
le menaçait d'une sentence d'ostracisme. Il ne
se mêlait donc point de politique ; mais, dans

les guerres, il recherchait les périls et il n'épargnait point sa personne. Cette réserve ne pouvait avoir qu'un temps, et les affaires publiques réclamaient un tel personnage. L'heure vint où il fallut choisir son parti et tenir son rang.

Voyant Aristide mort, Thémistocle banni, et Cimon retenu la plupart du temps hors de la Grèce par des guerres étrangères, alors Périclès s'attacha entièrement au peuple, préférant la multitude des pauvres au petit nombre des nobles et des riches. Véritablement ce choix répugnait à son naturel qui n'était nullement populaire. Mais il le fit, à mon avis, par deux raisons ; car, craignant qu'on ne le soupçonnât d'affecter la tyrannie, et voyant d'un autre côté Cimon attaché au parti des nobles, et singulièrement aimé des nobles et des principaux citoyens, il chercha dans le peuple de la sûreté pour lui-même, et du crédit et de l'autorité contre Cimon.

En même temps, il changea entièrement sa manière de vivre. Jamais ne paraissait dans les rues, que pour aller à la place publique ou au conseil ; il renonça tout d'un coup aux festins, aux assemblées et aux autres plaisirs de cette espèce, auxquels il était accoutumé ; et pendant tout le temps qu'il gouverna la république, qui fut assez long, on ne le vit jamais aller souper chez ses amis, qu'une seule fois aux noces d'Euryptolème, son proche parent : encore n'y demeura-t-il que jusqu'aux libations, après quoi il se retira.

En effet, ces sortes de divertissements démontent la gravité la plus ferme et la plus composée ; et il est bien difficile de conserver dans la familiarité qui y règne, toute sa gloire et toute sa dignité. Il est pourtant certain que d'une véritable vertu, ce qui paraît toujours le plus beau, c'est ce qui est le plus exposé en vue; et les hommes de bien ne sont jamais aussi grands, ni aussi admirables pour les étrangers, que pour ceux qui sont journellement les témoins de leur vie privée.

Cependant Périclès, pour éviter le dégoût du peuple, suite ordinaire d'une trop grande communication, ne l'approchait que par intervalles; il ne cherchait point à parler devant lui sur toutes les affaires qui se présentaient, et ne paraissait point en public légèrement; mais il se réservait pour les grandes occasions, comme on faisait de la galère de Salamine (1). Dans les affaires de moindre importance, il se servait de ses amis et de quelques orateurs qui lui étaient dévoués, du nombre desquels on dit qu'était Ephialte, en versant à pleine coupe, pour me servir des termes de Platon, et sans aucun ménagement, la liberté à ses concitoyens; ce qui rendit, comme disent les poètes comiques, le peuple si fier et si effréné, que tel qu'un jeune cheval qui n'a plus de bride, il ne voulut plus obéir, et se mit à mordre à l'Eubée *, et à sauter et bondir sur toutes les îles.

Périclès, cherchant à accommoder son langage et son style à sa manière de vivre, et à la grandeur de ses sentiments, pour en faire comme un instrument digne de lui, se servait fort à propos de ce qu'il avait appris d'Anaxagore *. Ainsi joignant, comme dit le divin Platon, à un heureux naturel, cet esprit sublime et capable des plus hautes conceptions qu'il avait

---

(1) Galère sacrée des Athéniens. Elle ne sortait que dans des circonstances solennelles, par exemple pour aller tous les ans porter à Délos les offrandes des Athéniens. On disait que cette galère avait figuré à la bataille de Salamine d'où son nom.

tiré de ses connaissances si relevées, et rapportant
à l'art de bien parler tout ce qu'il savait et qui pouvait y convenir, il surpassa infiniment tous les autres
orateurs : c'est pourquoi on écrit qu'on lui donna le
surnom d'*Olympien*, quoique d'autres prétendent qu'il
ne lui fut donné qu'à cause des édifices publics dont
il orna la ville d'Athènes, ou même à cause de la
puissance et de l'autorité qu'il eut dans la république
pendant la guerre et pendant la paix. Mais il n'est
pas impossible, et rien n'empêche que toutes ses
grandes qualités n'aient concouru à faire relever sa
gloire par ce magnifique surnom.

(*Vie de Périclès*, XI à XIII.)

III

Athènes capitale de l'art Grec.

La reconnaissance de l'histoire a donné à
l'époque la plus glorieuse de la vie athénienne
le nom de ce grand homme ; et c'est justice.
Alors s'établit, en même temps que l'hégémonie
politique d'Athènes, sa suprématie dans le
monde de l'intelligence, de la pensée et de l'art.
Sans doute, Athènes était déjà entrée dans sa
voie glorieuse avant que le fils de Xanthippe
n'en dirigeât les destinées ; Périclès eut l'heureuse fortune d'achever ce que d'autres avaient
commencé. Mais telle fut l'autorité de son ac-

tion qu'il sut imprimer à cette œuvre, inaugurée par d'autres, le sceau de son génie propre.

Ce qui flatta le plus Athènes, ce qui contribua le plus à son ornement, ce qui étonna davantage toute la terre, et qui seul peut attester la vérité de tout ce qu'on a dit sur la grande puissance de la Grèce et sur ses anciennes richesses, c'est la magnificence des temples et de tous les édifices publics que Périclès fit construire. Aussi, de tous les actes de son gouvernement, ce fut là ce que ses ennemis reprenaient avec le plus d'envie et de chaleur, et qu'ils décriaient le plus hautement dans les assemblées, où ils ne cessaient de publier : « Que le peuple se déshonorait en « s'attribuant l'argent de toute la Grèce, qu'il avait fait « venir de Délos * où il était en dépôt ; que Périclès « ne leur avait pas même laissé le prétexte le plus « spécieux dont ils pouvaient couvrir leur injustice, « et fermer la bouche à leurs accusateurs, qui était « de dire qu'ils avaient transporté cet argent à « Athènes pour une plus grande sûreté, afin qu'il fût « gardé dans un lieu moins exposé à devenir la proie « des Barbares ; que la Grèce ne pouvait se dissimuler « que par la violence la plus insupportable et la ty- « rannie la plus manifeste, les sommes qu'elle avait « fournies par force pour la guerre, servaient à do- « rer et à embellir Athènes, comme une femme « superbe et glorieuse qui se charge de pierreries de « grand prix, et étaient employées à élever des sta- « tues magnifiques, et à construire des temples qui « coûtaient des mille talents. »

Périclès, au contraire, représentait aux Athéniens « qu'ils n'étaient pas obligés de rendre compte à « leurs alliés de l'argent qu'ils en avaient reçu ; que « c'était assez qu'ils les défendissent et qu'ils éloi-

« gnassent les Barbares, pendant que de leur côté ils
« ne fournissaient pour la guerre ni soldats, ni che-
« vaux, ni galères, et qu'ils en étaient quittes pour
« quelques sommes d'argent, qui, dès qu'elles sont
« délivrées, n'appartiennent plus à ceux qui les
« donnent, mais sont à ceux qui les reçoivent, pourvu
« qu'ils exécutent les choses dont ils sont convenus,
« et pour lesquelles ils les ont reçues. »

Il ajoutait : « Que la ville étant suffisamment pour-
« vue de tout ce qui était nécessaire pour la guerre,
« il fallait employer ses richesses à des ouvrages qui
« étant achevés produiraient une gloire immortelle,
« et qui, dans le temps qu'on y travaillerait, répan-
« draient partout l'abondance par la quantité d'ate-
« liers qu'ils feraient ouvrir, et par la diversité infinie
« des choses nécessaires, qui, en réveillant les arts
« et en obligeant chacun à mettre la main à l'œuvre,
« mettraient presque toute la ville à la paye du
« trésor, de manière qu'elle tirerait sa subsistance
« d'elle-même, en ne faisant que s'embellir.

« Que tout ce qu'il y avait de gens forts et robus-
« tes, et en âge de porter les armes, étant soudoyés
« à la guerre par l'État, il avait voulu que la classe
« du peuple, qui n'était point enrôlée, et tous les
« gens de métier, participassent à cette distribution
« de deniers publics. Mais que pour qu'elle ne fût
« pas le prix de la paresse ou de l'oisiveté, il les
« avait engagés à de grandes entreprises d'édifices
« et à différents ouvrages de divers arts, tous de
« longue exécution, afin de donner à ceux qui demeu-
« raient dans leurs maisons, un prétexte et un moyen
« de tirer du public les mêmes secours et les mêmes
« avantages que les matelots, les soldats et ceux qui
« étaient en garnison dans les places.

« Que, puisqu'ils avaient toutes sortes de maté-

« riaux, le bois, la pierre, l'airain, l'ivoire, l'or,
« l'ébène et le cyprès, et des ouvriers sans nombre,
« capables de les mettre en œuvre, des charpentiers,
« des maçons, des forgerons, des tailleurs de pierres,
« des teinturiers, des orfèvres, des ébénistes, des
« peintres, des brodeurs, des tourneurs, des gens
« propres à conduire ces matériaux par mer, comme
« des commerçants, des matelots et des pilotes expé-
« rimentés, et d'autres gens pour faciliter le trans-
« port par terre, des charrons, voituriers, charre-
« tiers, cordiers, tireurs de pierre, paveurs, mineurs,
« et que chacun de ces métiers, comme un général,
« avait sous lui une armée suffisante de travailleurs
« et de manœuvres, qui étaient comme autant de
« corps séparés pour servir à ces grands travaux :
« toutes ces différentes fonctions répandaient l'abon-
« dance sur toutes sortes de gens de tout âge et de
« tout sexe.
    « Que ces ouvrages étonnants dans leur grandeur,
« et inimitables dans leur beauté et dans leur grâce,
« par l'émulation des ouvriers qui s'étaient efforcés
« de surpasser la magnificence du dessin par les
« merveilles de l'art et par l'excellence de l'exécu-
« tion, s'étaient avancés avec une diligence si grande,
« que contre l'attente de tout le monde, qui pensait
« qu'il n'y en avait pas un auquel il ne fallût plu-
« sieurs âges, et une longue suite d'hommes se suc-
« cédant les uns aux autres pour l'achever, on avait
« vu, par une espèce de prodige, qu'ils avaient été
« tous portés à la dernière perfection pendant la fleur
« et la vigueur du gouvernement d'un seul homme. »
    On dit pourtant que, comme le peintre Agatharcos
se glorifiait dans ce temps-là de la facilité et de la
vitesse avec laquelle il peignait toutes sortes d'animaux, Zeuxis *, l'ayant entendu, lui dit : « Et moi je

me glorifie de ma lenteur », car la facilité et la promptitude ne donnent pas aux ouvrages une grâce solide et durable et une parfaite beauté ; mais le temps, associé avec le travail assidu, leur donne une force capable de les conserver et de les faire triompher des siècles.

C'est cela même qui rend encore plus admirables les ouvrages de Périclès qui ont été achevés en si peu de temps et pour une si longue durée. Car chacun d'eux, dans le moment qu'il fut achevé, avait une beauté qui sentait déjà son antique : et aujourd'hui même ils ont une fraîcheur de jeunesse, comme si on ne venait que d'y mettre la dernière pierre, et qu'ils ne fissent que de sortir des mains de l'ouvrier, tant ils conservent encore une fleur de grâce et de nouveauté qui empêche que la violence du temps n'en ternisse la vue, comme s'ils avaient en eux-mêmes un esprit toujours rajeunissant et une âme exempte de vieillesse.

Phidias fut choisi pour avoir l'intendance de tous ces édifices, quoique les Athéniens eussent alors de grands architectes et de très habiles ouvriers. En effet, Callicratès et Ictinos construisirent le Parthénon, c'est-à-dire le temple de Pallas (1). Corœbos

(1) Les architectes Ictinos et Callicratès en firent le plan suivant les vues de Périclès et de Phidias. Le Parthénon mesura 100 pieds de largeur, 225 de longueur ; sa hauteur fut de 65. On admirait dans le plan cette simplicité qui est comme la marque du génie grec : le corps principal était un grand rectangle divisé en deux salles inégales ; la plus grande, ouverte à l'orient, était proprement le temple ; elle devait contenir la statue de Minerve. La plus petite, qu'on appelait l'opisthodome, renfermait le trésor public. Tout autour du temple ainsi disposé, régnait un péristyle qui comptait huit colonnes sur les façades, dix-sept sur les côtés. L'édifice entier s'élevait sur un soubassement de trois hauts degrés.

commença la chapelle des mystères et des initiations
à Éleusis, posa le premier rang des colonnes qui est
à rez-de-chaussée, et les joignit à leurs architraves.
Après sa mort, Métagénès mit le cordon et plaça les
colonnes qui sont au-dessus; et Xénoclès acheva le
dôme, la lanterne qui est au-dessus du sanctuaire.
Callicratidès entreprit la longue muraille, dont Socrate (1) dit qu'il avait entendu proposer le dessin à
Périclès. C'est de ce dernier ouvrage que Cratinus * se
moque dans une de ses comédies, où il dit : « Il y a
« longtemps que Périclès avance fort cette muraille
« en paroles, mais en effet il n'y touche point. »

L'Odéon (2), ou théâtre de la musique, qui a dans
son intérieur plusieurs rangs de sièges et de colonnes,
et dont le comble, s'étrécissant peu à peu et s'inclinant
tout à l'entour, finit en pointe, fut bâti, dit-on, sur le
modèle du pavillon du roi Xercès *, qui fut donné par
Périclès même; c'est pourquoi Cratinus * le raille
encore dans sa pièce des *Thraciennes*, en disant :
« Périclès, le Jupiter à la tête d'oignon (3), s'avance,
« ayant dans son crâne tout le théâtre de la musique,
« et fort ravi d'avoir évité l'exil ». Ce fut alors que
Périclès proposa avec beaucoup d'empressement un
décret, par lequel il était ordonné qu'on célébrerait
des jeux de musique à la fête des Panathénées : et,
ayant été élu juge et distributeur des prix, il régla

(1) Socrate parle de cette grande muraille dans le *Gorgias*
de Platon. Il l'appelle la *muraille du milieu*. Elle était si
large que deux chariots pouvaient y passer de front. Elle
embrassait le Pirée et le réunissait à la ville d'Athènes.

(2) L'Odéon était un théâtre d'Athènes à toit convexe, dans
lequel avaient lieu les concours de musique, de poésie et de
chant. Il fut d'abord recouvert en forme de tente, avec les
mâts de la flotte de Xercès.

(3) Périclès avait la tête longue et mal faite. Les poètes
comiques l'appelaient Schinocéphale, ou *Tête d'oignon*. On

la manière dont les musiciens devaient jouer de la flûte et de la lyre, et chanter. Les jeux de musique furent toujours célébrés dans ce théâtre depuis ce temps-là. Le portail et le vestibule (1) de la citadelle furent achevés en cinq ans par Mnésiclès, qui en était l'architecte.

Pendant qu'on y travaillait, il arriva un événement merveilleux qui fit voir que la déesse, loin de s'opposer à la construction de cet édifice, l'agréait, et l'honorait de sa protection et de sa présence. Le plus habile de tous les ouvriers, et le plus affectionné, s'étant laissé tomber du haut de l'édifice, se blessa si dangereusement, que les médecins désespéraient de sa vie. Périclès en était très affligé, lorsque la déesse, lui ayant apparu en songe, lui indiqua un remède avec lequel il eut bientôt remis sur pied cet homme.

En mémoire de ce bienfait, Périclès fit faire la statue de cuivre de « Athéné salutaire, Athéné de la « Santé », et la plaça dans la citadelle près de l'autel, qui, dit-on, y était auparavant. Mais Phidias fit la

---

prétend que c'est la raison pour laquelle toutes ses statues ont le casque en tête, les artistes ayant voulu voiler cette infirmité.

(1) « Le Parthénon et les Propylées, disait un critique de l'antiquité, suffiraient à la gloire de Périclès. » C'est en 437 que fut commencé par Mnésiclès ce monument décoratif, ou défensif, sur la destination spéciale duquel la science hésite encore à se prononcer ; il fut achevé en cinq ans. Cette œuvre originale, composée d'un mur percé de cinq portes monumentales, précédé d'un portique hexastyle, encadré par deux ailes en saillie, offrait la plus heureuse alliance du dorique et de l'ionique et émerveillait les anciens eux-mêmes par la rare perfection du travail. Les Propylées étendaient leur ligne de marbre, leurs colonnades éclatantes au front de l'Acropole dont elles fermaient le côté le plus étroit. Par elles, s'engageait dans l'enceinte de la citadelle, désormais sanctuaire monumental de la déesse Athéné, le solennel défilé des panathénées.

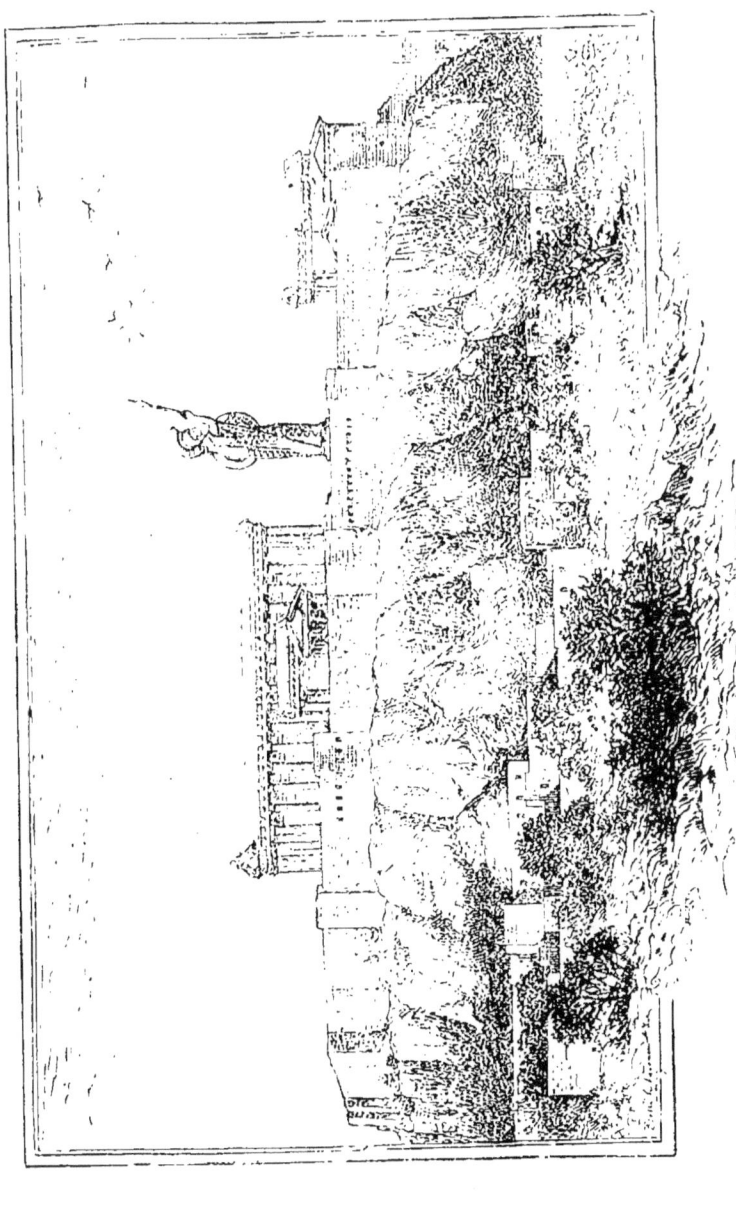

l'Acropole restaurée.

statue d'or de la même déesse, et l'on assure que son nom est écrit sur le piédestal ; car, comme nous l'avons déjà dit, il avait l'intendance de tous les ouvrages, par la protection et la bienveillance de Périclès.

Comme les orateurs qui étaient de la faction de Thucydide ne cessaient de se déchaîner et de crier contre Périclès, l'accusant d'avoir dissipé les finances, et d'avoir perdu les revenus de l'État, Périclès demanda un jour au peuple, en pleine assemblée, « s'il « trouvait qu'il eût trop dépensé. » Et le peuple ayant répondu tout d'une voix : « Beaucoup trop. — Eh « bien ! repartit Périclès, ce sera donc à mes dépens, « et non pas aux vôtres ; mais je serai le seul qui « mettrai mon nom en dédicace de ces ouvrages dont « vous vous plaignez ». A ces paroles, le peuple, soit qu'il admirât sa magnanimité, ou que, plein d'émulation, il ne voulût pas lui céder la gloire de ces excellents ouvrages, s'écria qu'il n'avait qu'à prendre dans le trésor de quoi fournir à tous les frais nécessaires, sans rien épargner.

(*Vie de Périclès*, XXIII à XXXI.)

IV

Mise en accusation de Phidias.

Phidias le sculpteur avait entrepris de faire la statue d'Athénè. Il était fort bien avec Périclès, et jouissait d'un grand crédit auprès de lui. Cette faveur lui attira beaucoup d'ennemis et d'envieux, qui, pour éprouver en sa personne quels seraient les sen-

timents du peuple pour Périclès, et le jugement qu'il
en porterait, suscitèrent un certain Menon, un des
élèves de Phidias, et lui persuadèrent d'aller se
rendre en suppliant sur la place publique, et là de
demander sûreté pour dénoncer et accuser Phidias.

Le peuple ayant reçu sa demande, et la poursuite
ayant été faite juridiquement dans l'assemblée, il
n'y eut aucune preuve des prétendus larcins de
Phidias. Car, dès le commencement, par le conseil
de Périclès, il avait employé l'or de la statue de manière qu'on pouvait l'ôter entièrement et le peser;
ce que Périclès ordonna aux accusateurs de faire
devant tout le monde.

Mais Phidias avait à combattre l'envie insurmon-
table qu'excitaient contre lui la beauté et la réputation de ses ouvrages. On ne lui pardonnait pas
surtout de ce que, dans la bataille des Amazones *,
gravée sur le bouclier de la déesse, il s'était représenté lui-même sous la figure d'un vieillard chauve
qui lève une grosse pierre de ses deux mains, et
y avait fait une très belle figure de Périclès, combattant contre une amazone : de manière que sa
main, qui est levée pour lancer un javelot, et qui
lui couvre une partie du visage, parait faite avec
un merveilleux artifice pour cacher la ressemblance
qui ne laissait pas d'éclater des deux côtés. Phidias
fut donc traîné en prison, où il mourut de maladie,
ou, selon d'autres, de poison que ses ennemis lui
donnèrent, pour avoir sujet de calomnier Périclès.

(*Vie de Périclès*, LIX.)

V

Le gouvernement de Périclès.

La période du gouvernement de Périclès est le moment heureux et rapide où la démocratie, produisant tous ses bienfaits sans découvrir ses vices, apparaît comme le gouvernement idéal. Athènes connut cette félicité, et, grâce à Périclès, elle a offert au monde un rare spectacle.

Pendant quarante années, Périclès fut mêlé à toutes les grandes affaires de son pays ; et pendant quinze ans seulement, il en fut l'arbitre souverain, sans pouvoir officiel, sans autre fonction que celle de stratège. Il couvrit de ce titre, qu'il partageait avec neuf autres collègues, un pouvoir qui s'étendait à tout et qui avait sa véritable source dans l'autorité de sa personne et l'irrésistible prestige qu'elle exerçait.

Le peuple suivait ce guide fier qui le dominait de toute la hauteur habituelle de sa pensée et de son caractère, et que ses outrages même ne pouvaient atteindre.

Alors Périclès commença à ne plus céder aux caprices et aux fantaisies du peuple, comme à toutes sortes de vents ; mais, tirant les rènes de ce gouvernement populaire, trop mou et trop efféminé, comme on tend les cordes d'un instrument qui sont trop

5*

lâches, il le convertit en un état aristocratique, ou plutôt en une espèce de royauté ; et, allant lui-même toujours droit à ce qui était le meilleur, et se rendant irrépréhensible en toutes choses, il vint si bien à bout du peuple, qu'il le maniait à son gré : tantôt, par ses seuls avis et par ses conseils, il le portait à faire volontairement ce qui lui était agréable ; et tantôt, quand il fallait user de force et de contrainte, il le menait malgré lui à ce qui était le plus expédient. Il imitait en cela un sage médecin, qui, dans une maladie fort longue et fort inégale, sait prendre son temps pour donner à son malade des choses qui lui font plaisir, et pour le tourmenter ensuite à propos par des remèdes violents et par de fortes médecines, seules capables de lui rendre la santé.

En effet, il n'était pas possible que, dans un peuple si puissant, et qui jouissait d'un si grand empire, il n'y eût beaucoup de passions et d'affections enracinées. Et il fut seul capable de le traiter adroitement et de le conduire, en se servant de la crainte et de l'espérance, comme de deux gouvernails, dont l'un retenait et calmait les emportements et les fougues de la multitude, et l'autre dissipait ses découragements, et la ranimait dans ses langueurs. En quoi il fit voir clairement que la rhétorique, comme dit Platon, est la reine des esprits, et que son principal artifice consiste à profiter des inclinations des hommes, et à émouvoir les passions comme autant de cordes et de tons de l'âme, toujours prêtes à répondre à tous les accords, pourvu qu'elles soient touchées par une main adroite et habile.

Il est vrai que ce qui donnait à Périclès cette grande autorité, ce n'était pas seulement la force de son éloquence, mais encore, selon Thucydide, la gloire et la réputation de sa vie et sa grande pro-

bité. Car il méprisait si fort les présents et les richesses, qu'ayant rendu sa ville déjà grande, plus grande
et plus riche qu'elle n'était, et ayant surpassé en
puissance plusieurs tyrans mêmes, dont quelques-
uns ont laissé par testament leurs Etats à leurs
enfants, il n'augmenta pas pourtant d'une seule
drachme le bien que son père lui avait laissé.

(Vie de Périclès, XXXII à XXXIII.)

La mobilité du peuple athénien lui-même
était fixée par le caractère d'un homme qui se
possédait si pleinement ; il admirait en lui jusqu'aux heureuses défaillances par lesquelles se
trahissait parfois l'humanité :

Périclès perdit de la peste Xantippe son fils, sa
propre sœur, ainsi que plusieurs de ses parents et de
ses amis les plus considérables, et qui lui étaient les
plus utiles pour le gouvernement. Il ne succomba
pourtant pas sous ces malheurs : la fermeté de son
âme n'en fut point ébranlée, et on ne le vit ni pleurer,
ni faire des funérailles, ni paraître sur le tombeau
d'aucun de ses proches, jusqu'à la mort de Paralos,
qui était le dernier de ses enfants légitimes.

Alors, étonné et ébranlé par un si rude coup, il fit
tous ses efforts pour se maintenir dans son assiette
naturelle, et pour conserver cette grandeur d'âme qui
avait paru en tant d'occasions ; mais quand il voulut
mettre la couronne de fleurs sur la tête du défunt, il
ne put soutenir cette cruelle vue, ni être le maître
de sa douleur, qui éclata par des cris, par des san-
glots, et par un torrent de larmes, ce qui ne lui était
jamais arrivé.

(Vie de Périclès, LXVIII, LXIX.)

Il ne montait jamais à la tribune sans demander aux dieux de ne pas permettre qu'il lui échappât un seul mot contraire au but qu'il se proposait. Son éloquence se recommandait par la gravité de la pensée, l'enchaînement rigoureux des arguments.

On y trouvait aussi ces traits pittoresques et familiers sans lesquels la majesté oratoire de Périclès eût peut-être lassé le plus spirituel et le plus mobile des peuples. Il savait assaisonner de gaieté les plus sages raisons, et, grâce à cet ensemble de mérites, « ses pensées restaient au fond des esprits comme le dard de l'abeille dans la plaie ».

Il disait d'Egine * que « c'était une taie sur l'œil du Pirée * ». Les habitants de Samos *, secouant le joug d'Athènes et s'y soumettant malgré eux, étaient comparés « à ces petits enfants qui crient, tout en acceptant leur purée ». Il disait enfin des jeunes gens morts à la guerre, dans une image pleine de grâce : « L'année a perdu son printemps. »

Sa mort répondit à sa vie et la couronna.

Périclès fut atteint de la peste. Sa maladie ne fut ni si aiguë ni si violente que celle des autres ; mais faible, peu active, et avec une lenteur accompagnée de changements infinis, elle consumait peu à peu son corps, et affaiblissait son esprit. Théophraste * raconte que Périclès, dans cette maladie, étant visité par un de ses amis, lui montra une espèce de

charme, que des femmes lui avaient pendu au cou,
voulant lui faire entendre qu'il fallait qu'il fût bien
malade, puisqu'il souffrait de pareilles sottises.

Comme il était à l'extrémité et sur le point de rendre l'âme, les principaux citoyens et les amis qui lui
restaient, étaient dans sa chambre autour de son lit,
et s'entretenaient de sa vertu et de la grande puissance qu'il avait eue. Ils racontaient ses exploits et
le grand nombre de ses victoires ; car, étant général
des Athéniens, il avait érigé en l'honneur de sa ville
neuf trophées, pour autant de batailles qu'il avait
gagnées. Ils discouraient ainsi entre eux, croyant qu'il
avait déjà perdu tout sentiment, et qu'il ne pouvait
plus entendre ; mais il ne lui était pas échappé une
seule parole de ce qu'ils avaient dit, et, rompant tout
d'un coup le silence : « Je m'étonne, leur dit-il, que
« vous conserviez si bien dans votre mémoire et que
« vous releviez si fort des choses auxquelles la for-
« tune a tant de part, et qui sont déjà arrivées à tant
« d'autres capitaines, et que vous oubliiez ce que j'ai
« fait de plus grand et de plus glorieux. — C'est,
« ajouta-t-il, que mon gouvernement n'a fait prendre
« le deuil à aucun Athénien. »

Ce grand homme mérite donc toute notre admiration, non seulement par sa douceur et par l'humanité qu'il a toujours conservées dans une multitude
d'affaires si grandes, et au milieu de tant de haines
et d'oppositions, mais encore par ce sentiment noble
et généreux qui lui faisait regarder, comme la plus
belle de toutes ses actions, de n'avoir jamais, avec
une puissance si absolue, rien accordé à l'envie ni à la
colère, et de ne s'être jamais conduit envers personne
en implacable ennemi.

Il me semble pour moi que cela seul, je veux dire
la douceur de ses mœurs et de sa vie, qu'il conserva

toujours nette et pure, suffit pour justifier le surnom d'*Olympien*, qui lui avait été donné, et pour faire voir que ce n'était point pour lui un surnom ridicule et fastueux, mais au contraire qu'il lui convenait parfaitement, et qu'il ne pouvait lui être envié.

Les événements qui suivirent la mort de Périclès firent bien sentir aux Athéniens la grandeur de la perte qu'ils avaient faite, et leur en imprimèrent dans le cœur un très grand regret; car ceux qui, pendant sa vie, avaient été le plus blessés de sa grande puissance, comme d'une lumière qui les offusquait, n'eurent pas plus tôt essayé après sa mort des autres orateurs et gouverneurs du peuple, qu'ils avouèrent publiquement que jamais il n'y avait eu d'homme plus modéré dans la sévérité, ni plus grave dans la douceur. Cette puissance à laquelle on donnait le nom odieux de monarchie ou de tyrannie, parut alors avoir été la plus sûre défense et le plus fort rempart de l'État, tant il s'était glissé, depuis sa mort, dans le gouvernement, de méchanceté et de corruption, qui n'avaient osé éclater pendant sa vie.

ALCIBIADE.

Alcibiade peut être offert comme le type le plus complet des qualités brillantes et des vices élégants de la société athénienne au plus beau moment de son histoire. Plutarque nous a laissé de cet ambitieux de haut vol un portrait vivant et achevé.

I

La jeunesse d'Alcibiade.

De toutes les passions auxquelles il était naturellement sujet, les plus fortes et les plus marquées étaient une vanité démesurée, et une ambition sans bornes, qui ne pouvait jamais souffrir de supérieur ni d'égal, comme le prouvent quelques mots qu'on rapporte de son enfance.

Un jour qu'il luttait avec un de ses camarades, se voyant fort pressé et sur le point d'être jeté par terre, il mordit furieusement le bras de son adversaire, qui lâcha prise, et lui dit : « Alcibiade, tu mords « comme une femme. » — « Point du tout, reprit « Alcibiade, mais comme un lion ».

Une autre fois, jouant aux osselets dans une rue fort étroite, son tour de les jeter étant venu, une charrette chargée vint à passer ; Alcibiade cria à celui qui la menait de s'arrêter, parce qu'il allait passer justement dans l'endroit où il devait jouer. Cet homme grossier ne l'écoutant point, et continuant de piquer ses bœufs, tous les autres enfants se retirèrent pour lui faire place ; mais Alcibiade se jeta tout au travers de la rue presque sous les pieds des bœufs, et commanda au conducteur de passer ainsi, puisqu'il était si pressé. Cet homme, épouvanté, fit reculer sa charrette ; et tous ceux qui furent témoins de cette action, coururent à Alcibiade en jetant de grands cris.

Quand il fut en âge d'aller aux écoles, il se montra fort obéissant à ses maîtres ; mais il dédaigna toujours d'apprendre à jouer de la flûte, la regardant comme un instrument ignoble et indigne de l'application d'un homme libre. « Car, disait-il, la « lyre, par exemple, n'a rien qui corrompe le geste « et la bonne grâce qui siéent à un honnête homme ; « au lieu que dès qu'un homme a mis la flûte à la « bouche, son visage en est si défiguré, que ses « meilleurs amis ont de la peine à le reconnaître. « D'ailleurs, la lyre permet à celui qui en joue, « d'accompagner de la voix et de chanter ; et la « flûte, tout au contraire, ferme tellement la bouche, « que l'usage de la voix et de la parole est absolu-« ment interdit. Laissons donc la flûte aux enfants « des Thébains¹, qui ne savent pas parler, et souve-« nons-nous toujours que, nous autres Athéniens, « nous avons pour protecteurs Athéné et Apollon, « dont la première jeta loin d'elle la flûte, et l'autre « écorcha celui qui en jouait. »

Par cette plaisanterie, qui au fond était très sérieuse, Alcibiade se délivra de cet exercice, et en détourna tous ses camarades. Car les jeunes gens furent bientôt informés qu'Alcibiade était loué de mépriser la flûte et tous ceux qui apprenaient à en jouer. Voilà l'origine du mépris que l'on eut pour cet art, qui depuis ce temps fut exclu du nombre des occupations honnêtes, et abandonné entièrement.

A peine sorti de l'enfance, il entra un jour dans l'école d'un grammairien, et lui demanda un livre d'Homère. Ce grammairien lui ayant dit qu'il n'avait aucun ouvrage de ce poète, Alcibiade lui donna un soufflet et sortit. Un autre grammairien lui ayant dit qu'il avait un Homère corrigé de sa main : « Quoi ! « lui dit Alcibiade, tu es capable de corriger Homère, « et tu t'amuses à enseigner ici les enfants ? Que ne « t'appliques-tu à former des hommes ? »

Un jour, il alla chez Périclès ; quand il fut à sa porte, on lui dit que Périclès était occupé, et qu'il travaillait à rendre ses comptes aux Athéniens. « Mais que ne travaille-t-il plutôt, dit-il, à ne les pas « rendre ? »

Il y avait à Athènes un nommé Hipponicus, père de Callias, qui était un des principaux de la ville, et qui avait beaucoup de crédit et d'autorité, tant à cause de ses grands biens que de la noblesse de sa maison. Alcibiade lui donna un jour un soufflet, non point par un mouvement de colère, ou pour quelque différend particulier qu'il eût avec lui, mais par plaisanterie et sur une gageure qu'il avait faite avec ses camarades. Le bruit de cette action s'étant répandu dans un moment par toute la ville, tous les citoyens furent indignés de cette insolence. Le lendemain, dès la pointe du jour, Alcibiade va chez Hipponicus, frappe à la porte, entre, et quittant tous ses habits, il se met à sa discrétion, et lui livre son corps

pour être châtié comme il le jugerait convenable.
Hipponicus lui sacrifia son ressentiment, et lui par-
donna ; quelque temps après, il lui donna même sa
fille Hipparète en mariage.

Alcibiade avait un chien d'une taille extraordinaire
et d'une grande beauté, qu'il avait acheté soixante-
dix mines (1) ; il lui fit couper la queue qui était
son plus bel ornement. Ses amis lui en firent des
reproches, et lui dirent que tout le monde parlait de
cette action et l'en blâmait extrêmement : « Voilà
« ce que je demande, reprit Alcibiade en riant ; je
« veux que les Athéniens s'entretiennent de cela,
« afin qu'ils ne parlent pas d'autre chose, et qu'ils ne
« disent rien de pis sur mon compte. »

(*Vie d'Alcibiade*, III à XIV.)

II

Alcibiade roi de l'opinion à **Athènes**.

Alcibiade vivait dans un luxe prodigieux. Ce n'é-
tait, tous les jours, que fêtes et qu'emportements de
jeunesse ; il était si efféminé, qu'il traînait dans les
places publiques de longs manteaux de pourpre ;
que sur mer, pour coucher plus mollement, il faisait
percer le plancher de son vaisseau, afin que son lit,
au lieu d'être sur des planches, fût suspendu sur des
sangles ; et qu'il portait à la guerre un bouclier d'or
où, au lieu des enseignes et devises ordinaires des
Athéniens, on voyait un Amour armé d'un foudre ;
enfin, par sa magnificence et par sa dépense excessive, il insultait à ses concitoyens.

Les principaux et les plus sages ne se contentaient
pas de blâmer et de détester une telle conduite ; ils

(1) Voir la note de la page 56

craignaient de plus les suites de cette audace, de cette profusion et de ce profond mépris des lois qu'ils regardaient comme autant de moyens monstrueux pour arriver à la tyrannie.

Véritablement ses largesses envers le peuple, la somptuosité des jeux et des spectacles qu'il lui donnait, la magnificence des présents qu'il faisait à la ville, et qu'il n'était pas possible de surpasser, la gloire de ses ancêtres, la grâce et la beauté de toute sa personne, son éloquence, sa force de corps jointe au courage et à l'expérience, et toutes ses autres grandes qualités, faisaient que les Athéniens lui pardonnaient ses fautes, et les supportaient patiemment, tâchant toujours de les diminuer et de les couvrir sous des noms doux et favorables ; car il les appelait des traits de jeunesse et des écarts d'un bon naturel. Par exemple, il tint chez lui renfermé le peintre Agatharchos, jusqu'à ce qu'il lui eût peint toute sa maison, et le renvoya ensuite après l'avoir comblé de présents.

Un jour, comme il sortait d'une assemblée, très content d'avoir obtenu tout ce qu'il avait demandé, et de voir les honneurs que le peuple lui rendait en le reconduisant, Timon le misanthrope, l'ayant rencontré, ne se détourna point et ne chercha point à l'éviter, comme il évitait tout le monde ; mais il alla au-devant de lui, et le prenant par la main : « Courage, mon fils, lui dit-il ; tu fais fort bien de t'agrandir, car ta grandeur sera la ruine de tout ce peuple ». Les uns ne firent que rire de ce propos ; d'autres en furent indignés, et chargèrent Timon d'injures ; mais il y en eut aussi qui le relevèrent et en furent toujours frappés : tant l'inégalité des mœurs d'Alcibiade rendait les opinions différentes sur son compte !

Sur la fin de la vie de Périclès, les Athéniens avaient conçu le désir de conquérir la Sicile : peu de temps après sa mort, ils commencèrent à s'occuper de cette expédition, et, sous prétexte d'envoyer de temps en temps des secours d'armes et de troupes aux villes opprimées ou maltraitées par les Syracusains, ils s'ouvraient un chemin pour les attaquer avec de plus grandes forces. Mais personne, plus qu'Alcibiade, n'enflamma ce désir, et ne persuada plus vivement aux Athéniens d'aller, non successivement et par parties, mais tout d'un coup et avec une grosse flotte, envahir et subjuguer cette île. Il remplissait le peuple de grandes espérances, et se flattait lui-même de parvenir à des choses encore plus grandes que celles qu'il lui promettait; car les autres regardaient la conquête de la Sicile comme la fin de cette guerre, et lui comme le commencement des exploits qu'il méditait.

Nicias*, qui pensait qu'il était bien difficile de prendre Syracuse*, n'oubliait rien pour détourner le peuple de cette expédition. Mais Alcibiade qui, toutes les nuits dans ses songes, prenait Carthage*, soumettait l'Afrique, passait de là en Italie, et se rendait maître du Péloponèse entier, ne faisait presque de la Sicile que le magasin de ses troupes. Il avait pour lui tous les gens qui, sans rien approfondir davantage, étaient enchantés des grandes espérances qu'il leur donnait, et écoutaient avidement les choses merveilleuses que les vieillards leur racontaient sur cette expédition ; de manière que la plupart passaient les journées entières dans les palestres et autres lieux d'exercice, à tracer sur la poussière la figure de l'île, et le plan de l'Afrique et de Carthage *.

(Vie d'Alcibiade, XXVII à XXX.)

III

Alcibiade en exil.

Alcibiade, banni par les Athéniens, envoya demander aux Spartiates la permission de demeurer chez eux sous leur protection et sauvegarde, leur donnant sa foi et sa parole qu'étant leur ami, il leur rendrait plus de services, et leur ferait plus de bien qu'il ne leur avait causé de dommage pendant qu'il avait été leur ennemi.

Les Spartiates furent ravis de lui accorder sa demande, et témoignèrent qu'ils le recevraient à bras ouverts. Il alla donc à Sparte avec une extrême joie.

Ayant donc acquis beaucoup de réputation dans le public, et n'étant pas moins admiré dans le particulier, il charma les Spartiates en se conformant en tout à leur manière de vivre : de sorte que ceux qui voyaient qu'il se rasait jusqu'à la peau, qu'il se baignait dans l'eau froide, qu'il mangeait du pain bis, et qu'il s'accommodait de leur brouet noir, ne pouvaient s'imaginer que ce même homme eût jamais eu chez lui de cuisiniers, qu'il eût connu des parfumeurs, ni qu'il eût porté des étoffes de Milet.

Aussi dit-on qu'une de ses grandes qualités, et le secret le plus infaillible dont il se servait pour gagner les hommes, c'était de prendre et d'imiter toutes les passions, toutes les inclinations et toutes les manières de ceux avec qui il vivait, se transformant avec plus de facilité, et passant plus prompte-

ment d'une habitude à l'habitude contraire, que le
caméléon ne change de couleur ; car on dit que le
caméléon ne peut prendre la couleur blanche, au
lieu qu'il n'y avait ni mœurs, ni coutumes bonnes ou
mauvaises qu'Alcibiade ne prît et ne contrefît. A
Sparte*, il était laborieux, frugal et austère ; en
Ionie (1), il n'aimait que la joie, la paresse et la
volupté ; en Thrace*, il était toujours à cheval, et
passait les journées à boire ; et lorsqu'il était avec
le satrape Tissapherne*, il surpassait en luxe et
en dépense toute la magnificence des Perses.

Ce n'est pas qu'il passât ainsi facilement d'une
passion à une autre toute contraire, ni qu'il se fît
en lui un véritable changement de mœurs ; mais
c'est que, voyant que, s'il s'abandonnait à son naturel,
il pourrait blesser et offenser ceux avec lesquels il
aurait à vivre, il s'était toujours accoutumé à prendre
le masque et la figure qui convenaient et qui res-
semblaient le plus à ceux qu'il fréquentait. Dans
Lacédémone, à voir son extérieur, on pouvait lui
appliquer ce proverbe commun : « Ce n'est pas le
« fils d'Achille, c'est Achille* lui-même », et dire de
lui : « Ce n'est pas un étranger qui vit à Sparte* ;
c'est un Spartiate que Lycurgue lui-même a formé. »

(Vie d'Alcibiade, XLII, XLIII.)

(1) Voir la note, page 52.

LYSANDRE.

La ruine d'Athènes.

Après la mort de Périclès, Athènes fut comme désorientée ; les passions populaires que Périclès avait su retenir s'affolèrent ; et, poussée aux abîmes par l'ambition de quelques meneurs et la fièvre démagogique, la grande république qui avait dicté la loi au monde grec parut s'effacer elle-même de l'histoire. Un quart de siècle après la mort de Périclès, Lysandre, le général des Lacédémoniens, s'emparait d'Athènes et faisait raser les murs qu'avait élevés Thémistocle (404).

Dans le conseil des alliés, il fut proposé de réduire en servitude tous les Athéniens ; un officier thébain, appelé Erianthos, fut d'avis de raser la ville, et de réduire tout le pays en pâturages pour les troupeaux.

Après le conseil, tous les généraux et principaux officiers assemblés pour un grand festin, s'étant mis à table, un musicien de Phocée * commença à chanter ces vers du premier chant du chœur de l'*Electre* * d'Euripide * : « Fille d'Agamemnon *, Electre, je suis « venue à votre chaumière rustique, etc. » Tous les assistants, émus de compassion, s'écrièrent que ce serait une action horrible de détruire une ville si célèbre et qui avait produit de si grands hommes.

Lysandre, voyant les Athéniens à sa discrétion, fit venir de la ville toutes les chanteuses et joueuses de flûte ; et les ayant jointes à celles qu'il avait dans son camp, il fit raser les murailles et brûler toutes les galères au son des flûtes, et en présence des alliés qui, couronnés de fleurs, se livraient à la joie la plus vive, et regardaient cette grande journée comme le commencement de leur liberté.

Dès le lendemain, sans donner aux Athéniens le moindre répit, il changea toute la forme de leur gouvernement, en établissant dans la ville trente archontes, et dix dans le Pirée, en mettant une garnison dans la bonne citadelle et en y laissant pour *harmoste* ou gouverneur le Spartiate Callibios.

(*Vie de Lysandre*, XXIX, XXX.)

CHAPITRE IV.

SPARTE ET THÈBES

I

Agésilas en Asie.

Le roi de Sparte, Agésilas (399-361), est représenté par son admirateur Xénophon*, comme le héros d'une lutte grandiose contre la Perse. Son ambition n'allait à rien moins, suivant l'historien grec, qu'à remporter une victoire sur le Grand-Roi, à le détrôner, à chasser les Perses de l'Asie-Mineure.

Le vrai but du roi de Sparte fut de rétablir dans les cités grecques du littoral ce gouvernement oligarchique que Sparte imposait partout où ses armes dominaient.

Le traité négocié par Antalcidas* (387), qui ferma cette période, donne la mesure de la générosité des sentiments qui animaient Sparte:

tous les avantages de la paix de Cimon étaient
sacrifiés ; le roi des Perses recevait la soumission
des Grecs asiatiques ; il stipulait pour tous les
États de la Grèce, continentale et insulaire,
grands ou petits, l'autonomie la plus complète.
C'était jeter la discorde en Grèce et y maintenir
la division ; le Grand-Roi faisait par l'intrigue et
la corruption ce qu'il n'avait pu faire par les
armes.

Agésilas avait à peine pris possession du royaume,
que des gens qui revenaient d'Asie, rapportèrent
que le roi de Perse préparait une grosse flotte pour
venir ôter aux Lacédémoniens l'empire de la mer.
Lysandre, qui souhaitait d'être encore envoyé en
Asie, pour y secourir ses amis, qu'il avait laissés maîtres et commandants des places, et qui, s'étant mal
comportés, et ayant commis toutes sortes de violences, avaient été dépossédés par les citoyens, qui
en avaient même fait mourir une grande partie,
persuade à Agésilas de se charger de cette guerre et
de prévenir ce roi barbare, en allant l'attaquer fort
loin de la Grèce, avant qu'il eût achevé ses préparatifs.

Agésilas s'étant rendu à l'assemblée, on lui ex-
posa la demande des Grecs d'Asie, et il se chargea
de cette expédition, à condition qu'on lui donnerait
trente capitaines Spartiates pour composer son
conseil, deux mille nouveaux citoyens pris parmi
ceux des hilotes qui avaient été affranchis, et six
hommes des troupes des alliés. Comme Lysandre
l'aida de son crédit, les Spartiates lui accordèrent
facilement tout ce qu'il demandait, et le firent partir
avec les trente capitaines à la tête desquels se

trouvait Lysandre, tant à cause de sa grande réputation et de son autorité, que de l'amitié qu'Agésilas avait pour lui ; car ce prince lui savait encore plus de gré de lui avoir procuré le commandement de cette armée, que de l'avoir fait parvenir à la royauté.

Pendant que les troupes s'assemblaient à Gereste*, Agésilas se rendit avec quelques-uns de ses amis en Aulide, où il passa la nuit. Pendant son sommeil, il lui sembla que quelqu'un, s'approchant de son lit, lui dit ces propres paroles : « Roi des Lacédémo- « niens, tu sais sans doute que jusqu'ici nul homme « n'a été déclaré général de toute la Grèce, excepté « Agamemnon *. Tu reçois après lui le même « honneur. Puisque tu commandes aux mêmes peu- « ples, et que pour cette guerre tu pars des mêmes « lieux que lui, il est juste que tu fasses à la déesse « le même sacrifice qu'il lui fit en cet endroit « même, avant son départ. »

Agésilas se ressouvint d'abord du sacrifice d'Iphi- génie, qu'Agamemnon avait sacrifiée pour obéir aux devins. Mais cette vision ne le troubla point ; il la raconta le lendemain à ses amis, et leur dit qu'il ho- norerait la déesse d'un sacrifice, qui était vraisem- blablement le seul qu'une divinité pouvait trouver agréable, et qu'il n'imiterait point la folie de son prédécesseur. En même temps, il se fit amener une biche, la couronna de guirlandes, et commanda à son devin de l'immoler, ne voulant point que le sacrificateur établi à cet effet par les Béotiens eût l'honneur d'offrir le sacrifice, comme cela se prati- quait dans le pays.

Les chefs des Béotiens, l'ayant appris, en furent si irrités, qu'ils envoyèrent aussitôt leurs officiers à Agésilas pour lui défendre de faire ce sacrifice contre les lois et les coutumes des Béotiens. Ces officiers

s'acquittèrent de leur commission ; et, trouvant le
sacrifice déjà fait, ils renversèrent et jetèrent à terre
les cuisses de la victime qui étaient sur l'autel.
Cette violence offensa Agésilas, qui partit très irrité
contre les Thébains, et plein de tristes espérances,
à cause de cet augure, qu'il regardait comme sinistre, et qui semblait lui prédire que son expédition
serait malheureuse, et n'aurait pas le succès qu'il
s'en était promis.

(*Vie d'Agésilas,* ch. VII et VIII.)

.*.

Dans le commencement de cette guerre, Tissapherne, qui craignait Agésilas, fit avec lui une trève,
en lui faisant espérer que le roi, son maitre, lui
abandonnerait les villes grecques et les laisserait
en liberté. Mais quelque temps après. persuadé qu'il
avait des forces suffisantes pour lui résister, il lui
délara la guerre. Agésilas en fut ravi; car il attendait
de grandes choses de cette expédition, et il aurait
cru d'ailleurs se déshonorer, si, après que Xénophon
avait ramené dix mille Grecs du fond de l'Asie
jusqu'à la mer de Grèce, et battu le roi de Perse
autant de fois qu'il l'avait voulu, lui-même à la tête
des Lacédémoniens, dont l'empire s'étendait sur la
terre et sur la mer, ne se fût pas signalé, aux yeux
des Grecs, par quelque exploit éclatant et digne de
mémoire.

D'abord, pour se venger de la perfidie de Tissapherne, par une tromperie juste, il feignit de mener
son armée vers la Carie ; et dès que le Barbare eut
assemblé toutes ses forces de ce côté-là, il tourna
tout court, et se jeta dans la Phrygie, où il prit
plusieurs villes, et amassa d'immenses richesses,
faisant voir à ses amis que violer un traité juré,

c'est mépriser les dieux mêmes, et qu'au contraire
tromper ses ennemis, c'est une action juste, glorieuse,
et qui procure autant de plaisir que de profit.

Mais comme il était plus faible en cavalerie, et
que dans un sacrifice le foie des victimes se
trouva sans tête, il se retira à Éphèse, où il assem-
bla une nombreuse cavalerie ; car il déclara aux
citoyens aisés que s'ils voulaient s'exempter de
s'enrôler et de le suivre, ils n'avaient qu'à lui
fournir chacun un homme et un cheval. Il y en eut
beaucoup qui prirent ce parti ; de sorte qu'en très
peu de temps, Agésilas eut assemblé un grand
nombre de cavaliers d'élite, au lieu de mauvais
soldats ; car les Éphésiens, qui ne voulaient pas
servir dans l'infanterie, achetaient ceux qui s'of-
fraient volontairement ; et ceux qui ne voulaient
pas entrer dans la cavalerie payaient à leur place
des hommes qui aimaient ce genre de servir. En
quoi il imita heureusement l'exemple d'Agamemnon*,
qui dispensa un homme lâche et riche d'aller à la
guerre pour une bonne jument qu'il lui donna.

Un jour, il ordonna aux commissaires chargés de
la vente du butin, de dépouiller les prisonniers et
de les vendre. Il se présentait beaucoup de gens
pour acheter leurs vêtements ; mais, pour les corps,
on les trouvait si délicats et si blancs, parce qu'ils
avaient été toujours nourris et élevés à l'ombre,
qu'ils s'en moquaient, les regardant comme inutiles
et de nul prix. Alors Agésilas, s'approchant, dit à
ses soldats en leur montrant les hommes : « *Voilà
ceux à qui vous faites la guerre* » ; et leur montrant
leurs vêtements : « *Voilà les dépouilles pour lesquelles
vous combattez.* »

(*Vie d'Agésilas*, ch. XII et XIV.)

5***

Quelque temps après, Pharnabaze * demanda à
avoir avec lui une conférence, et un homme de
Cyzique*, nommé Apollophanes, qui était leur hôte
commun, leur ménagea une entrevue. Agésilas
arriva le premier au rendez-vous avec ses amis, et,
en attendant Pharnabaze *, il s'assit à l'ombre d'un
arbre, sur l'herbe qui était fort haute.

Dès que Pharnabaze fut arrivé, ses gens étendirent
à terre des peaux très douces et à long poil, et de magnifiques tapis de diverses couleurs; mais, voyant
Agésilas assis tout simplement à terre, il eut honte de
sa mollesse, et se mit comme lui sur l'herbe, quoiqu'il fût vêtu d'une robe d'une finesse admirable et
d'une très riche couleur. Quand ils se furent salués,
Pharnabaze, qui, après tous les grands services
qu'il avait rendus à Lacédémone dans la guerre
contre les Athéniens, ne manquait pas de sujet
légitime de plainte, de voir son pays pillé et four-
ragé par ceux dont il aurait dû attendre toute
sorte de protection et de reconnaissance, parla le
premier, et étala ses raisons d'une manière très
simple et très touchante.

Agésilas, voyant que les Spartiates qu'il avait ame-
nés avec lui en étaient frappés, et que de honte ils
tenaient les yeux fixés à terre, ne sachant ce qu'on
pouvait répondre à de si grandes vérités, prit la parole,
et répondit à peu près en ces termes : « Pharnabaze,
« pendant tout le temps que nous avons été les alliés
« du roi votre maître, nous l'avons traité en ami ; mais
« présentement que nous sommes devenus ses enne-
« mis, nous lui faisons une guerre ouverte, comme
« cela est juste. Voyant donc que vous lui appartenez,
« nous cherchons à lui nuire en vous faisant du mal.

« Mais dès le jour même que vous jugerez digne
« d'être appelé plutôt l'ami et l'allié des Grecs, que
« l'esclave du roi de Perse, comptez que cette armée
« que vous voyez devant vos yeux, que toutes ces
« armes, tous ces vaisseaux, et nous-mêmes, tous
« tant que nous sommes, nous défendrons vos pos-
« sessions, et nous assurerons votre liberté, sans
« laquelle il n'y a rien de beau ni de désirable dans
« le monde. »

Alors Pharnabaze lui déclara les sentiments où il
était, et lui dit : « Si le roi envoie un autre général
« à ma place, et qu'il me soumette à ses ordres, je
« quitterai son service et je me joindrai à vous. Mais
« s'il me conserve le commandement, je continuerai
« à le servir avec la même affection, et je n'oublierai
« rien pour repousser vos attaques, et pour vous faire
« le plus de mal que je pourrai, pour ses intérêts. »

A ces mots, Agésilas fut ravi ; et le prenant par la
main, et se relevant avec lui : « Plaise aux dieux, Phar-
« nabaze, lui dit-il, qu'avec de si nobles sentiments,
« vous soyez plutôt notre ami que notre ennemi. »

(Vie d'Agésilas, ch. xix.)

II

Bataille de Coronée.

Arrivé devant Coronée et en présence des ennemis, il se mit en bataille, donna aux Orchoméniens
l'aile gauche, et prit pour lui la droite. Les Thébains
se mirent également en bataille, prirent pour eux
l'aile droite et donnèrent la gauche aux Argiens.
Xénophon écrit que ce fut la plus furieuse de toutes

les batailles qui eussent été données de son temps,
et il doit être cru, car il y était, et il combattit
auprès d'Agésilas, avec lequel il était revenu d'Asie.
La première charge ne fut ni bien opiniâtre,
ni bien longue ; car les Thébains mirent d'abord en
fuite les Orchoméniens, et Agésilas renversa et mit
en déroute les Argiens. Mais les uns et les autres,
ayant su que leur aile gauche était fort maltraitée et
qu'elle fuyait, tournèrent incontinent, Agésilas pour
s'opposer aux Thébains et pour leur ravir la victoire
et les Thébains pour suivre leur aile gauche, qui s'é-
tait retirée vers l'Hélicon.

Dans ce moment, Agésilas pouvait remporter une
victoire sûre et sans danger, s'il avait voulu laisser
passer les Thébains pour les charger en queue ; mais,
emporté par l'ardeur de son courage et par une ambition opiniâtre de montrer sa valeur, il voulut s'opposer à leur passage et les attaquer de front pour avoir
la gloire de les renverser de vive force.

Les Thébains le reçurent sans s'étonner. La mêlée
fut vive et sanglante dans tous les endroits, mais
plus encore dans le lieu où Agésilas combattait au
milieu des cinquante jeunes gens que Sparte lui avait
envoyés fort à propos. Leur valeur et leur émulation
furent cause de son salut ; car ils combattirent avec
beaucoup d'ardeur, en s'exposant les premiers aux
dangers. Ils ne purent cependant pas le garantir de
plusieurs blessures qu'il reçut à travers ses armes ;
mais, après de grands efforts, ils l'arrachèrent encore vivant aux ennemis, et, lui faisant un rempart
de leurs corps, ils lui immolèrent quantité de Thébains ; et plusieurs de ces jeunes gens demeurèrent
morts sur la place.

Enfin, voyant que c'était une affaire trop difficile
que de renverser de front les Thébains, ils furent

forcés d'en venir à ce qu'ils avaient refusé de faire d'abord : ils ouvrirent leur phalange pour leur donner passage ; et, après qu'ils furent passés, comme ils marchaient avec moins d'ordre, ils tournèrent sur eux et les attaquèrent par les flancs et par la queue. Ils ne purent pourtant jamais les rompre ni les mettre en fuite ; ces braves Thébains firent leur retraite en combattant toujours, et gagnèrent l'Hélicon, tout fiers du succès de ce combat, où, de leur côté, ils s'étaient toujours maintenus invincibles.

Agésilas, quoique très affaibli par ses blessures et par la quantité de sang qu'il avait perdu, ne voulut pourtant pas se retirer dans sa tente, qu'il ne se fût fait porter au lieu où était sa phalange, et qu'il n'eût vu emporter devant lui tous ses morts sur leurs armes mêmes. On vint alors lui dire que plusieurs des ennemis s'étaient réfugiés dans le temple d'Athénè, qui était tout auprès, et lui demander ce qu'il voulait qu'on en fît. Comme il était plein de piété et de respect pour les dieux, il ordonna qu'on les laissât aller. Au-devant de ce temple, il y avait un trophée que les Béotiens y avaient élevé après avoir défait les Athéniens en bataille.

Le lendemain matin, Agésilas, voulant éprouver si les Thébains auraient le courage de recommencer le combat, commanda à ses troupes de se couronner de fleurs, et à ses musiciens de jouer de la flûte, pendant qu'il ferait dresser et orner un trophée pour monument de sa victoire. Dans ce même moment, les ennemis lui envoyèrent des hérauts pour demander la permission d'enterrer leurs morts. Il la leur accorda avec une trève, et, ayant confirmé sa victoire par cette action, il se fit porter à Delphes où l'on célébrait les Jeux pythiques. Là il fit la procession solennelle qui fut suivie d'un sacrifice, et

consacra à Dieu la dîme du butin qu'il avait fait en
Asie, et qui monta à cent talents.

III

La grandeur thébaine.

Sparte se croyait encore alors la puissance
prépondérante de la Grèce ; mais déjà les mauvais
jours étaient venus pour elle, et la décadence
allait commencer. Une nouvelle injustice de sa
politique, la surprise et l'occupation violente de
la Cadmée, citadelle de Thèbes, devint l'occasion d'un soulèvement redoutable et produisit
sur la scène un peuple jusqu'alors obscur,
les Thébains.

Trois Thébains, Archias, Léontidas et Philippe,
riches, pleins d'ambition, et fort portés pour l'oligarchie, proposèrent à Phœbidas, qui passait à Thèbes avec des troupes, de s'emparer de la citadelle
appelée Cadmée, d'en chasser ceux qui tenaient le
parti opposé, et de la mettre sous la main des Lacédémoniens, en y établissant le gouvernement des nobles.
Phœbidas se laisse persuader : pendant les fêtes
de Cérès, il exécute son entreprise contre les Thébains, qui ne s'attendaient point à cet acte d'hosti-
lité, et se rend maître de la citadelle. Isménias est
enlevé et conduit à Lacédémone, où on le fit mourir bientôt après. Pélopidas, Phérénicos, Androclidès

et plusieurs autres ayant pris la fuite, furent condamnés au bannissement. Epaminondas demeura en repos dans Thèbes, parce qu'on le méprisait à cause de sa philosophie, comme un homme qui vivait éloigné des affaires, et aussi à cause de sa pauvreté, comme un homme qui n'avait nul pouvoir.

La nouvelle de cet attentat portée à Sparte, les Lacédémoniens privèrent Phœbidas du commandement et le condamnèrent à une amende de dix mille drachmes; mais ils ne laissèrent pas de retenir la Cadmée et d'y avoir garnison. Tous les autres Grecs furent étonnés d'une contradiction si étrange, d'autoriser une entreprise et d'en punir l'auteur; et les Thébains, privés de leur ancien gouvernement, et asservis par Archias et par Léontidas, reconnurent qu'ils ne pouvaient être délivrés d'une tyrannie qu'ils voyaient appuyée de toutes les forces des Lacédémoniens, ni espérer de la ruiner, si on n'ôtait à Sparte l'empire de la terre et de la mer.

IV

Pélopidas et Epaminondas.

Rien n'avait fait pressentir le rôle, un instant glorieux et décisif, que Thèbes devait jouer dans cette période de troubles qui précéda la domination macédonienne. Cité obscure, dont on ne connaissait guère encore que la trahison dans les guerres médiques, elle obtint pendant un

court instant cette hégémonie qu'Athènes avait
exercée avec tant d'éclat et Sparte avec tant de
rigueur, sans que l'une ou l'autre pût en retenir
assez longtemps la direction pour donner à la
Grèce l'unité dont elle avait besoin.

Thèbes ne comptait pas au nombre des cités
grecques que l'opinion publique s'était plu à désigner pour un rôle de cette importance. Elle fut
un instant comme élevée au-dessus de ses propres
destinées, par le mérite et les vertus de deux
hommes supérieurs. Dans leur intime association
qui fonda la grandeur de Thèbes, Pélopidas fut
l'homme d'action qui prend l'initiative des
mesures hardies; Epaminondas, l'homme complet, également grand par la haute culture de
son âme et par son exactitude à remplir les
devoirs journaliers de l'hoplite, tour à tour
philosophe, athlète, artiste et soldat.

Pélopidas, fils d'Hippoclès, était, comme Epaminondas, d'une des plus illustres familles de Thèbes.
Nourri dans une grande opulence, et devenu, encore
jeune, seul héritier d'une maison très riche et très
florissante, il commença d'abord à secourir de son
bien ceux qui en avaient besoin, et qui en étaient
dignes, pour faire connaître qu'il était véritablement
le maître de ses richesses, et non pas leur esclave.
Tous les Thébains, pleins de reconnaissance, se
servirent de l'humanité et de la générosité de Pélopidas; mais il ne put jamais porter Epaminondas
à accepter ses offres, et à user de son bien. Il lui
fut plus aisé d'imiter sa pauvreté; à son exemple,

il se fit gloire d'être vêtu simplement, d'avoir une table frugale, d'aimer le travail, et de se montrer simple et ouvert dans les plus grands emplois. Pélopidas aurait eu honte de dépenser pour sa personne plus que le moins aisé des Thébains.

Pour Epaminondas, la pauvreté lui était familière, et il l'avait reçue comme un héritage de ses pères ; mais il se la rendit encore plus familière et plus légère en se livrant à la philosophie et en choisissant d'abord le genre de vie le plus simple et le plus uni.

Pélopidas fit un mariage avantageux, et eut beaucoup d'enfants ; mais, n'en devenant pas plus empressé de s'enrichir, ni plus avare de son temps, qu'il donnait tout à sa patrie, il diminua considérablement son bien. Un jour que ses amis l'en reprenaient et lui disaient « qu'il négligeait une chose « très nécessaire, qui est d'avoir beaucoup de bien : « — Très nécessaire, vraiment! leur répondit-il, mais « pour Nicodème que voilà », en leur montrant un homme de ce nom, qui était manchot et aveugle.

Epaminondas et lui étaient également nés pour toutes les vertus. Mais Pélopidas prenait plus de plaisir à exercer son corps, et Epaminondas à cultiver son esprit. C'est pourquoi ils employaient tout leur loisir, l'un à la palestre et à la chasse, et l'autre à la conversation et à l'étude de la philosophie.

Mais parmi toutes les grandes et belles choses qu'ils ont faites et qui leur ont acquis tant de gloire, les gens de bon sens ne trouvent rien de si beau ni de si glorieux pour eux que d'avoir conservé, depuis le commencement jusqu'à la fin de leur vie, leur union et leur amitié entière, et cela au milieu de tant de combats, de tant de charges qu'ils ont exercées, soit dans les armées, soit dans le gouvernement de la république.

Car si quelqu'un, après avoir considéré l'administration d'Aristide et de Thémistocle, celle de Cimon et de Périclès, celle de Nicias et d'Alcibiade, et vu combien elles ont été pleines de dissensions, de jalousies et de rivalités, veut ensuite jeter les yeux sur l'affection que Pélopidas et Epaminondas ont toujours eue l'un pour l'autre, et sur l'honneur et le respect qu'ils se portaient, il reconnaîtra évidemment que ces deux grands hommes méritent beaucoup plus d'être appelés compagnons et frères dans le gouvernement de la république et dans le commandement des armées, que ceux-là qui, se faisant plus la guerre les uns aux autres qu'ils ne la faisaient à leurs ennemis, n'ont travaillé toute leur vie qu'à se détruire.

La seule véritable cause de cette modération, c'était la vertu, qui leur faisait mépriser dans toutes leurs actions, la gloire et les richesses qu'accompagne toujours la funeste envie, mère des querelles et des divisions. Embrasés tous deux d'un amour vraiment divin pour la vertu qui les porta à rendre par leur administration leur patrie plus puissante et plus florissante, ils regardaient toujours les succès l'un de l'autre comme leurs propres succès.

(*Vie de Pélopidas*, ch. VI à VIII.)

V

Pélopidas délivre Thèbes.

Pélopidas, quoiqu'alors fort jeune, alla trouver les bannis l'un après l'autre, et, les ayant tous assemblés, il leur fit un discours où il leur représenta,

« qu'il n'était ni séant ni juste qu'ils regardassent
« d'un œil tranquille leur patrie captive et prison-
« nière, et que, comme trop contents d'avoir eux-
« mêmes la vie sauve, ils dépendissent toujours des
« décrets d'Athènes, soumis, et faisant servilement
« leur cour à ceux qui avaient le talent de bien
« parler et de mener le peuple ; mais qu'il fallait
« tout hasarder pour le plus grand de tous les
« sujets. »

Persuadés par ces discours, ils envoyèrent secrètement à Thèbes apprendre à ceux de leurs amis
qui y étaient restés, ce qu'ils avaient résolu : ces
amis approuvèrent extrêmement leur dessein. Charon, qui était un des principaux de la ville, leur
offrit sa maison ; Philidas trouva le moyen de se faire
greffier d'Archias et de Philippe, qui étaient polémarques ; et pour Epaminondas, il y avait déjà longtemps
qu'il travaillait à inspirer aux jeunes gens une noble
fierté et un grand courage ; car dans les lieux d'exercice, il leur ordonnait toujours de s'attaquer aux
Lacédémoniens, et de lutter contre eux ; et quand il
les voyait s'applaudir et s'enorgueillir de les avoir
vaincus et terrassés, il les réprimandait et leur
disait « qu'ils devraient bien plutôt avoir honte
« de se rendre ainsi volontairement les esclaves
« de ceux sur lesquels ils avaient un si grand avan-
« tage dans les combats ».

Le jour pour l'exécution du projet étant pris, les
bannis trouvèrent à propos que Phérénicus, après
avoir assemblé tous les conjurés, s'arrêtât au bourg
de Thriasie (1), qu'un petit nombre des plus jeunes
se hasardât à entrer dans la ville ; et que s'il leur
arrivait d'être surpris par les ennemis, et de périr

(1) Bourg près du mont Cithéron.

en cette occasion, les autres se chargeassent de faire en sorte que ni leurs enfants ni leurs pères ne manquassent de rien pendant leur vie. Pélopidas fut le premier qui se présenta pour entrer dans la place, et après lui, Melon, Damoclide et Théopompe, tous quatre des premières maisons de Thèbes, tous liés ensemble par une étroite amitié et une fidélité à toute épreuve, et tous rivaux de gloire et d'honneur. Se trouvant au nombre de douze, ils embrassent leurs compagnons, qu'ils laissent à Thriasie ; et après avoir envoyé un courrier à Charon pour l'avertir de leur arrivée, ils se mettent en marche, vêtus de simples vestes, menant avec eux des chiens de chasse, et tenant à la main des pieux à soutenir des rêts, afin que ceux qui les rencontreraient en chemin ne se doutassent de rien, et qu'ils les prissent pour des chasseurs égarés.

Leur courrier étant arrivé à Thèbes, et ayant appris à Charon qu'ils étaient en chemin, ce dernier ne changea point de sentiment à l'approche de ce danger ; et comme il était homme de bien et d'honneur, il prépara sa maison pour les recevoir. Parmi les conjurés, il y avait un certain Hipposthénidas, qui n'était pas un méchant homme, qui même aimait sa patrie, et qui de tout son cœur aurait voulu servir les bannis ; mais il n'avait ni l'audace, ni la fermeté que demandaient une occasion si périlleuse, et les grandes affaires qui se tramaient.

Hipposthénidas donc, envisageant le grand combat qu'il fallait livrer sur l'heure même, juge enfin, à force de réflexions, que ce qu'ils allaient faire, c'était en quelque façon heurter l'empire des Lacédémoniens, et entreprendre de détruire leur puissance, en suivant des espérances fort incertaines, et appuyées sur une poignée de bannis. Comme

pris tout à coup de vertige, et ne pouvant débrouiller
tant de difficultés et d'obstacles qui se présentent
en foule à son esprit, il se retire dans sa maison
sans rien dire, et dépêche un de ses amis à Melon
et à Pélopidas pour les prier de différer leur entreprise, et de s'en retourner à Athènes, en attendant
un temps plus favorable.

Cet envoyé se nommait Chlidon ; il s'en va chez
lui en diligence, tire son cheval de l'écurie, et commande à sa femme de lui apporter la bride. Sa
femme, ne sachant où elle était, et ne pouvant la
trouver, dit qu'elle l'a prêtée à un voisin. Chlidon
s'emporte ; on en vient aux injures, et de là aux
malédictions. Sa femme vomit contre lui les impré-
cations les plus affreuses, et prie les dieux que son
chemin lui soit funeste, à lui, et à ceux qui l'ont
envoyé : de sorte que Chlidon, ayant perdu par cette
altercation la plus grande partie du jour, et tirant
même de ce qui venait d'arriver une sorte de mauvais augure, renonce à ce voyage, et va d'un autre
côté.

Voilà comment il tint à peu qu'on ne manquât
l'occasion d'exécuter la plus grande et la plus belle
des entreprises. Pélopidas et ses compagnons ayant
pris des habits de paysans, et s'étant partagés,
entrèrent par différentes portes dans la ville, pendant qu'il faisait encore jour. Comme on était alors
au commencement de l'hiver, il régnait un petit
vent de bise, et il tombait de la neige : ce qui contribua à les mieux cacher, chacun étant retiré dans
sa maison à cause du froid ; mais ceux qui étaient
dans le secret reçurent les bannis, et les menèrent
droit à la maison de Charon, où ils se trouvèrent,
bannis ou autres, au nombre de quarante-huit.

Du côté des tyrans, Philidas, greffier des polémarques, était du complot, comme nous l'avons déjà dit, et n'oubliait rien pour le faire réussir. Il y avait déjà quelque temps qu'il avait promis à Archias et à sa compagnie de leur donner ce jour-là un souper magnifique. Son dessein était de les livrer, plongés dans le vin, entre les mains des conjurés.

Ils se mettent donc à table ; et, comme ils étaient déjà animés et bien près de l'ivresse, il leur vient, on ne sait comment, une nouvelle, vraie au fond, mais vague et peu circonstanciée, que les bannis étaient cachés dans la ville. Philidas fait tous ses efforts pour détourner la conversation ; mais Archias envoie un de ses officiers à Charon, lui donner ordre de venir le trouver sur l'heure. Il était déjà trop tard : Pélopidas et les conjurés se préparaient alors, et avaient pris leurs cuirasses et leurs épées ; tout à coup on entend frapper à la porte : quelqu'un y va, et ayant appris de l'officier qu'il venait de la part des polémarques qui mandaient Charon, il rentre tout troublé leur annoncer ce terrible ordre. Il n'y eut pas un d'eux qui ne pensât d'abord que la conjuration était découverte, et qu'ils étaient tous perdus avant que d'avoir pu exécuter aucun exploit digne de leur courage. Néanmoins ils furent d'avis que Charon obéît à cet ordre, et qu'il se présentât aux gouverneurs avec une assurance qui le mît à l'abri du soupçon.

Charon, homme ferme et intrépide dans les dangers qui ne menaçaient que lui, fut alors effrayé du danger de ses amis ; et, craignant aussi qu'on ne le soupçonnât de quelque trahison, si tant de braves citoyens, qu'il avait reçus dans sa maison, venaient à périr, il va, au moment de sortir, dans l'appartement de sa femme, prend son fils unique qui était encore enfant, et qui, en beauté et en force, surpas-

sait tous ceux de son âge, le remet entre les mains
de Pélopidas, et lui dit : « Si vous venez à découvrir
« que je vous aie trahis, ou que j'aie usé de la
« moindre perfidie, traitez cet enfant en ennemi, et
« vengez-vous sur lui de la mauvaise foi du père,
« sans en avoir aucune pitié ».

La plupart ne purent s'empêcher de verser des
larmes, en voyant la vive douleur de ce père affligé,
et la grandeur de son courage ; et ils témoignèrent
tous qu'ils étaient fâchés qu'il pût croire que parmi
eux il y eût quelqu'un assez lâche et assez étonné
du danger présent, pour le soupçonner de quelque
perfidie, ou pour l'accuser de mauvais succès ; et ils
le conjurèrent unanimement de ne pas laisser son
fils parmi eux, mais de l'éloigner, et de le mettre à
couvert de ce qui pourrait arriver, afin de conserver,
à ses amis et à sa ville, un vengeur, s'il était assez
heureux pour échapper aux tyrans. Charon protesta
qu'il n'éloignerait point son fils : « car, dit-il, quelle
« vie pour lui s'il nous survivait, et quelle déli-
« vrance plus honnête qu'une fin glorieuse et sans
« reproche, avec son père et ses amis ? » En même
temps, il fait sa prière aux dieux, embrasse tous les
conjurés, et sort.

En chemin, il travaille à se remettre, et à composer son visage et sa voix pour paraître dans un
état différent de celui où il se trouvait. A la porte
de la maison du festin, Archias et Philidas viennent au-devant de lui, et lui demandent : « Cha-
« ron, quels sont ces gens qui, à ce qu'on nous a
« dit, viennent d'arriver, qui sont cachés dans la
« ville, et qui sont appuyés par quelques-uns de
« nos citoyens ? » Charon fut d'abord un peu troublé ; mais après avoir demandé à son tour quels pouvaient être ces gens dont on leur a annoncé l'arrivée,

et quels étaient ceux qui les recevaient dans leurs maisons, et voyant qu'Archias ne pouvait rien dire de certain, il connut bien que cette nouvelle ne venait que de quelqu'un qui n'était pas bien informé, et leur dit : « Prenez bien garde que ce ne soit une « fausse alarme qu'on ait voulu vous donner pour « troubler vos plaisirs. Je ne laisserai pas de m'en « informer avec soin, et de me tenir sur mes « gardes ; car peut-être ne faut-il rien négliger ». Philidas le loua de sa prudence, et, ramenant Archias dans sa salle, il le replonge dans la débauche, et fait durer le repas.

Charon, de retour chez lui, trouve ses amis tout préparés, non à vaincre, ni à sauver leur vie, mais à mourir glorieusement, après avoir fait un grand carnage de leurs ennemis ; il dit à Pélopidas la vérité telle qu'elle était, mais il la déguisa aux autres, en inventant plusieurs choses dont il disait qu'Archias l'avait entretenu.

A peine cette première tempête était-elle dissipée, que la fortune leur en excita une seconde ; car, sur ces entrefaites, il arriva d'Athènes un courrier de la part d'Archias, grand pontife de cette ville, qui écrivait à Archias de Thèbes, son hôte et son ami, non une nouvelle fausse et fabriquée sur des soupçons, mais un détail circonstancié de toute la conjuration, comme on le reconnut ensuite. Ce courrier fut mené d'abord à Archias, qui était déjà noyé de vin, et en lui remettant sa dépêche, il dit : « Seigneur, celui qui « vous écrit ces lettres, vous conjure de les lire sur- « le-champ, parce qu'il y est question d'affaires très « importantes ». Archias, se mettant à rire : « A de- main les affaires », dit-il ; et prenant les lettres, il les mit sous son chevet, et reprit la conversation qu'il avait commencée avec Philidas. Ce mot, *à de-*

main les affaires, passa en proverbe, et est encore aujourd'hui en usage parmi les Grecs.

L'occasion paraissant donc très favorable, les conjurés sortent, et se partagent en deux bandes : les uns, sous la conduite de Pélopidas et de Damoclide, vont contre Léontidas et Hypatas, qui étaient voisins ; et les autres, ayant à leur tête Charon et Mélon, vont contre Archias et Philippe. Ils mettent sur leurs cuirasses des robes de femme, et sur leurs têtes des couronnes de pin et de peuplier qui leur cachaient tout le visage.

Dès qu'ils furent à la porte de la salle du festin, tous les convives firent un grand bruit et de grands cris de joie, pensant que c'étaient les femmes qu'ils attendaient. Les conjurés ayant regardé tout autour de la salle, et bien remarqué tous ceux qui étaient assis, tirent leurs épées, et, se jetant au travers des tables sur Archias et sur Philippe, ils parurent ce qu'ils étaient. Philidas obligea un petit nombre des conviés à se tenir en repos, leur promettant qu'ils n'auraient aucun mal. Tous les autres, qui voulurent se lever et se mettre en défense avec les polémarques, furent tués sans beaucoup de peine, comme des gens qui étaient pleins de vin.

L'affaire fut plus difficile du côté de Pélopidas ; car ils allaient contre un homme sobre et hardi. En arrivant, ils trouvent la porte de sa maison fermée, parce qu'il était couché ; ils heurtent longtemps sans que personne réponde. Enfin, un esclave les ayant entendus, se lève et descend pour ouvrir ; il n'eut pas plus tôt tiré le verrou et entr'ouvert, que, se jetant tous en foule, ils poussèrent la porte avec raideur, renversèrent l'esclave, et montèrent à la chambre de Léontidas.

Celui-ci, au bruit de tant de gens qui couraient, se

6*

douta de ce que ce pouvait être ; il saute de son
lit, et empoigne son épée, mais oublie d'éteindre
les lampes de veille : ce qui, dans les ténèbres,
aurait jeté de la confusion parmi les conjurés, et
aurait pu le sauver. Mais, étant vu clairement à
une grande lumière, comme en plein jour il alla
au-devant d'eux pour défendre la porte ; et frappant d'abord Céphisodore, qui entrait le premier,
il l'étendit mort à ses pieds ; il s'attacha ensuite à
Pélopidas, qui le suivait. La porte, qui était étroite,
et le corps de Céphisodore, qui embarrassait l'entrée, rendit ce combat long et difficile ; mais enfin
Pélopidas fut le vainqueur, il tua Léontidas. De là,
ils vont tous ensemble chez Hypatas ; ils entrent
dans sa maison comme dans celle de Léontidas.
Hypatas, entendant le bruit, se sauve dans la maison
voisine ; mais ils l'atteignent et le tuent.

Cette grande entreprise heureusement terminée,
ils vont joindre la troupe de Melon, dépêchent des
courriers dans l'Attique aux bannis qui étaient
restés, appellent tous les Thébains à la liberté et
arment tous ceux qu'ils rencontrent, enlevant des
portiques les dépouilles qui y étaient suspendues, et
enfonçant les boutiques des armuriers et des four-
bisseurs. Epaminondas et Gorgidas viennent à leur
secours avec leurs armes, accompagnés d'un assez
grand nombre de jeunes gens, et de quelques vieillards des plus honnêtes qu'ils avaient ramassés.

Déjà toute la ville était remplie de frayeur et de
trouble, toutes les maisons étaient éclairées, et les
rues pleines de gens qui allaient et venaient. Le
peuple n'était pas encore assemblé, mais tout cons-
terné de ce qui venait d'arriver, et ne sachant encore
rien de certain, il attendait le jour avec impatience :
aussi trouva-t-on que les capitaines des Lacédémo-

niens avaient fait une grande faute, de n'être pas
tombés sur eux pendant ce désordre; car la garnison était de quinze cents hommes, et ils avaient
encore beaucoup de gens de la ville qui s'étaient
rangés de leur côté; mais, effrayés des cris qu'ils
entendaient, des feux qui paraissaient par toutes les
maisons, et du tumulte de tout ce peuple qui courait çà et là, ils demeurèrent en repos, et se conten-
tèrent de garder la citadelle.

Le lendemain, à la pointe du jour, arrivent de
l'Attique les bandits avec leurs armes. On convoque
une assemblée du peuple, et Epaminondas et
Gorgidas y mènent Pélopidas, et sa troupe environ-
née de tous les sacrificateurs qui portent dans leurs
mains les bandelettes sacrées, et qui exhortent les
citoyens à secourir leur patrie et leurs dieux.

A ce spectacle, toute l'assemblée se lève avec de
grands cris et des battements de mains, et reçoit ces
hommes comme ses bienfaiteurs et ses libérateurs.

Dès ce même jour, Pélopidas, nommé gouverneur
de la Béotie, avec Melon et Charon, attaque la citadelle, et l'environne de tranchées et de forts, pour
chasser les Lacédémoniens, et pour remettre la Cadmée en liberté avant qu'il pût arriver du secours de
Sparte ; et il ne le prévint que de bien peu de temps ;
car les Lacédémoniens ayant rendu la place, et s'en
retournant selon leur capitulation, trouvèrent à Mégare Cléombrotos, qui venait à Thèbes avec une
puissante armée. Les Spartiates firent le procès
aux trois harmostes, ou capitaines, qui avaient
capitulé.

(*Vie de Pélopidas*, ch. XIV à XXV.)

VI

Bataille de Leuctres. (371 av. J.-C.)

Lorsque les Lacédémoniens, après avoir fait la paix avec tous les autres Grecs, eurent déclaré la guerre aux Thébains seuls, et que le roi Cléombrotos fut entré dans leurs pays avec dix mille hommes de pied et mille chevaux, les Thébains ne se virent plus en danger de perdre seulement leur liberté, mais ils furent menacés d'une totale destruction : ce qui excita une telle alarme et une si grande terreur, qu'on n'en avait jamais éprouvé de semblable dans la Béotie.

Pélopidas sortant donc de sa maison pour se rendre à l'armée, et sa femme qui l'accompagnait, pour lui dire les derniers adieux, fondant en larmes, et le conjurant de se conserver: « Ma femme, lui dit-il, « voilà ce qu'il faut recommander aux jeunes gens ; « mais pour les chefs, il ne faut leur recommander « que de conserver les autres ».

Etant arrivé à l'armée, et ayant trouvé les généraux partagés sur ce qu'il fallait faire, il fut le premier qui s'attacha à l'avis d'Epaminondas, qui voulait qu'on allât présenter la bataille à l'ennemi. Il n'était pas alors général, mais il commandait le bataillon sacré ; et on avait en lui la confiance que méritait un homme qui avait donné à sa patrie de si grands gages du zèle et de l'amour qu'il avait pour sa liberté.

La résolution de livrer le combat était prise, les deux armées se rencontrèrent près de Leuctres.

Epaminondas mit son infanterie pesamment armée

à son aile gauche qu'il avança et étendit en écharpe, afin que l'aile droite des Spartiates fût obligée de s'éloigner des autres Grecs leurs alliés, et qu'il pût l'enfoncer plus facilement en tombant avec ses plus grandes forces sur Cléombrotos qui la commandait ; mais les ennemis, ayant connu son dessein, changèrent l'ordre de leur bataille, et commencèrent à étendre leur aile droite, pour déborder et pour environner Epaminondas.

Dans ce moment, Pélopidas accourt en diligence à la tête du bataillon sacré ; et avant que Cléombrotos puisse étendre son aile, ou la rassembler dans son premier poste, et rétablir ainsi son ordre de bataille, il tombe sur les Lacédémoniens que ce mouvement avait mis en désordre.

Les Lacédémoniens, comme plus habiles et plus grands maîtres dans l'art de la guerre que tous les autres Grecs, ne trouvaient pourtant rien de si important dans les combats, que de s'accoutumer à ne pas se déranger, et à ne pas changer leur ordre de bataille devant l'ennemi, à faire en sorte que les soldats en toute station pussent tous servir de capitaines et de chefs de bande, partout où le danger et le besoin se montraient, et qu'ils sussent se tenir toujours ensemble, et combattre sans se séparer.

Mais, en cette journée, la phalange d'Epaminondas tombant sur cette aile séparée et dérangée, sans s'arrêter aux autres troupes, et Pélopidas arrivant avec beaucoup de vitesse et d'audace, à la tête de ses trois cents soldats, ces attaques confondirent toute leur habileté et toute leur science : de sorte qu'il se fit là un si grand carnage, et il y eut une si grande déroute des Lacédémoniens, qu'on n'en avait jamais vue de semblable. C'est pourquoi Pélopidas, qui n'était pas gouverneur de la Béotie, et

qui ne commandait qu'un petit bataillon, partagea
la gloire de cette journée et de ce grand succès avec
Épaminondas qui était gouverneur des Béotiens, et
qui avait le commandement de toute l'armée.

(Vie de Pélopidas, ch. XXXVII et XL.)

*
* *

La défaite des Lacédémoniens et la victoire des
Thébains, la plus grande et la plus glorieuse que
jamais Grecs combattant contre des Grecs aient
remportée, arrivèrent contre l'attente de tout le
monde ; mais on admire autant la magnanimité
et le courage de la ville vaincue, que de celle qui
avait remporté la victoire.

La ville de Sparte célébrait alors une grande fête,
et elle était pleine d'étrangers que la curiosité y avait
attirés, car les chœurs de jeunes garçons et de jeunes
filles combattaient tout nus en plein théâtre. Dans ce
moment, les courriers arrivèrent de Leuctres, avec
la terrible nouvelle de cette défaite. Les éphores,
quoiqu'ils eussent bien compris d'abord que leurs
affaires étaient entièrement ruinées, et qu'ils avaient
absolument perdu l'empire de la Grèce, ne permirent pourtant ni aux chœurs de se retirer, ni à la
ville de changer l'appareil et la décoration de la
fête ; mais ils envoyèrent dans toutes les maisons,
aux parents, les noms de ceux qui avaient péri
dans le combat, et demeurèrent au théâtre à faire
continuer les danses et les jeux.

Le lendemain matin, chacun sachant déjà les noms
des morts et de ceux qui s'étaient sauvés, les pères et
tous les parents de ceux qui avaient été tués, s'étant
rendus à la place publique, se saluaient et s'embras-
saient les uns les autres avec un visage content et
pleins de courage et de joie. Au lieu que les pères et

les parents de ceux qui étaient échappés se tenaient
cachés dans leurs maisons comme dans un temps de
deuil ; et si quelqu'un d'eux était forcé de sortir pour
ses affaires, il paraissait avec une figure, une voix et
un regard qui marquaient sa tristesse et son abattement et marchait sans oser lever les yeux.

Cette différence se remarquait encore mieux dans
les femmes ; car celles qui attendaient leur fils au
retour du combat, étaient tristes, abattues et dans le
silence ; et celles dont les fils avaient été tués, couraient avec empressement aux temples pour rendre
grâces aux dieux, et se visitaient les unes les autres
avec gaîté, en se félicitant de leur gloire.

(Vie d'Agésilas, ch. XLVIII.)

VII

Épaminondas menace Sparte.

La victoire de Leuctres avait été un succès
inouï et tel que jamais Grecs n'en avaient obtenu
de semblable dans une affaire contre des Grecs.
Sparte y perdit quatre cents citoyens, sur les
sept cents qui restaient à la République. Elle fut
menacée d'un abaissement plus durable encore
par la tentative d'organisation de l'Arcadie, qui
s'efforçait de grouper ses forces jusque-là épar-
pillées dans des bourgades et de prendre rang
parmi les puissances politiques et militaires de
la Grèce, en se donnant une capitale, Mégalopolis, et une armée.

Thèbes était l'âme de ces projets ; Épaminondas pénétra en Laconie avec une armée de
soixante mille hommes ; il l'avait grossie des
gens de toutes les villes de la Grèce qu'une commune haine animait contre Sparte. Depuis six
cents ans que les Doriens, suivant la légende,
étaient venus s'établir à Lacédémone, c'était la
première fois qu'une armée ennemie mettait le
pied en Laconie.

Bientôt après, Epaminondas entra dans la Laconie
avec toutes les forces de ses alliés, qui montaient
à quarante mille hommes de pied, sans compter
les troupes armées à la légère, et les gens qui
suivaient sans armes, dans l'intention de piller. Car,
tout compté, il était entré dans la Laconie jusqu'à
soixante-dix mille hommes. Il y avait alors six cents
ans que les Doriens s'étaient établis à Lacédémone,
et depuis tout ce temps-là, c'était la première fois
qu'ils voyaient les ennemis sur leurs terres : auparavant jamais aucun n'avait osé y mettre le pied.
Les Thébains et leurs alliés, trouvant donc un pays
entier auquel on n'avait jamais touché, le parcou-
rurent la flamme à la main, le saccagèrent et le pil-
lèrent jusqu'à la rivière d'Eurotas et jusqu'à la ville,
sans que personne sortît pour les en empêcher.
Car Agésilas ne voulut pas que les Lacédémoniens
s'opposassent à ce torrent et à ce tourbillon de
guerre : mais, se contentant de distribuer dans le
milieu de la ville et dans tous les endroits les plus
importants, ses meilleures troupes, et de bien assurer tous les postes, il supportait les menaces et
toutes les paroles hautaines et fières des Thébains

qui le défiaient en l'appelant par son nom, et qui
le pressaient de se présenter pour défendre son
pays, lui qui avait seul causé tous les maux en
allumant cette guerre.

Mais ce qui affligeait encore davantage Agésilas,
c'étaient les troubles intérieurs de la ville : les
plaintes des vieillards, qui couraient de côté et d'autre, indignés de ce qu'ils voyaient ; les mouvements
continuels des femmes qui, ne pouvant demeurer en
repos, devenaient comme forcenées en entendant les
cris menaçants des ennemis, et en voyant les embra-
sements qu'ils excitaient aux environs et qui éclai-
raient jusque dans leurs portes.

A cela se joignait encore la douleur de voir ternir
sa réputation : car, ayant reçu une ville très grande
et très puissante, il en voyait toute la gloire et toute
la dignité diminuer et dépérir entre ses mains ; et
il avait encore un secret dépit de voir démentir cette
parole hautaine qu'il répétait souvent : « que jamais
« femme de Sparte n'avait vu la fumée d'un camp
« ennemi ».

Aussi dit-on, à ce propos, qu'un Athénien, dis-
putant un jour contre Antalcidas sur la valeur des
deux peuples, et donnant la préférence à son pays,
lui dit : « Nous vous avons plusieurs fois chassés des
« bords de Céphise. — Il est vrai, lui répondit An-
« talcidas : mais nous ne vous avons jamais chassés
« des bords de l'Eurotas ».

Un autre Spartiate, mais des plus obscurs, fit à
peu près la même réponse à un habitant d'Argos,
qui lui disait : « que plusieurs Spartiates étaient en-
« terrés dans les terres d'Argos. — Oui, répondit-
« il vivement, mais aucun de vos Argiens n'est en-
« terré dans les terres de Sparte ».

On dit qu'Antalcidas, qui était alors éphore, envoya

secrètement ses enfants à Cythère, dans la crainte
que Sparte ne fût prise. Mais Agésilas, voyant que
les ennemis se mettaient en devoir de passer l'Eurotas, et de pénétrer jusque dans la ville, aban-
donna tous les autres postes; et, se contentant de
défendre le milieu qui était une hauteur, il mit
au-devant ses troupes en bataille. Par bonheur,
l'Eurotas était alors très enflé par la fonte des neiges,
et les Thébains trouvaient plus de peine et plus
de difficulté à le passer, à cause de la froideur de ses
eaux, et de leur rapidité. Comme Epaminondas
passait le premier à la tête de son infanterie,
quelques Spartiates le montrèrent à Agésilas, qui,
après l'avoir regardé longtemps, et l'avoir suivi des
yeux ne dit que ce seul mot : « Quel homme entreprenant! »

Toute l'ambition d'Epaminondas était de livrer
le combat dans la ville même, et d'y ériger un trophée; mais, n'ayant jamais pu attirer Agésilas
et le faire descendre de ses hauteurs, il prit le
parti de se retirer, et fit encore le dégât dans la
campagne. Cependant à Lacédémone, environ deux
cents mutins, qui couvaient depuis longtemps un
mauvais dessein, et qui n'attendaient que l'occasion de faire éclater leur perfidie, s'étant ligués,
se saisirent d'un quartier de la ville, appelé *Isorium*, où était le temple d'Artémis, et qui était un
lieu fort d'assiette et difficile à forcer. Les Lacédémoniens voulaient les y aller attaquer de suite.
Mais Agésilas, qui craignait que cela ne fît naître
quelque nouveauté dangereuse, commanda à ses
troupes de se tenir en repos, et lui, vêtu d'un simple
manteau, sans armes, et suivi d'un seul domestique, il alla à eux en criant: « Vous avez entendu
« mon ordre autrement que je ne l'ai donné, car

« je ne vous ai pas demandé de vous retirer en cet
« endroit, tous ensemble, mais les uns là, et les
« autres ici », en leur montrant différents quartiers
de la ville. Ces mutins l'entendant parler de la sorte,
furent ravis, car ils se persuadèrent que leur dessein était caché ; et, se séparant en deux bandes,
ils allèrent se placer dans les lieux qu'Agésilas leur
avait marqués. En même temps, Agésilas, faisant
venir des troupes, fit occuper le poste d'Isorium,
et envoya prendre environ quinze de ces mutins
qui furent mis à mort la nuit suivante.

Bientôt après, il découvrit une autre conjuration
beaucoup plus sérieuse et tramée par un grand
nombre de Spartiates qui s'assemblaient toutes les
nuits dans une certaine maison pour chercher les
moyens de changer le gouvernement. Il était très
difficile de faire leur procès dans un si grand trouble
et très dangereux de négliger leur mauvais dessein. Agésilas, après en avoir communiqué avec
les éphores, les fit mourir sans aucune formalité
de justice : ce qui jusque-là était sans exemple à
Sparte, où l'on n'avait jamais fait mourir personne
sans lui avoir fait son procès. Un grand nombre
d'entre les voisins de Sparte, et quantité d'Ilotes
qu'on avait enrôlés, désertaient tous les jours et
passaient aux ennemis, ce qui abattait extrêmement
le courage des autres. Agésilas, pour empêcher
ce découragement, ordonna à ses domestiques
d'aller tous les matins, avant le point du jour,
prendre dans les paillasses les armes de ces déser-
teurs, et de les cacher, afin qu'on en ignorât le
nombre.

On ne sait pas bien précisément en quel temps
les Thébains quittèrent la Laconie : les uns disent
qu'ils se retirèrent quand l'hiver fut venu, et que

les Arcadiens, pressés par la mauvaise saison, eurent commencé à décamper et à défiler en désordre. Les autres assurent qu'ils y demeurèrent encore trois mois et qu'ils achevèrent de fourrager et de ruiner tout le pays.

Ce qu'il y a de certain, et dont tout le monde convient également, c'est qu'Agésilas fut la seule cause du salut de Sparte.

(Vie d'Agésilas, ch. i. à lv.)

CHAPITRE V.

DÉMOSTHÈNE

I

Son éducation.

Démosthène, père de l'orateur de ce nom, était un des plus honnêtes hommes et des premiers citoyens de la ville. On l'appelait *le Fourbisseur*, parce qu'il avait un atelier où il faisait travailler plusieurs esclaves à faire des épées et d'autres armes.

Démosthène perdit son père à l'âge de sept ans, et demeura avec un bien fort considérable, car son père lui laissa près de quinze talents ; mais il fut ruiné par l'injustice de ses tuteurs, qui lui en volèrent une partie, et laissèrent dépérir l'autre, jusque-là qu'ils ne payèrent pas à ses maîtres le salaire qui leur était dû. Cela fut apparemment cause qu'il ne fut pas élevé dans les sciences qui conviennent à un enfant de bonne maison, outre que la faiblesse et la délicatesse de son tempérament empêchèrent sa mère de le porter au travail, et ses maîtres de le presser et de le contraindre ; car, dans son enfance, il était maigre et valétudinaire.

Quant à son application à l'étude de l'éloquence, voici l'occasion qui y donna lieu : l'orateur Callistrate devait plaider en pleine audience la cause de la ville d'Oropus. Cette cause avait excité tout l'intérêt du public, qui attendait avec impatience le jour de cette plaidoirie, tant pour l'excellence de l'orateur, dont la réputation était alors très florissante, que pour l'importance de l'affaire dont il s'agissait, et qui faisait le sujet de l'entretien de tout le monde. Démosthène, ayant su que tous les maîtres et tous les gouverneurs de la jeunesse se proposaient d'assister à ce procès, pria son précepteur de le mener avec lui. Ce précepteur, qui était connu des huissiers qui ouvraient la salle de l'audience, obtint d'eux une place où son jeune disciple pût entendre les orateurs sans être vu. Callistrate eut un succès qui lui attira l'admiration de tout le monde. Démosthène, frappé de cette gloire si éclatante, en devint comme jaloux ; voyant cet orateur reconduit honorablement par tout le peuple, et comblé de louanges et de bénédictions, il en admira davantage la force de l'éloquence qui peut s'assujettir toutes choses et les manier à son gré. Dès ce moment, il quitta toutes les autres sciences et tous les exercices dont on occupait les jeunes gens, et s'exerça à composer des harangues pour parvenir un jour à être du nombre des orateurs.

(*Vie de Démosthène.* ch. VI à VII.)

II

Ses premiers essais oratoires.

Dès qu'il fut en âge de plaider, il fit un procès à ses tuteurs, et les poursuivit en justice. Ceux-ci, par leurs chicanes, trouvant toujours de nouvelles remises, et obtenant tous les jours de nouveaux délais, donnèrent bien de l'exercice à Démosthène, qui fut obligé de parler souvent ; de sorte que, s'étant façonné, par ce travail continuel, il vint à bout de son affaire, non sans beaucoup de peine et de danger.

Mais, quoiqu'il eût gagné, il ne put pourtant retirer qu'une petite partie de ses biens paternels. Le plus grand gain qu'il fit dans cette poursuite, c'est qu'il acquit la hardiesse et l'habitude de parler en public, et qu'ayant une fois tâté de l'honneur, de l'autorité et du crédit que donne le talent de la parole, il essaya de se pousser et de se mêler des affaires publiques.

On dit de Laomédon d'Orchomène, que, par les conseils de ses médecins, il s'exerça à de longues courses, pour remédier à de grands maux de rate dont il était travaillé ; et qu'après s'être rétabli et fortifié par cet exercice, il entreprit de paraître dans les combats où l'on gagne des couronnes, et se rendit un des plus forts athlètes dans la course du double stade.

La même chose arriva à Démosthène. D'abord il s'exerça à plaider pour rétablir ses propres affaires ; après quoi, ayant acquis, par ce travail continuel, beaucoup d'habileté et de force dans l'art de parler, il se jeta dans les affaires publiques comme dans les jeux où l'on se propose des prix, et surpassa bientôt tous les orateurs qui tenaient le premier rang.

Cependant, la première fois qu'il parla devant le peuple, on fit un si grand bruit, qu'il eut de la peine à se faire écouter, et on se moquait ouvertement de son style qui paraissait fort étrange, étant confus et embrouillé par la longueur de ses périodes, et si forcé par la quantité d'enthymèmes, et autres arguments qu'il entassait, qu'on ne pouvait le suivre. D'ailleurs il avait la voix faible, la prononciation difficile, et l'haleine si courte, qu'elle empêchait d'entendre ce qu'il disait, parce qu'elle l'obligeait à couper souvent ses périodes avant que le sens fût achevé. Cela le rebuta tellement, qu'il renonça aux assemblées du peuple, et se retira au port du Pirée.

Un jour qu'il se promenait tout rêveur et fort découragé, Eunomus de Thriasie, qui était déjà vieux, le rencontra en cet état, et le réprimanda très sérieusement de ce qu'ayant une manière de parler entièrement semblable à celle de Périclès, il s'abandonnait et se trahissait pourtant lui-même par lâcheté et par faiblesse, n'ayant ni le courage de soutenir le bruit et le tumulte d'une populace, ni la force de former et d'endurcir son corps à ces combats de la tribune, et que, par une mollesse inexcusable, il se laissait abâtardir et flétrir sans s'en mettre en peine.

Une autre fois, ayant mal réussi et ayant été sifflé, comme il s'en retournait chez lui la tête couverte pour cacher sa honte, et au désespoir de ce mauvais succès, il fut suivi par un comédien nommé Satyrus, qui était de ses amis, et qui entra avec lui dans sa maison. Démosthène com-

ΔΗΜΟΣΘΕΝΗΣ

DÉMOSTHÈNE
(Reproduction de la Bibliothèque nationale.)

mença à déplorer son infortune, en disant : « qu'é-
« tant celui de tous les orateurs qui prenait le plus
« de peine et qui travaillait au point d'avoir presque
« ruiné sa santé, il ne pouvait pourtant trouver le
« moyen de plaire au peuple ; que de simples mate-
« lots très ignorants, et presque toujours dans la
« crapule, étaient écoutés et occupaient la tribune,
« tandis qu'il était méprisé, et qu'on ne daignait
« pas l'entendre. — Vous dites vrai, Démosthène, lui
« répondit Satyrus ; mais moi je guérirai bientôt
« ce qui cause tout ce mal, si vous voulez seulement
« me réciter de mémoire quelques scènes d'Euri-
« pide ou de Sophocle. » Démosthène le fit sur
l'heure ; et Satyrus, répétant après lui les mêmes
vers, les prononça si bien, et les accommoda tellement aux mœurs et à l'état de celui qu'il représentait, que Démosthène même les trouva tout autres ;
et que, convaincu de l'ornement, de la grâce et de
la force que la prononciation et l'action donnent au
discours, il regarda comme très peu de chose, ou
comme presque rien, de s'exercer à bien parler, si
on néglige la prononciation et l'action qui conviennent aux choses que l'on dit.

Ce fut ce qui l'obligea à faire construire un cabinet
souterrain, qui était conservé encore de notre temps,
où il allait tous les jours s'exercer à déclamer et à
former sa voix, et où il passait souvent des deux et
trois mois entiers, en se faisant raser la moitié de la
tête, afin que si la tentation le prenait de sortir, il
en fût empêché par la honte de paraître en cet état.

Quand il sortait pour aller voir ses amis, ou que
ses amis le venaient voir, tout ce qui se passait
dans ces conversations, tout ce qu'il entendait et
tous les faits qu'on rapportait, il les prenait pour
autant de sujets de s'exercer, et il n'était pas plus tôt

seul, qu'il se retirait dans ce cabinet souterrain, où il repassait dans sa mémoire les affaires dont on lui avait parlé, et tout ce qu'on avait dit pour et contre ; et s'il avait assisté à quelque discours public, il tâchait de le retenir, et le réduisait ensuite en certains lieux communs et en périodes bien travaillées, qu'il conservait pour s'en servir dans l'occasion.

Souvent il s'occupait à corriger et à expliquer et étendre ce que les autres lui avaient dit, ou ce qu'il avait dit lui-même aux autres. Cela le fit passer pour un homme d'un esprit pesant, qui n'avait pas la conception vive, et dont toute la force et l'éloquence n'étaient que l'effet du travail ; et on alléguait comme une grande preuve, que jamais personne n'avait entendu Démosthène parler sur-le-champ, que même il était souvent arrivé qu'étant assis dans l'assemblée, le peuple l'appelant par son nom, et le pressant de parler, il n'avait jamais voulu y consentir, à moins qu'il n'eût médité ce qu'il avait à dire, et qu'il ne fût préparé. La plupart des autres orateurs en faisaient des railleries ; et Pythéas lui dit un jour en se moquant de lui, « que « son travail sentait la lampe. — Oui, vraiment, « Pythéas », lui repartit Démosthène en repoussant cette raillerie par une raillerie plus aigre et plus piquante ; « mais c'est que ta lampe et la « mienne ne nous éclairent pas tous deux pour les « mêmes travaux ».

Il ne répondait rien aux autres ; et bien loin de se défendre, il avouait « que véritablement « il n'avait pas toujours écrit tout ce qu'il disait, « mais qu'il ne parlait jamais sans avoir écrit ». Il soutenait même que celui qui prépare ses discours est un orateur populaire ; car cette préparation est une marque qu'il fait sa cour au peuple et qu'il veut lui plaire ; au lieu que de ne pas se soucier, ni se mettre en peine de ce que le peuple pensera des discours qu'on lui fait, c'est le propre d'un homme qui penche vers l'oligarchie, et qui emploierait plus volontiers la force que la persuasion.

(*Vie de Démosthène*, ch. VI à XII.)

III

L'éloquence de Démosthène.

Démosthène, qui avait pris Périclès pour son modèle, ne s'attacha pas tant à l'imiter dans ses autres parties, que dans sa prononciation et dans son geste, et surtout dans la sage résolution de ne parler ni promptement, ni sur-le-champ, sur toutes sortes de sujet, persuadé que c'était par cette prudente conduite que Périclès était devenu si grand. Cependant il ne se refusait pas toujours à la gloire qui revient quelquefois de parler sans préparation, quand la nécessité le demandait ; mais il voulait que l'on ne commît pas souvent à la fortune son éloquence et toute sa réputation.

Quant à ses défauts naturels, qui étaient un grand obstacle à l'éloquence, voici les remèdes qu'il y apporta, suivant Démétrius de Phalère, qui disait l'avoir entendu dire à Démosthène lui-même déjà vieux. Premièrement, pour son bégaiement et sa difficulté de prononciation, il les corrigea en remplissant sa bouche de petits cailloux, et en prononçant ainsi plusieurs tirades de vers ou de prose.

6***

Quant à sa voix, qui était petite et faible, il l'exerça
et la forma en faisant de grandes courses, et en
montant sur des lieux hauts et escarpés, pendant
qu'il prononçait tout d'une haleine des endroits de
quelques harangues ou de quelques poésies qu'il
savait par cœur.

Il avait chez lui un grand miroir, devant lequel
il prononçait ce qu'il avait composé. On dit qu'un
homme l'étant allé trouver un jour pour lui demander son secours, lui raconta comment il avait
été insulté et chargé de coups. Démosthène lui
répondit : « Mon ami, il n'est pas vrai que tu aies été
battu ». Alors cet homme haussant la voix : « Quoi !
« Démosthène, s'écria-t-il, je n'ai pas été battu ? --
« Oh ! présentement, répliqua Démosthène, j'entends
« la voix d'un homme qui a été véritablement insulté
« et battu » : tant il était persuadé que le ton et le
geste de celui qui parle sont nécessaires pour rendre
croyable tout ce qu'il dit.

(*Vie de Démosthène*, ch. XIV à XVI.)

IV

Philippe et Démosthène. Bataille de Chéronée (338).

Démosthène trouva une occasion bien glorieuse
de se mêler du gouvernement, ce fut la nécessité de
défendre contre le roi Philippe les intérêts et la
liberté de la Grèce ; et il s'en acquitta si dignement,
et combattit si bien pour elle par son éloquence,
qu'il acquit bientôt un grand renom, et se rendit
très célèbre par la force de son art, et par cette

audace de parler franchement et librement, sans
rien ménager et sans rien craindre. Aussi toute la
Grèce l'admira, et il fut honoré et cherché par le
grand roi ; Philippe lui-même faisait plus de cas de
lui que de tous les autres orateurs ensemble, et ses
ennemis avouaient qu'ils avaient à combattre un
homme d'une très grande réputation et un athlète
très redoutable.

Pendant que la paix durait encore, et avant que
la guerre avec Philippe commençât, il était aisé de
voir quelle serait la conduite que Démosthène tiendrait dans le gouvernement de la république ; car
de tout ce que faisait ce Macédonien, il ne laissa rien
passer sans le contrôler, il s'élevait contre toutes
ses actions, il alarmait les Athéniens sur ses moindres démarches, et les enflammait contre lui. C'est
pourquoi, dans la cour de Philippe, on ne parlait que
de Démosthène ; et lorsqu'il alla, lui dixième, en
ambassade en Macédoine, ce prince écouta tous ses
collègues dans l'audience qu'il leur donna, et il
répondit avec plus de soin et d'attention au discours de Démosthène.

Mais, dans la suite, il ne lui fit ni les mêmes
honneurs ni les mêmes caresses qu'aux autres; car
il se familiarisa davantage avec Eschine et avec
Philocrate, et les mit de tous ses plaisirs. C'est pourquoi ces deux ambassadeurs ne cessant de vanter
Philippe, et de dire « que c'était un prince très élo-
quent, très beau et très buveur », l'envie porta
Démosthène à tourner ces louanges en railleries ;
car il dit « que la première qualité était d'un so-
« phiste, la seconde d'une femme, et la troisième
« d'une éponge, et que ce n'était pas là l'éloge d'un
« roi ».

Après que Philippe, enflé du grand succès qu'il

avait eu près de la ville d'Amphisse, se fut jeté
tout d'un coup sur Élatée, et se fut emparé de la
Phocide, les Athéniens furent si troublés de cette
invasion subite, que personne n'osait plus monter à
la tribune, et ne savait quel conseil donner, et que
l'abattement, l'incertitude et le silence régnaient
dans l'assemblée ; mais Démosthène eut seul le courage de s'avancer. Il conseilla aux Athéniens de ne
rien négliger, pour attirer les Thébains dans leur
alliance ; et, encourageant d'ailleurs le peuple par
son discours, et le repaissant de grandes espérances,
selon sa coutume, il fut lui-même envoyé en ambassade aux Thébains, avec quelques autres. Philippe,
de son côté, à ce que dit Mursyas, envoya aussi
Amyntas et Cléarque, tous deux Macédoniens, et il
leur joignit Doachus, Thessalos et Thrasydée, pour
s'opposer et répondre à tout ce que les ambassadeurs d'Athènes proposeraient.

Les Thébains comprirent bien d'abord ce qui était
pour eux le plus utile : ils avaient encore présents
les maux que leur avaient causés la guerre de la
Phocide, car les plaies qu'ils avaient reçues, sai-
gnaient encore ; mais la forte éloquence de Démosthène, soufflant dans leurs courages comme un
vent impétueux, y ralluma l'ambition, et chassa
toutes les considérations contraires ; de sorte que,
bannissant de leur cœur la crainte, la prudence et la
reconnaissance, ils furent transportés et ravis par
son discours comme par une espèce d'enthousiasme,
et uniquement enflammés de l'amour du beau.

Ce succès de Démosthène parut si grand et si
éclatant, que Philippe envoya d'abord des ambassadeurs à Athènes, pour demander la paix : que toute
la Grèce, pour ainsi dire, se leva, attentive à ce qui
arriverait ; que non seulement tous les capitaines

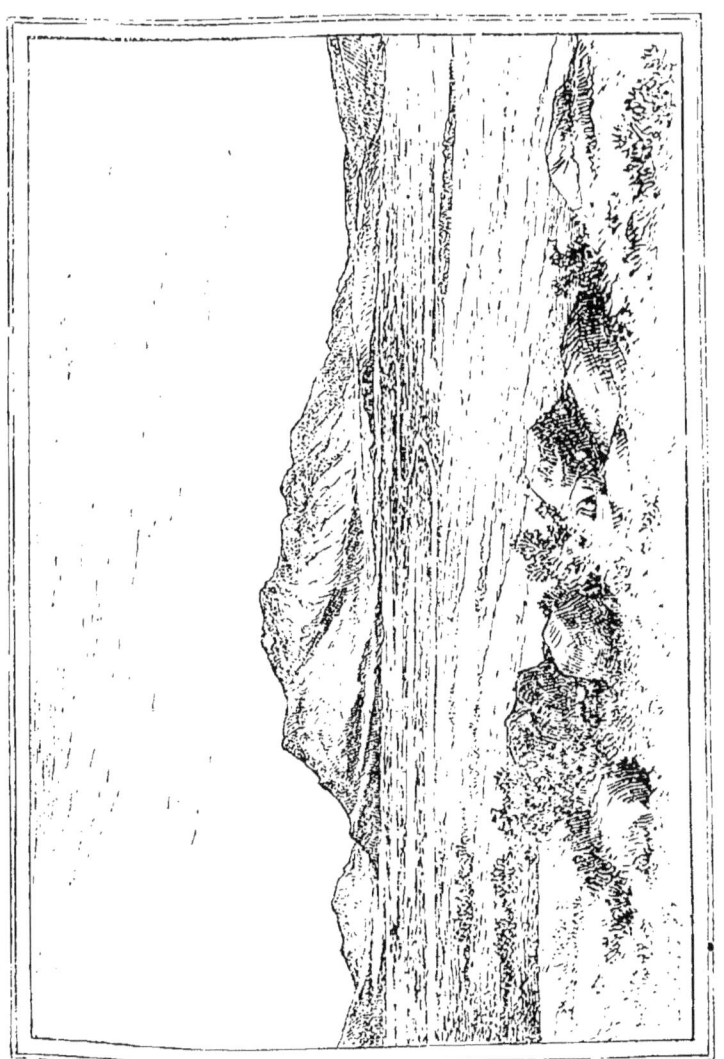

Vue de la plaine de Chéronée.

athéniens obéissaient à Démosthène, mais encore tous les commandants des Béotiens; et qu'il réglait tout à son gré dans les assemblées de Thèbes comme dans celles d'Athènes, également aimé, respecté et autorisé dans ces deux villes. Démosthène, plein de confiance dans les armes des Grecs, et merveilleusement encouragé et ranimé par le nombre, par la valeur et par l'ardeur de tant de troupes qui ne demandaient qu'à voir l'ennemi, il ne leur permettait point de s'amuser à tous ces oracles, et de prêter l'oreille à ces prophéties. Mais leur donnant à entendre qu'il soupçonnait la pythie de *Philippiser*, il faisait souvenir les Thébains de leur Epaminondas, et les Athéniens de leur Périclès, et leur représentait que ces grands hommes prenant ces oracles et ces prophéties pour des couleurs et pour des prétextes dont on couvrait la crainte et la lâcheté, se servaient toujours de leur raison pour exécuter ce qu'il fallait faire.

Jusque-là Démosthène se montra véritablement homme de bien ; mais, à la bataille, il ne fit rien d'honorable, ni qui répondit à ces belles paroles ; car abandonnant son poste, il prit honteusement la fuite, et jeta ses armes, sans avoir honte de démentir si lâchement la belle devise qu'il avait fait graver en lettres d'or sur son bouclier : *A la bonne fortune*.

D'abord après la bataille, Philippe fut si transporté de joie pour cette grande victoire, qu'il oublia toute décence ; et qu'après s'être enivré avec ses amis, il se transporta sur le champ de bataille ; et là insultant à tous ces morts dont il était couvert, il mit en chant le commencement du décret que Démosthène avait dressé pour exciter les Grecs à cette guerre, et chanta en battant la mesure :

« Démosthène Pæanien, fils de Démosthène, a dit. »
Mais bientôt après, revenu de son ivresse, et considérant le grand danger qu'il avait couru et qui
l'environnait encore, il frissonna, et les cheveux lui
dressèrent à la tête au seul souvenir de la force et
de la véhémence de cet orateur qui l'avait forcé de
mettre au hasard d'un seul combat et sa vie et
son royaume.

Philippe ne survécut pas longtemps à cette grande
victoire de Chéronée (1) ; et c'est ce qui paraît avoir
été manifestement prédit à la fin dès l'oracle des
Sibylles, où il est dit : « que le vaincu pleurera ses
pertes, et le vainqueur périra ».

(Vie de Démosthène, ch. XVIII à XXX.)

V

Mort de Démosthène.

Sur la nouvelle qu'Antipater et Cratère s'avançaient vers Athènes, Démosthène et ceux de son
parti se hâtèrent de sortir de la ville avant qu'ils y
fussent arrivés, et le peuple les condamna à la mort
sur le décret que Démadès en dressa lui-même. Tous
ces malheureux s'étant donc dispersés de côté et
d'autre pour se sauver plus facilement, Antipater
envoya après eux des gens pour les reprendre, et
mit à leur tête un certain Archias, surnommé le
limier des fuyards.

Ayant appris que Démosthène, retiré dans l'île de

(1) La bataille de Chéronée fut livrée en 338 et Philippe
mourut en 336.

Calaurie, s'était rendu suppliant dans le temple de Neptune, il y passa sur un esquif ; et étant descendu à terre avec quelques soldats de Thrace, il alla dans le temple ; et là il conseillait à Démosthène de se lever et de venir avec lui vers Antipater, l'assurant qu'il ne lui serait fait aucun mal.

Mais il se trouva que Démosthène avait eu la nuit précédente un songe assez étrange. Il lui sembla qu'il était entré en lice contre Archias à qui jouerait le mieux une tragédie, qu'il réussissait admirablement ; qu'il avait pour lui les spectateurs, et qu'il l'emportait infiniment pour l'action ; mais qu'il était vaincu par la somptuosité des habits et par la magnificence des décorations. Voilà pourquoi, comme Archias lui parlait avec beaucoup de douceur et d'humanité, il leva les yeux sur lui ; et, assis comme il était et sans se lever, il lui dit : « O Ar- « chias ! comme tu ne m'as pas vaincu cette nuit par « ton action, tu ne me vaincras pas aujourd'hui par « tes promesses ».

Sur cela, Archias se mit à le menacer avec de grands emportements : « Oh ! présentement, lui dit « Démosthène, tu parles comme véritablement ins- « piré par le trépied de Macédoine (1). Auparavant tu « parlais un langage de comédien ; mais attends un « peu que j'aie écrit à ceux de ma maison pour leur « donner mes derniers ordres. »

En disant ces paroles, il entra dans l'intérieur du temple ; et prenant ses tablettes comme pour écrire, il mit le poinçon à sa bouche, et le mordant, comme il avait coutume de faire quand il méditait et qu'il composait, il l'y tint assez longtemps ; après quoi,

(1) Il fait allusion au trépied sur lequel la pythie de Delphes était assise, lorsqu'elle était inspirée par Apollon.

se couvrant de son manteau, il pencha la tête. Les
soldats qui étaient à la porte, se moquaient de lui
comme d'un homme que la crainte de la mort tenait
dans ses transes, et le traitaient de lâche et de mou.
Archias, s'approchant en même temps, le pressait
de se lever, et lui répétant les mêmes discours qu'il
lui avait déjà tenus, il lui promettait qu'il ferait sa
paix avec Antipater.

Alors Démosthène, qui sentait que le venin s'était
déjà incorporé et rendu le maître, se découvrit; et,
regardant Archias entre les deux yeux, il lui dit:
« Tu peux désormais, quand tu voudras, jouer le rôle
« de Créon dans la tragédie, et jeter dehors ce ca-
« davre sans lui rendre les honneurs de la sépul-
« ture (1) ». Pour moi, continua-t-il, en se tournant
du côté de l'autel : « Neptune, mon doux protec-
« teur, je sors encore vivant de votre saint temple
« sans l'avoir profané ; mais Antipater et les Macé-
« doniens n'ont pas eu ce respect pour votre sanc-
« tuaire, ils l'ont souillé par ma mort ».

En finissant ces mots, il demanda qu'on le soutînt
parce qu'il tremblait et chancelait; et comme il
passait le long de l'autel, il tomba et rendit l'âme
en poussant un profond soupir. Ariston dit que
Démosthène avait sucé ce venin du poinçon qu'il
avait mis dans sa bouche et qu'il avait mordu. Un
certain Pappus, sur les mémoires duquel Hermippus
a composé son histoire, rapporte que, quand il fut
tombé, on trouva sur ses tablettes le commencement d'une lettre dont il n'avait écrit que la sus-
cription : *Démosthène à Antipater.*

_____

(1) Démosthène fait allusion ici à ce que Créon dit dans
l'*Antigone* de Sophocle, où il défend qu'on enterre Polynice,
et ordonne qu'on le jette dehors et qu'on l'expose aux chiens
et aux oiseaux.

Peu de temps après, les Athéniens lui rendirent les honneurs qu'il avait mérités, lui élevèrent une statue de bronze, et ordonnèrent par un décret que, d'âge en âge, l'aîné de sa famille serait nourri dans le Prytanée aux dépens du public.

Mais voici une aventure qui arriva de mon temps. Quelques jours avant que j'allasse à Athènes, un soldat appelé devant le juge par son capitaine, en passant devant la statue de Démosthène, avait pris quelque argent qu'il avait mis entre les mains de la statue, dont les doigts étaient entrelacés l'un dans l'autre. Tout auprès il était né un petit platane dont les feuilles, soit que le vent les y eût portées par hasard, ou que le soldat lui-même les y eût mises pour couvrir son or, étaient si heureusement placés sur ces mains, qu'elles avaient caché pendant longtemps l'or qui y était en dépôt. Quand le soldat en repassant eut retrouvé son or, et que le bruit de cet aventure se fut répandu, plusieurs des beaux esprits d'Athènes, profitant de cette occasion, firent des vers à l'envi les uns des autres sur ce sujet, pour exalter la fidélité et le désintéressement de Démosthène.

(*Vie de Démosthène*, ch. XL à XLV.)

CHAPITRE VI.

ALEXANDRE

La conquête de l'Asie.

Unir la Grèce, fût-ce par la force, puisque l'habileté n'y suffit pas, tourner contre la Perse les ressources d'une puissance militaire pleine de sève et d'ambition : ce sera le rôle de la Macédoine. Philippe remplit la première partie de cette tâche ; la seconde ne pouvait passer du monde des chimères dans celui des réalités que grâce au génie d'Alexandre.

Ce n'était rien moins qu'une revanche des guerres médiques et comme le dénouement de toute la politique extérieure de la Grèce. Deux règnes suffirent à préparer l'œuvre de la conquête asiatique et à l'achever. Philippe avait singulièrement facilité l'œuvre de la victoire en organisant l'armée macédonienne et en forgeant le terrible instrument de la phalange (1). Il

(1) La célèbre unité tactique macédonienne, la Phalange, devait son originalité à la fois à l'armement du soldat et à l'ordre dans lequel les hommes étaient disposés. Les phalan-

laissa, en mourant, une force bien disciplinée, distribuée en corps distincts selon les besoins de l'offensive, de la défensive et des reconnaissances, consciente de sa supériorité et désireuse d'en faire l'épreuve.

Que l'on mette à sa tête un prince au génie entreprenant, primesautier, d'un courage aventureux, possédant le don de charmer et de traîner tout à sa suite, et porté par la fortune :

gistes étaient des soldats pesamment armés, portant le casque, la cuirasse, les jambières, un bouclier et la courte épée grecque. Leur arme principale était la *sarisse*, pique longue de six mètres et demi. Ils étaient formés sur seize rangs de profondeur, de telle sorte que les lances des cinq premiers rangs, dépassant le front, formaient un mur impénétrable et rendaient inefficace toute offensive. Les lances des rangs ultérieurs, tenues obliquement en l'air, formaient comme une haie qui amortissait la violence des armes de jet, tandis que, par son seul poids, cette masse profonde de phalangistes soutenait le front et le rendait inébranlable.

Destinée à briser l'élan de la Colonne thébaine imaginée par Épaminondas et à supporter le choc des hoplites grecs, la Phalange macédonienne ne pouvait ni agir seule, ni manœuvrer sur tous les terrains, ni se protéger sur les flancs et par derrière. Elle donnait à une armée un noyau solide ; mais elle ne suffisait pas à l'action multiple du champ de bataille. Aussi, était-elle soutenue par des corps distincts faciles à manœuvrer, hypaspistes, peltastes, archers. La cavalerie était un des meilleurs éléments de l'armée macédonienne. La grosse cavalerie, composée entièrement de Macédoniens, formait le corps des Compagnons du roi ; la cavalerie légère, appelée à battre le pays ou à former les postes avancés, fut d'un grand secours dans l'expédition d'Asie. Ce fut une nouveauté dans la tactique grecque que d'attribuer aux troupes légères un rôle précis, de les faire coopérer d'une façon régulière au succès d'une expédition et de les tirer de la condition inférieure et dédaignée où on les avait laissées jusqu'alors.

l'on aura en partie le secret de la facilité avec
laquelle fut accomplie la plus étonnante conquête dont parle l'histoire.

L'idée de l'offensive contre l'Asie était essen-
tiellement alors une idée grecque, et Philippe
avait été désigné comme généralissime par le
congrès des cités tenu à Corinthe pour venger
l'invasion de la Grèce par Xerxès *. L'armée
macédonienne prit au sérieux ce projet grandiose
qui flattait la vanité nationale, et ouvrait un
champ à des espérances illimitées. Quand
Alexandre vint au monde, l'idéal de la revanche
exaltait tous les esprits, échauffait tous les
cœurs; il grandit dans cette atmosphère d'ar-
dentes espérances et de rêve sans contrainte.
Tout semblait sourire à ce peuple jeune qui
sortait de la barbarie pour entrer dans la gloire,
et il lui plut de voir dès le premier jour dans le
fils de Philippe le prince qui devait porter sa
fortune au faîte.

I

L'enfance d'Alexandre.

Alexandre naquit le sixième jour du mois d'août,
que les Macédoniens appellent *loüs*, et le même jour
que le temple d'Artémise d'Ephèse fut brûlé et réduit
en cendres.

Tous les mages qui se trouvèrent alors à Éphèse, frappés de cet incendie, et le prenant pour le signe d'un plus grand malheur, couraient par toutes les rues en se frappant le visage, et en criant que ce jour-là avait enfanté pour l'Asie le plus grand des fléaux. Et le même jour, il arriva trois courriers à Philippe, qui venait de se rendre maître de la ville de Potidée*. Le premier lui apportait la nouvelle que les Illyriens avaient été défaits dans une grande bataille par son lieutenant Parménion ; le second, qu'il avait remporté le prix de la course des chevaux, aux Jeux olympiques* (1), et le troisième, que la reine était accouchée d'un fils. La joie que ces grandes nouvelles arrivées en même temps devaient naturellement lui causer, fut encore augmentée par les devins qui lui firent concevoir de grandes espérances. en lui déclarant qu'un « enfant né dans le temps de « ces trois victoires, serait invincible. »

Pour ce qui est des traits de son visage et de la forme de son corps, les statues de Lysippe* sont celles qui le représentent le plus au naturel. Aussi voulut-il que ce sculpteur fût le seul qui fît sa figure. Plusieurs de ses élèves dans la suite, et plusieurs de ses amis tâchèrent bien de l'imiter ; mais aucun ne réussit comme Lysippe à rendre parfaitement le port de son cou, qui penchait un peu sur l'épaule gauche, et le feu et la vivacité de ses yeux. Apelles*, qui le peignit sous la forme de Jupiter armé de la foudre, ne rendit pas bien la couleur de son teint, qu'il fit un peu trop brun et trop chargé ; car il était

(1) Les Jeux olympiques se reproduisaient tous les quatre ans ; et telle fut de bonne heure leur importance que, dès l'année 776, la série des Jeux forma comme une ère officielle pour la supputation du temps.

blanc, et d'une blancheur relevée par un peu d'in-
carnat, qui éclatait particulièrement sur sa poitrine
et sur son visage.

Pour l'ambition, ou plutôt pour la convoitise d'honneur dont il était enflammé, il la portait à un degré
et à une magnanimité fort au-dessus de son âge. Il
n'aimait pas tous les genres de gloire, et ne la cherchait pas indifféremment en tout, comme son père
Philippe, qui, semblable à un sophiste, se piquait
d'éloquence et de bien parler, et qui avait la vanité
de faire graver sur ses monnaies les victoires qu'il
avait remportées aux Jeux olympiques* à la course
des chars. Au contraire, comme ses amis lui demandaient, un jour, s'il ne se présenterait pas à ces
mêmes jeux, pour y disputer le prix de la course,
à laquelle il était très léger, il répondit « qu'il s'y
« présenterait, s'il devait avoir des rois pour concur-
« rents ».

En général, il paraît qu'il avait beaucoup d'éloignement pour tous les exercices des athlètes ; car,
ayant souvent donné des fêtes où il proposait
des prix aux poëtes tragiques, aux joueurs de lyre,
et même aux rapsodes, et donné des chasses
de toutes sortes de bêtes et de combats de gladia-
teurs, jamais il ne proposa de combats ni du ceste,
ni du pancrace ; ou s'il le fit, ce fut par manière d'acquit, et sans témoigner y prendre le moindre
plaisir.

Un jour, des ambassadeurs du roi de Perse étant
arrivés à la cour pendant l'absence de Philippe,
Alexandre les reçut et les traita avec tant de bonté
et de politesse, et leur fit si bon accueil, qu'ils en
furent charmés. Mais ce qui les surprit plus que
toutes choses, c'est qu'il ne leur fit aucune question
ni puérile, ni frivole ; car, en s'entretenant avec eux,

ALEXANDRE LE CONQUÉRANT.
(Reproduction de la Bibliothèque nationale)

7*

il leur demandait les distances des lieux, quel chemin il fallait tenir pour aller dans les provinces de
la haute Asie ; et, les interrogeant sur le roi lui-même,
il leur demandait quel il était envers ses ennemis,
et en quoi consistaient principalement la force et la
puissance des Perses. De sorte que ces ambassadeurs
ne pouvaient se lasser de l'admirer, et qu'ils étaient
convaincus que toute la grande habileté de Philippe
n'était rien au prix de la vivacité, de la vaste
étendue d'esprit de son fils, et de ses grandes vues.

Aussi, toutes les fois qu'on venait lui apprendre que
Philippe avait pris quelque ville, ou gagné quelque
grande bataille, il n'en paraissait pas fort joyeux, et
disait aux jeunes enfants qui étaient élevés avec lui :
« Mes amis, mon père prendra tout, et ne me laissera
« rien de beau, d'éclatant et de mémorable que je
« puisse faire avec vous ».

Car, comme il ne recherchait ni la volupté, ni les
richesses, mais la vertu et la gloire, il estimait que
plus l'empire que son père lui laisserait serait grand,
moins il aurait d'occasions d'exercer son courage, et
de l'étendre lui-même par ses exploits. Et dans la
pensée que son père achevait de consommer tout ce
qu'il y avait de plus grand, il souhaitait, non de vivre
dans les richesses, dans le luxe et dans les plaisirs,
mais de recueillir un empire où il y aurait des guerres
à faire, des batailles à donner, et beaucoup de gloire
à acquérir.

Un certain Philonicus de Thessalie, ayant amené
à Philippe un cheval, nommé Bucéphale, qu'il voulait lui vendre treize talents (1), le roi, avec ses courtisans et ses écuyers, descendit dans la plaine pour
le faire essayer. Ce cheval parut très rétif et très dif-

_____

(1) Le talent valait environ 5,560 fr.

ficile, et les écuyers assurèrent qu'on ne pouvait espérer de s'en servir, parce qu'il ne voulait pas souffrir qu'on le montât, qu'il ne pouvait souffrir la voix
de personne, et qu'il se cabrait dès qu'on l'approchait.

Philippe, fâché qu'on lui présentât un cheval si
farouche et si indomptable, commanda qu'on l'em-
menât. Alexandre, qui était présent, ne put s'empêcher de dire : « Quel cheval ils perdent là, parce
« qu'ils ne sauraient s'en servir faute de hardiesse
« et d'expérience ! » Philippe, qui l'entendit, ne dit
rien d'abord ; mais comme Alexandre répéta plusieurs fois la même chose, et qu'il parut véritablement affligé qu'on renvoyât ce cheval, il lui dit :
« Jeune homme, tu blâmes des gens plus âgés que
« toi, comme si tu en savais plus qu'eux, et que tu
« fusses plus capable de te servir de ce cheval. —
« Oui, sans doute, seigneur, je m'en servirais mieux
« qu'eux, répondit le prince. — Mais si tu ne réussis
« pas, repartit Philippe, que paieras-tu pour la
« peine de ta folle témérité ? — Je paierai le prix du
« cheval, répondit Alexandre. »

Cette réponse vive fit rire toute l'assemblée ; et le
roi et le prince étant convenus que celui qui perdrait
paierait les treize talents, Alexandre s'approcha du
cheval, prit les rênes, et lui tourna la tête en face
du soleil, ayant remarqué, sans doute, que ce qui
l'effrayait et l'effarouchait, c'était son ombre qu'il
voyait tomber devant lui, et suivre tous ses mouvements. Tant qu'il le vit encore plein de colère et
souffler de toute sa force, il le flatta doucement de
la voix et de la main. Ensuite, prenant adroitement son temps, il laissa tomber son manteau
à terre, et, s'élançant légèrement, il sauta dessus,
lui tint d'abord la bride haute sans le frapper ni le

tourmenter ; et quand il vit que sa férocité était
domptée, et qu'il n'était plus si furieux ni si menaçant, et qu'il ne demandait qu'à courir, il baissa la
main, et le poussa à toute bride, en lui parlant d'une
voix plus rude, et en lui appuyant les talons. Philippe
et toute sa cour étaient dans des transes mortelles,
et gardaient un profond silence ; mais quand le
prince, après avoir fourni sa carrière, revint la tête
haute, tout fier et plein de joie d'avoir réduit ce cheval qui avait paru si indomptable, tous les courtisans se mirent à applaudir et à le féliciter, et l'on
assure que Philippe versa des larmes de joie, et que,
l'embrassant, après qu'il fut descendu de cheval, il
lui dit en lui baisant la tête : « Mon fils, cherche
« un autre royaume qui soit plus digne de toi, car la
« Macédoine est trop petite. »

(Vie d'Alexandre, V à IX.)

II

Les préparatifs de la conquête.

Alexandre n'avait que vingt ans quand son
père mourut, âgé seulement de quarante-six. Si
ce dernier eût rempli la durée ordinaire d'une
vie humaine, que fût-il advenu d'Alexandre
tenu en disgrâce, éloigné de la cour et déjà
étouffant dans l'étroite Macédoine ? Le coup de
poignard de Pausanias * changea peut-être la
face du monde antique, en fournissant au génie
du fils de Philippe l'occasion de se déployer et

de chercher un théâtre digne de lui. Dès le
premier jour, il montra qu'il n'avait pas seulement le mérite d'hériter du pouvoir, mais qu'il
était né pour l'exercer. Il ressaisit l'autorité,
fit taire les mécontents, châtia les conjurés qui
avaient porté atteinte à la majesté royale, mit
la Grèce à ses pieds, et ouvrit devant une armée
fanatisée par ces premiers succès les merveilleuses perspectives de la conquête de l'Asie.

Avant que de partir pour l'Asie, il voulut consulter Apollon* sur cette guerre. Il alla donc à Delphes* :
mais il se rencontra par hasard que c'était pendant
les jours qu'on appelle *malheureux*, dans lesquels il
n'est pas permis de consulter l'oracle. D'abord il envoya vers la prophétesse pour la prier de venir ; mais
comme elle refusait et qu'elle opposait la loi qui
le lui défendait, il alla lui-même la chercher, et la
mena par force dans le temple. Alors, comme vaincue par cette violence à laquelle elle ne pouvait résister, elle s'écria : « Tu es invincible, mon fils ».
Alexandre, ayant entendu ce mot, dit : « qu'il ne
« demandait plus d'autre oracle, et qu'il avait celui
« qu'il désirait. »

Quant au nombre des troupes dont son armée
était composée, ceux qui en mettent le moins disent
qu'elle était de trente mille hommes de pied, et de
cinq mille chevaux ; et ceux qui en mettent le plus
comptent quatre mille chevaux et trente quatre mille
hommes de pied. Le trésor, pour l'entretien et la
paie de cette armée, n'était que de soixante-dix talents ; et quoiqu'il entreprît cette guerre avec des
moyens si faibles, il voulut, avant que de s'embar-

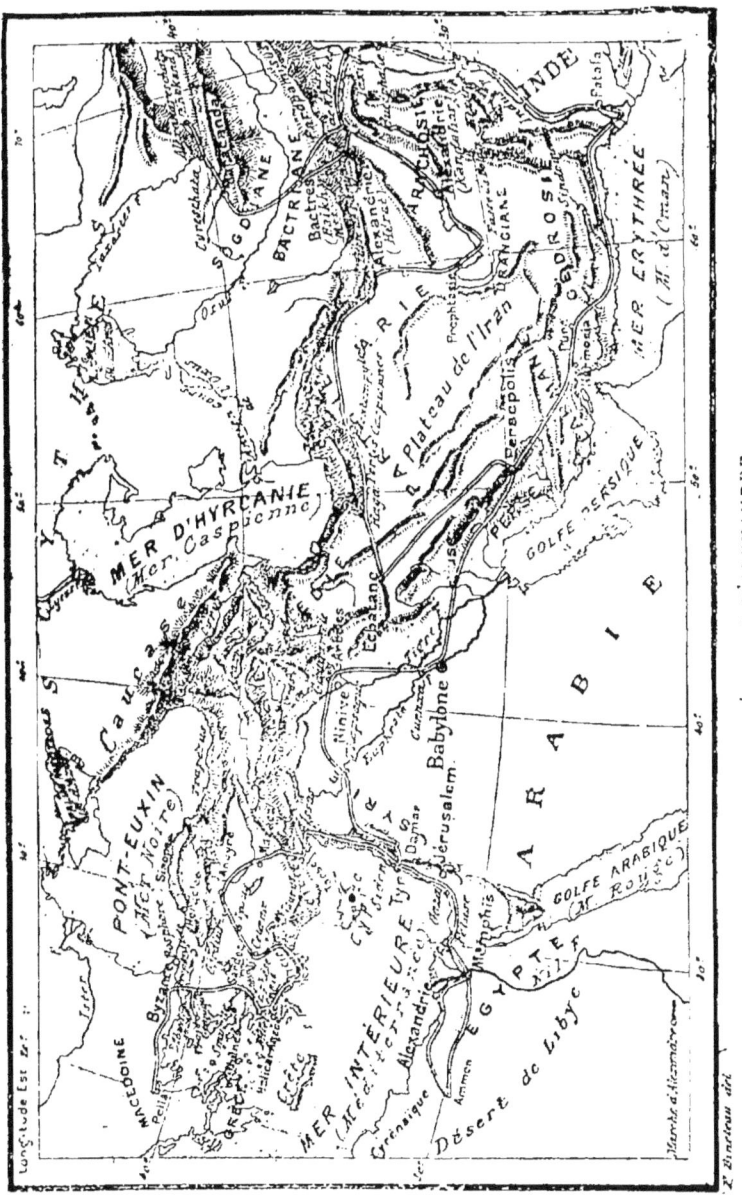

EXPÉDITION D'ALEXANDRE.

quer, examiner les affaires domestiques de ses amis, et donna à l'un une terre, à l'autre un village, à celui-ci le revenu d'un bourg, à celui-là les droits d'un port.

Et comme tous les revenus de son domaine étaient déjà employés et consumés par ses largesses, Perdiccas * lui demanda : « Seigneur, que réservez-« vous donc pour vous ? » Et Alexandre lui ayant répondu, *l'espérance* : « Eh bien, lui repartit Perdic-« cas *, nous partagerons donc votre espérance, « nous qui partagerons vos travaux » ; et il refusa généreusement le don que le roi lui avait fait. Quelques autres de ses amis suivirent son exemple ; mais tous ceux qui voulurent recevoir ses présents, ou même qui, dans leur besoin, lui en demandèrent, lui firent un très grand plaisir ; et il dépensa dans ces sortes de libéralités la plus grande partie du bien qu'il avait en Macédoine.

Avec cette générosité et cette disposition d'esprit, il traversa l'Hellespont *, et étant monté à Ilium *, il fit un sacrifice à Athéné *, et des libations aux héros. Et après avoir frotté d'huile la colonne qui était sur le tombeau d'Achille *, et fait des tours tout autour avec ses compagnons, tout nu, comme c'est la coutume, il la couronna, exaltant le bonheur d'Achille *, de ce que, pendant sa vie, il avait trouvé un ami fidèle, et après sa mort un grand chantre pour célébrer sa vertu. Comme il parcourait la ville pour voir tout ce qu'elle offrait de curieux, quelqu'un lui demanda s'il ne voudrait pas voir la lyre de Pâris * : « Je me soucie fort peu de cette lyre », répondit-il : « mais je verrais avec grand plaisir celle d'Achille, « sur laquelle il chantait les grandes actions et la « gloire des héros ».

(*Vie d'Alexandre*, XXIII à XXIV.)

Il y eut encore bien de l'inexpérience et de la
fougue d'adolescent dans la première rencontre
avec l'armée des Perses. Le passage du Granique * fut une héroïque folie (1), nécessaire peut-
être à un capitaine de vingt ans pour enthou-
siasmer ses troupes et se parer à leurs yeux de
la complicité de la Fortune. Alexandre chargeait
au premier rang de sa cavalerie : on le recon-
naissait à l'éclat de son bouclier et au panache
de son casque, surmonté de deux ailes d'une
blancheur éclatante et d'une merveilleuse grandeur. Deux généraux perses l'attaquèrent, et un
coup de cimeterre, brisant son casque, l'atteignit
jusqu'aux cheveux. Alexandre fut sauvé par l'intervention de Clitus *, qui perça le chef ennemi
d'un coup de javeline. Le combat se rétablit et
les Perses furent mis en fuite ; l'Asie était
ouverte.

III

Issus (333).

Ayant pris la ville de Gordium, où était le palais
de Midas, Alexandre vit là le char si célèbre

(1) L'armée perse comptait 20.000 cavaliers, et autant de
mercenaires ; la cavalerie était rangée le long du fleuve, l'infanterie massée derrière, sur une hauteur. Les rives du fleuve,
escarpées et glissantes, rendaient le passage encore plus difficile.

de Gordium *, dont le joug était lié avec une écorce
de cormier. On lui rapporta une ancienne tradition qui courait depuis longtemps parmi ces Barbares, et qu'ils croyaient comme un point de religion ; elle portait : « que les destins promettaient
« l'empire de la terre à celui qui délierait ce nœud ».
Alexandre fut persuadé aussitôt que c'était lui que
cela regardait. Ce nœud était fait avec tant d'adresse,
et le lien faisait tant de tours et de retours, qu'il
était impossible de découvrir ni où il commençait,
ni où il finissait, ni d'apercevoir les deux bouts.

Alexandre, après plusieurs tentatives, voyant qu'il
ne pouvait le délier, le coupa avec son épée ; et, au
lieu de deux bouts, il en fit voir plusieurs. Mais certains auteurs écrivent qu'il le délia très facilement,
après avoir ôté la cheville qui attachait le joug au timon, et tiré ensuite à lui le joug.

(*Vie d'Alexandre*, XXXI.)

* *

Déjà Darius * était parti de Suse *, plein de confiance
dans le grand nombre de ses troupes, qui montaient
à six cent mille combattants, et encouragé encore
par un songe que ses mages expliquèrent plus pour
lui plaire que pour dire la vérité. Il songea qu'il
« voyait la phalange des Macédoniens en proie aux
« flammes, et Alexandre qui, vêtu d'une robe que lui-
« même avait portée autrefois, lorsqu'il n'était que
« simple courrier du roi de Perse, le servait comme
« un de ses officiers ; et qu'étant entré dans le temple
« de Bélus *, il était disparu tout d'un coup. »

Par cette vision, il semble que le dieu voulait
faire entendre que les affaires des Macédoniens
seraient éclatantes et florissantes, et qu'Alexandre

soumettrait toute l'Asie, comme Darius l'avait
soumise, étant devenu roi, de simple courrier qu'il
était auparavant ; mais aussi qu'il disparaîtrait et
mourrait bientôt au milieu d'une très grande gloire.

La confiance et l'audace que ce songe avait ins-
pirées à Darius s'accrurent considérablement, par
ce qu'il s'imagina que le long séjour qu'Alexandre
faisait dans la Cilicie * était un effet de la crainte.
Mais ce long séjour était causé par une grande maladie, qui, selon les uns, lui était venue de ses travaux et de ses grandes fatigues, et, selon les autres,
de s'être baigné dans le Cydnus *, dont l'eau est
froide comme la glace. Aucun de ses médecins n'osait
entreprendre de le secourir ; car, persuadés que le
mal était plus fort que tous les remèdes, ils craignaient les reproches et le ressentiment des Macédoniens, s'ils avaient le malheur de ne pas le guérir.
Mais Philippe, son premier médecin, Arcananien de
nation, voyant que le roi était en très grand danger,
et se confiant en l'amitié que ce prince lui témoignait,
et d'ailleurs faisant réflexion qu'il y avait de la
honte et de l'ingratitude à refuser, pour secourir un
si bon maître, de s'exposer à quelque danger, en
éprouvant les plus extrêmes remèdes, et en le se-
courant jusqu'au dernier moment de sa vie, au
hasard même de se perdre et de périr avec lui,
entreprit de lui donner une médecine qui ferait un
prompt et puissant effet.

Il l'exhorta donc à attendre avec patience, car il
fallait trois jours pour la préparer, et à la prendre
quand elle serait prête. Il n'eut pas de peine à le
persuader, tant ce prince avait d'impatience de
guérir, pour se rendre à la tête de son armée.

Sur ces entrefaites, Alexandre reçoit une lettre de
Parménion *, qui lui écrivait du camp, pour l'avertir

« de se donner bien garde de confier sa santé à Phi-
« lippe, parce que, gagné et corrompu par les grands
« présents de Darius, et par la promesse qu'il lui
« avait faite de lui donner sa fille en mariage, il avait
« promis de l'empoisonner ». Alexandre, ayant lu
cette lettre, ne la communiqua à aucun de ses amis,
et la mit sous son chevet.

Le moment arrivé, Philippe entre dans la chambre
du prince avec tous les autres médecins, portant la
médecine dans une grande coupe. Alexandre tire
la lettre de dessous son chevet, la donne à lire à Philippe, et en même temps prend la coupe et l'avale
sans hésiter et sans témoigner le moindre soupçon ni
la plus légère inquiétude. C'était véritablement un
spectacle admirable et aussi touchant qu'aucun dénouement de tragédie, que de voir en même temps
Alexandre boire la médecine, et Philippe lire la lettre,
tous deux ensuite se regarder, mais d'un air bien
différent. Le roi, avec un visage gai et ouvert, marquait à son médecin l'amitié dont il l'honorait et la
confiance qu'il avait en lui ; et le médecin s'élevait
contre cette calomnie atroce, tantôt appelant les
dieux à témoins, et tendant les mains au ciel, et tantôt se jetant sur le lit de son maître, et le conjurant
d'avoir bonne espérance et de s'abandonner à ses
soins.

Le remède, s'étant rendu d'abord le plus fort,
abattit à tel point les forces du malade, qu'il perdit
la parole, et tomba dans de si grandes faiblesses,
qu'il n'avait presque plus ni pouls ni sentiment.
Mais il fut si promptement et si efficacement secouru
par son médecin, qu'il reprit peu à peu ses forces ;
de sorte qu'en trois jours il fut en état de se montrer
aux Macédoniens, dont les frayeurs ne cessèrent
que quand ils l'eurent vu de leurs propres yeux.

Il y avait dans l'armée de Darius un Macédonien, nommé Amyntas, qui s'était retiré de Macédoine pour embrasser le parti de Darius, et qui connaissait parfaitement le caractère d'Alexandre. Cet Amyntas, voyant Darius se préparer à passer les détroits pour marcher contre ce prince, le conjura d'attendre plutôt dans le lieu où il était, pour combattre, dans ces vastes et spacieuses campagnes, un ennemi qui lui était si inférieur en nombre. Darius lui ayant répondu, « que s'il prenait ce parti, il craignait que « les ennemis ne se hâtassent de prendre la fuite, et « qu'Alexandre ne lui échappât » : « Ah ! seigneur, « lui repartit Amyntas, si ce n'est que cela que vous « craignez, rassurez-vous ; sur ma parole, il viendra « bientôt à votre rencontre, et il marche déjà ». Mais il eut beau dire, il ne persuada la pas Darius, qui, levant son camp, marcha droit en Cilicie [*].

En même temps, Alexandre s'avança vers la Syrie [*] au-devant de lui. Mais dans les ténèbres de la nuit ils se manquèrent, et retournèrent chacun sur leurs pas. Alexandre, ravi de cette bonne fortune, se hâtait de joindre son ennemi dans les détroits ; tandis que Darius ne cherchait qu'à reprendre son premier camp, et à retirer son armée des défilés où il l'avait engagée ; car il avait déjà compris la grande faute qu'il avait faite, de se jeter ainsi dans les lieux qui, serrés d'un côté par la mer, de l'autre par les montagnes, et traversés au milieu par la rivière du Pinare, étaient impraticables pour la cavalerie, et si coupés, que ses troupes ne pourraient ni s'entre-secourir ni communiquer entre elles ; ces lieux n'étaient en effet favorables que pour un ennemi inférieur en nombre, et dont le fort était l'infanterie.

La fortune donna à Alexandre un champ de bataille très avantageux. Mais cette faveur contribua

moins à sa victoire que sa grande habileté à ranger
ses troupes en bataille. Car, voyant que les forces
de son ennemi étaient infiniment supérieures aux
siennes, il songea surtout à ne pas lui laisser les
moyens de l'envelopper. Étendant donc son aile
droite de manière qu'elle débordait l'aile gauche des
ennemis, et se mettant lui-même à la tête de cette
aile, il renversa d'abord les Barbares qui lui étaient
opposés, et les mit en fuite. Dans cette charge, il
fut blessé d'un coup d'épée à la cuisse. On dit que ce
fut de la main même de Darius; car ils se joignirent
et en vinrent aux mains l'un contre l'autre. Mais
Alexandre, dans une lettre qu'il écrivit à Antipater *,
et dans laquelle il lui faisait le détail de cette bataille,
ne dit point qui fut celui qui le blessa ; il dit seulement qu'il reçut un coup d'épée à la cuisse, et que sa
blessure ne lui avait causé aucun accident fâcheux.

Cette victoire fut des plus éclatantes. Il tua plus
de cent dix mille des ennemis; mais il ne put se rendre maître de la personne de Darius, qui avait pris
les devants et gagné quatre ou cinq stades ; il
s'empara seulement de son arc et de son char, et
se retira de la poursuite. En rentrant dans le camp,
il trouva ses Macédoniens chargés de richesses
infinies, qu'ils emportaient, quoique Darius eût évité
de charger ses troupes d'un grand bagage, pour les
rendre plus propres au combat, et qu'il eût laissé
dans la ville de Damas * la plus grande partie des
équipages. Ils lui avaient réservé la tente de Darius,
qui était remplie d'officiers de sa maison, magnifiquement vêtus, de meubles très riches et de quantité
d'or et d'argent.

Dès qu'il eut quitté ses armes, il alla se mettre au
bain, en disant : « Allons laver cette sueur de la ba-
« taille dans le bain de Darius ». Sur quoi un de ses

courtisans repartit : « Ne dites point dans le bain de
« Darius, seigneur, dites plutôt dans le bain d'A-
« lexandre ; car les biens du vaincu appartiennent au
« vainqueur ; c'est ainsi qu'il faut les appeler. »

Quand il fut entré dans la chambre du bain, et
qu'il eut vu les bassins, les urnes, les buires, les fioles
et autres ustensiles du bain, tous d'or massif et parfaitement bien travaillés, et qu'il sentit l'odeur délicieuse d'une infinité d'aromates et d'essences précieuses dont la chambre était parfumée, et que de là il fut
passé dans la tente, qui, par sa grandeur et par son
exhaussement, par la magnificence de ses meubles,
de ses lits et de ses tables, et par la somptuosité et
la délicatesse du souper qu'on y avait préparé, causait l'étonnement et attirait l'admiration ; alors, se
tournant vers ses amis : « Il me semble, leur dit-il,
« que c'était là être roi. »

Comme il allait se mettre à table, quelqu'un vint
lui rapporter qu'on menait parmi les prisonniers
la mère et la femme de Darius, et ses deux filles
qui n'étaient pas encore mariées, et qu'à la vue du
char et de l'arc de Darius, elles avaient poussé des
cris et des gémissements horribles, et s'étaient dé-
chiré le sein, dans la pensée que Darius n'existait
plus.

A cette nouvelle, Alexandre fut quelque temps sans
parler, plus touché des malheurs de ces princesses,
que sensible à son bonheur ; enfin, il rompt le silence, et donne ordre à Léonatus d'aller leur apprendre « que Darius était vivant, et les assurer qu'elles
« n'avaient rien à craindre d'Alexandre ; qu'il ne fai-
« sait la guerre à Darius que pour la gloire de régner ;
« qu'elles seraient traitées en reines, et recevraient
« de lui tout ce qu'elles auraient pu attendre de
« Darius même, dans l'état le plus florissant ».

Si ces paroles parurent douces et consolantes à ces princesses, les effets les surpassèrent; car elles furent servies avec tant de respect, qu'à leur captivité près, elles ne pouvaient s'apercevoir de leur infortune, et elles éprouvèrent une humanité et une générosité qu'elles n'auraient jamais osé espérer. Alexandre leur permit d'enterrer autant de Perses qu'elles voudraient, et de prendre parmi les dépouilles tous les habits et tous les ornements dont elles auraient besoin pour honorer ces funérailles. Il leur donna autant d'officiers pour les servir, qu'elles en avaient auparavant, ne leur retrancha rien des honneurs qu'on avait coutume de leur rendre, ni de l'état de leurs maisons, et leur assigna des pensions plus fortes que celles dont elles jouissaient dans leur plus grande fortune.

Mais la faveur la plus agréable, la plus grande et la plus royale qu'elles reçurent de lui, fut qu'étant captives, et ayant toujours vécu avec beaucoup de sagesse et de pudeur, elles n'entendirent jamais une seule parole déshonnête, et n'eurent pas lieu un seul moment de soupçonner ou de craindre la moindre chose qui fût contre leur honneur. Elles eurent la consolation d'être dans le camp d'Alexandre, non comme dans un camp ennemi, mais comme dans un temple, ou dans quelque lieu sacré, destiné à être l'asile des vierges, et de vivre retirées sans être vues de personne, et sans que qui que ce fût osât approcher de leurs appartements.

(*Vie d'Alexandre*, XXXII à XXXVIII.)

IV

Une journée d'Alexandre.

Dans ses jours de loisir, dès qu'il était levé, son premier soin était de sacrifier aux dieux ; ensuite, il dînait légèrement et assis ; et, le reste du jour, il le passait à chasser, à juger et terminer les différends qui s'élevaient entre ses soldats, ou à lire, ou à composer quelque écrit.

Quand il était en marche, et qu'il n'était pas fort pressé, il s'exerçait toujours, chemin faisant, ou à lancer le javelot, ou à monter sur un char, et à en descendre, pendant qu'il courait le plus rapidement. Souvent, il se divertissait à chasser aux renards ou aux oiseaux, comme on peut le recueillir du journal qu'il a fait lui-même de sa vie. Lorsqu'il était arrivé, et qu'il se préparait à se mettre au bain ou à se faire frotter d'huile, il demandait aux chefs des panetiers et aux maîtres d'hôtel, « s'ils avaient tout ordonné, « et s'ils lui feraient faire bonne chère ». Il ne se mettait jamais à table que tard et après la nuit close, et soupait toujours couché. Il avait un très grand soin de sa table, et une attention merveilleuse à faire en sorte que tous ceux qui mangeaient avec lui fussent servis également, qu'il n'y eût aucune négligence, et que tout le monde fût satisfait, et il tenait table longtemps parce qu'il aimait la conversation.

Dans tout le reste, il n'y avait point de roi dont le commerce fût si doux et si agréable ; car il ne manquait d'aucune des grâces qui peuvent séduire. Son unique défaut était de se rendre souvent importun à force de se vanter, en quoi il tenait beaucoup du sol-

dat fanfaron ; car, non seulement il se laissait emporter lui-même à cette vanité de parler magnifiquement
de ses exploits, mais il se livrait encore aux flatteurs,
qui le faisaient causer tant qu'ils voulaient sur cette
matière. Les plus honnêtes gens, invités à sa table,
se trouvaient souvent embarrassés, ne voulant ni en-
chérir sur les flatteurs, ni demeurer non plus en
arrière sur ses louanges; car l'un était plein de
honte, et l'autre plein de péril. Après le souper, il se
baignait encore, se couchait et dormait souvent jusqu'à midi, quelquefois même tout le jour.

Il était si tempérant sur le choix des viandes, et si
peu curieux de mets exquis, que, quand on lui apportait, des pays éloignés et de la mer, ce qu'il y avait
de plus rare et de plus excellent parmi les fruits et
les poissons, il en envoyait à ses amis, et le plus souvent il ne s'en réservait rien. Sa table était toujours
somptueuse, et sa magnificence augmenta toujours
avec sa fortune. Enfin, la dépense de chaque souper
fut réglée à dix mille drachmes (1); elle en demeura
là, et ce fut la règle de tous ceux qui avaient l'honneur de le traiter.

(*Vie d'Alexandre*, XLI, XLIII.)

V

Fondation d'Alexandrie ; Jupiter Ammon.

Après avoir subjugué l'Egypte, Alexandre voulut y

(1) La drachme était la 6000e partie du talent ; sa valeur
varia dans l'ancienne Grèce de 0 fr. 87 à 0 fr. 92 de notre
monnaie. Dix mille drachmes représentaient donc une somme
de 8700 à 9200 francs environ.

bâtir une grande ville, la peupler d'habitants grecs,
et lui donner son nom. Déjà, de l'avis de ses architectes, il en traçait le plan, et en marquait l'enceinte; mais, la nuit suivante, il eut une vision singulière : il lui sembla qu'un vieillard à cheveux
blancs et d'une mine vénérable s'approchait de lui,
et lui dit ces vers : « Il y a une île dans la vaste mer,
« vis-à-vis de l'Égypte, on l'appelle le Phare ».

Aussitôt il se leva, et alla voir ce Phare, qui était
encore alors une île un peu au-dessus de l'embouchure du Nil, appelée Canopique. Aujourd'hui, elle
est jointe à la terre ferme par une chaussée qu'on y
a construite. Quand il eut vu la situation merveilleuse de cette île, car c'est une langue de terre plus
longue que large, semblable à un long isthme, qui,
opposée au continent de toute sa longueur, fait avec
lui un double port, et sépare un vaste étang, de la
mer, qui aboutit au grand port, il s'écria qu'« Ho-
« mère était admirable en tout, mais qu'il était
« encore un habile architecte »; et il ordonna en même
temps qu'on lui traçât le plan de la ville, par rapport à la situation du lieu qu'il avait choisi.

Mais comme les architectes n'avaient point de craie,
ils prirent de la farine destinée pour la nourriture
des ouvriers; et avec cette farine ils tracèrent sur le
terrain, dont la couleur est noirâtre, une enceinte en
forme de croissant, dont les deux bras longs et droits
renfermaient tout l'espace de l'enceinte, en forme
d'un manteau à la macédonienne, qui va peu à peu
en s'étrécissant également.

Le roi prit grand plaisir à voir ce plan, mais tout
d'un coup des troupes infinies de grands oiseaux de
toute espèce, venant fondre sur ce lieu comme des
nuées, mangèrent cette farine sans en rien laisser.
Alexandre fut troublé de ce présage; mais les devins

l'ayant rassuré, et lui ayant dit qu'il devait avoir bonne espérance, parce que c'était au contraire un signe que la ville qu'il bâtissait aurait toutes sortes de biens en abondance, et suffirait à nourrir tous ceux qui viendraient s'y établir, il ordonna aux architectes de faire mettre incessamment la main à l'œuvre.

Cependant il se mit en marche pour aller consulter l'oracle de Jupiter Ammon. Le chemin était long et très difficile ; il y avait surtout deux dangers à courir : l'un, celui de manquer d'eau ; car ce pays-là est absolument désert pendant plusieurs journées de chemin ; et l'autre, encore plus grand, celui d'être surpris par le vent du midi dans ces sables profonds et immenses, comme on dit que cela arriva à l'armée de Cambyse * (1) ; car ce vent, étant venu à souffler, éleva de vastes monceaux de sable, et, faisant tout d'un coup de cette plaine comme une mer orageuse, engloutit en un moment cinquante mille hommes.

Il n'y avait personne qui ne pensât d'abord à tous ces grands dangers; mais il était difficile de détourner Alexandre d'une résolution qu'il avait prise. La fortune, en cédant à toutes ses entreprises, l'avait rendu entier et ferme dans tous ses desseins; et son grand courage lui inspirait dans toutes les affaires une opiniâtreté invincible qui venait à bout de forcer, non seulement les ennemis, mais les lieux et les temps mêmes.

Dans ce voyage, les merveilleux secours que le dieu lui envoya contre tous ces périls, ont paru plus croyables que les oracles qu'il en reçut en-

(1) Cambyse ayant voulu, lors de son expédition en Egypte, s'emparer des trésors de l'oasis d'Ammon, son armée fut ensevelie sous les sables.

7***

uite. On peut dire même que ce furent ces secours
qui firent qu'on ajouta foi à ces oracles. D'abord
Jupiter versa sur la terre des pluies si abondantes,
qu'elles dissipèrent toute crainte de la soif, et qu'en
humectant et détrempant la sécheresse de ce sable
qui devint humide et s'affermit en s'affaissant, elles
rendirent l'air plus pur et la respiration plus aisée.

Ensuite, comme les bornes qui servaient aux voyageurs comme de guides pour leur marquer les chemins, étaient confondues, et que les gens d'Alexandre
erraient çà et là à l'aventure sans tenir de route certaine, tout d'un coup des corbeaux vinrent se mettre à leur tête, les précédant quand ils marchaient,
les attendant quand ils s'arrêtaient ou qu'ils demeu-
raient derrière; et ce qui est encore plus admirable,
les rappelant la nuit par leurs croassements quand
ils s'égaraient, et les remettant dans leur route.

Quand il eut passé tout le désert, et qu'il fut arrivé
à la ville, le prophète d'Ammon vint le saluer au
nom du dieu comme son fils. Alexandre lui demanda
d'abord si quelqu'un des meurtriers de son père
n'était point échappé à sa vengeance. « Ne blas-
« phème point, lui répondit le prophète ; tu n'as point
« un père mortel. » Alors Alexandre, changeant
d'expression, lui demanda « si tous les meurtriers de
« Philippe avaient été punis ». Ensuite il l'inter-
rogea sur l'empire, et le pria de lui dire « si le dieu
« lui ferait la grâce de devenir le maître absolu de
« tous les hommes ». Le dieu lui répondit, par la
bouche de son prophète, « qu'il lui ferait cette grâce,
« et que Philippe était entièrement vengé ». Après
cette réponse, Alexandre fit à Jupiter des offrandes
magnifiques, et combla les prêtres de présents.

Voilà ce que la plupart des historiens écrivent sur
les oracles qui lui furent rendus. Mais Alexandre lui-

même, dans une lettre qu'il écrit à sa mère, dit qu'il
avait reçu plusieurs prophéties secrètes, qu'il ne révé-
lerait qu'à elle seule à son retour. Il y a des auteurs
qui disent que le prophète, pour saluer Alexandre en
langage grec avec quelque sorte de caresse, voulut
lui dire, *ô paidion*, qui signifie *mon enfant* ; mais,
comme c'était une langue étrangère pour lui, il se
trompa à la prononciation ; et au lieu de la dernière
lettre qui est une *n*, il mit une *s*, et prononça *ô pai-
dios*, qui signifie *ô fils de Jupiter*. Alexandre fut
ravi de ce défaut de prononciation : et sur cela on
bâtit cette fable, que le dieu lui-même l'avait appelé
son fils.

VI

Le triomphe d'Alexandre.

Arbelles * (1) porta à son comble la fortune
d'Alexandre. Le dernier effort de Darius avait
été immense ; la chute fut irréparable ; et quand
le dernier Grand Roi eut trouvé dans les sépul-
cres royaux de la Perse un suprême asile,
l'armée macédonienne goûta, à Hécatompyles *,
un repos qu'elle avait bien gagné. Les fêtes, les
banquets se multiplièrent, et tandis que la Grèce
applaudissait au décret d'Alexandre abolissant
partout les tyrannies, des artistes grecs don-

(1) Victoire d'Alexandre sur Darius, en 331. Cette bataille se
livra en réalité près du village de Gaugamèle, à 100 kil. N.-O.
d'Arbelles.

naient des représentations théâtrales devant la
cour du fils de Philippe, dans une ville obscure
de la Parthie*, à une distance prodigieuse de
la mer Egée. Il y avait quatre ans et trois mois
qu'Alexandre avait fait franchir à son armée les
mers de l'Hellespont*. On eût pu dire que l'empire de l'univers était plutôt le prix de la course,
comme dans les Jeux de la Grèce, que le prix
de la victoire.

Alexandre était Grand Roi. L'Asie avait
commencé à le gagner, et la corruption orientale faisait son œuvre. A Persépolis*, en réalité,
on avait déjà vu commencer ces orgies dans
lesquelles le délire de l'orgueil et de l'ivresse
poussait Alexandre à des excès monstrueux.

C'est dans un de ces moments de folie bachi-
que que, « pour venger la Grèce », il mit le feu
au palais du roi de Perse.

De l'Hyrcanie* il entra dans la Parthie*; et comme il
jouissait d'un grand loisir, il prit pour la première
fois l'habillement des Barbares, soit qu'il voulût s'accoutumer aux lois et aux manières du pays, dans la
pensée que la conformité des mœurs et des usages
est un grand attrait pour gagner les cœurs, et un
puissant moyen pour adoucir et apprivoiser les
hommes; soit qu'il n'eût en vue que d'éprouver les
Macédoniens, et de leur proposer, pour ainsi dire, un
essai et un apprentissage d'adoration pour lui, en les
accoutumant peu à peu à ce changement d'habit et
aux manières barbares qu'il avait prises.

Cependant il ne prit pas d'abord entièrement les usages des Mèdes qui lui parurent trop étranges; car il ne mit ni le haut-de-chausse qui descend jusqu'au bas des jambes, ni la robe traînante, ni la tiare; mais, tenant le milieu, il fit un mélange de la mode persienne avec la médique, et composa un habillement moins fastueux que celui des Mèdes, et aussi plus noble et plus majestueux que celui des Perses. Il ne le mit d'abord que quand il devait parler aux Barbares, ou devant ses amis particuliers; mais ensuite il parut avec cet habit devant tout le monde, et dans son palais lorsqu'il donnait ses audiences. Ce spectacle déplaisait fort aux Macédoniens; mais, comme ils admiraient ses autres vertus, ils estimaient tous qu'il fallait bien permettre qu'il donnât quelque chose à son plaisir et à sa vanité.

(*Vie d'Alexandre*, LXXVIII.)

Comme tous les grands homme de guerre, Alexandre avait jusqu'alors traité son armée avec cette prédilection jalouse de l'artiste pour l'instrument de ses succès, amélioré par ses mains jusqu'à la perfection. Les soldats, à leur tour, fanatisés par certains traits et des paroles qui sont des actes, enchaînés à sa fortune par les mille liens de l'admiration, des souvenirs communs, des périls et de la gloire, lui eussent volontiers tout pardonné.

Un jour vint cependant où le charme fut rompu. Quand, après avoir dépassé le terme que la légende fixait aux expéditions de Bacchus * ou d'Héraclès *, Alexandre parut devenir le jouet

du démon de la conquête, l'armée fit défection ;
l'instrument de tant de triomphes se brisa entre
les mains de celui que l'ennemi n'avait pu
arrêter. Sur les bords de l'Hyphase *, les vétérans
murmurèrent ; et après deux jours de prostra-
tion et de combats intérieurs, Alexandre donna
le signal du retour. L'armée ne se livrait plus
sans réserve à cet être extraordinaire qui l'épui-
sait et voulait la traîner sur toutes les voies du
monde : le victorieux, arrêté à mi-triomphe,
avait eu comme l'impression d'une trahison.
Il y eut encore quelques beaux jours, et, par
intervalle, le retour ressemble au *thiase* bachi-
que (1).

Il marcha pendant sept jours dans la Carmanie *,
menant une espèce de mascarade, et comme une
bacchanale avec toute sorte de dissolution. Il était
traîné par huit chevaux sur un chariot magnifique,
au-dessus duquel on avait dressé une estrade de
forme carrée, où il passait les jours et les nuits dans
les festins avec ses principaux amis.

Ce chariot était précédé et suivi d'une infinité
d'autres, dont les uns, en forme de tentes, étaient
couverts de riches tapis et de couvertures de pourpre,
et les autres, en forme de berceaux, étaient ombragés
de branches d'arbres toutes vertes, et qu'on renou-
velait à chaque instant. Ces chariots portaient ses

(1) Le *thiase*, ou cortège de Bacchus, comprenait les Bacchantes (ou Ménades), les Nymphes, qui l'avaient élevé,
Pan, Silène et les Satyres.

autres amis et capitaines, tous couronnés de fleurs,
et tous noyés de vin et gorgés de viande. Dans tout
ce train, vous n'auriez vu ni un bouclier, ni un casque, ni une javeline; le chemin était couvert de
soldats, qui, avec de grands flacons, des tasses et
des coupes, puisaient continuellement du vin dans
des tonneaux défoncés ou dans des urnes, et se portaient les santés les uns aux autres, soit en marchant
toujours, soit assis à des tables dressées le long de
leur route.

La campagne retentissait du son des flûtes et des
chalumeaux, et on entendait partout le bruit des
chansons et des danses de femmes, qui imitaient les
excès et les emportements des Bacchantes. Cette
marche si désordonnée et si dissolue était suivie
d'une figure très honnête que l'on portait en pompe,
et d'un jeu très licencieux, où se déployait toute l'insolence des Bacchanales (1), comme si Bacchus * eût été
là en personne, et qu'il eût présidé lui-même à la fête.

(*Vie d'Alexandre*, CX.)

Une déception attendait l'armée à son retour.
Les vieux Macédoniens, qui formaient cette
chose redoutable et glorieuse, l'armée d'Alexandre, virent arriver à Babylone, des provinces
les plus éloignées, de jeunes troupes indigènes,
Bactriens (2), Sogdiens (3), Drangiens (4), Ara-

(1) Les bacchanales étaient des fêtes célébrées à Rome en
l'honneur de Bacchus. Elles avaient lieu la nuit, et se distinguèrent, vers 187 av. J.-C. et plus tard sous l'Empire, par les
plus condamnables excès.
(2) Bactrien, habitant de la Bactriane*.
(3) Sogdien, habitant de la Sogdiane*.
(4) Drangien, habitant de la Drangiane*.

chosiens (1), armés, exercés à la macédonienne.
Ils étaient 30.000 : on les appela les *Épigones*,
les Successeurs. Ainsi, la vieille armée   ne
comptait plus.

Il avait choisi parmi les Perses trente mille jeunes
enfants, qu'il avait laissés sous des maîtres et
des gouverneurs qui devaient les élever et leur apprendre le métier de la guerre. Quand il les vit, à son
retour, bien faits, robustes, de bonne mine, et singulièrement adroits et agiles dans tous leurs exercices,
il en fut ravi ; mais cela jeta les Macédoniens dans le
découragement, par la crainte qu'ils eurent qu'A-
lexandre, trop porté pour ces jeunes hommes, ne fît
désormais moins de compte d'eux.

Aussi, quand il voulait renvoyer vers la mer les
invalides, les malades, et tous ceux qui étaient hors
d'état de servir, ils regardaient comme une marque
de mépris, et une injure, « qu'après s'être servi
« d'eux à tout ce qu'il avait voulu, il les renvoyât
« ainsi avec honte, et les rejetât à la tête de leur
« patrie et de leurs parents, dans un état bien diffé-
« rent de celui où il les avait pris. Qu'il donne donc
« aussi, disaient-ils, congé à tous les autres, et qu'il
« regarde tous les Macédoniens comme invalides et
« estropiés, puisqu'il a avec lui ces jeunes et beaux
« danseurs, avec lesquels il ira conquérir la terre
« entière ! »

Alexandre fut très irrité de cette mutinerie, leur
fit des réprimandes sévères ; et, après les avoir chassés, il donna la garde de sa personne aux Perses,
établissant les uns pour ses gardes, et faisant des

---

(1) **Arachosien,** habitant de l'Arachosie *.

autres ses hérauts, et les exécuteurs de ses ordres. Les Macédoniens le voyant marcher accompagné de ces nouveaux officiers, et se voyant rejetés et chassés avec ignominie, furent si humiliés, qu'après en avoir conféré ensemble, ils avouèrent que le dépit et la jalousie les rendaient presque fous. Enfin, revenus à eux et touchés de repentir, ils coururent tous sans armes et en simple tunique devant la porte du palais, en poussant de grands cris et des gémissements, se livrant eux-mêmes à sa vengeance, et conjurant Alexandre de les punir comme des ingrats et des méchants.

Le roi, quoique déjà attendri, ne faisait pas semblant de les entendre ; mais ils ne se rebutèrent pas, et demeurèrent devant sa porte deux jours et deux nuits, pleurant, se désespérant, et l'appelant leur seigneur et leur roi. Enfin, Alexandre, ne pouvant plus tenir, fit ouvrir les portes de son palais, sortit ; et, voyant ces marques de leur douleur, l'état pitoyable où ils étaient, et cette grande humiliation, il pleura lui-même assez longtemps avec eux ; et après leur avoir fait avec douceur quelques reproches, et leur avoir parlé ensuite avec beaucoup d'humanité, il donna congé à ceux qui n'étaient plus en état de porter les armes, et les renvoya comblés de magnifiques présents. Il écrivit même à Antipater *, gouverneur de la Macédoine, qu'aux jeux publics et dans les théâtres, il leur assignât toujours les premières places, et qu'il les fît asseoir avec des couronnes sur la tête, et voulut que les enfants de ceux qui étaient morts à son service reçussent tout de suite la solde de leurs pères.

(*Vie d'Alexandre*, CXV.)

La fortune inouïe d'Alexandre allait pourtant

GRECS ILLUSTRES.

8

se troubler ; avant même que le destin en arrêtât brusquement le cours, des présages funèbres assiégeaient l'âme du héros et corrompaient pour lui la douceur de vivre.

Comme il s'avançait vers Babylone *, Néarque *, qui était déjà revenu de la grande mer océane en remontant par l'Euphrate *, lui dit qu'il avait rencontré quelques Chaldéens *, qui l'avaient averti que le roi devait renoncer au voyage de Babylone *. Mais il méprisa cet avis et continua sa marche.

En arrivant près des murailles de la ville, il vit grand nombre de corbeaux qui se battaient, et dont quelques-uns tombèrent morts à ses pieds. On lui rapporta en même temps qu'Apollodore, gouverneur de Babylone *, avait fait dans la place un sacrifice pour consulter les dieux à son sujet. D'abord il envoya chercher Pythagore le devin, qui ne nia pas le fait ; Alexandre lui demanda comment il avait trouvé les entrailles des victimes ; Pythagore répondit que le foie s'était trouvé sans tête. « *Grands dieux !* s'écria alors le roi, *voilà un terrible présage !* » Mais il ne fit aucun mal à ce devin. Il se repentit seulement de n'avoir pas suivi l'avis de Néarque.

C'est pourquoi il campait ordinairement autour de Babylone *, et faisait pour se distraire quelques petits voyages sur l'Euphrate ; car il lui arriva plusieurs autres signes qui l'inquiétaient, et qui l'empêchaient d'entrer dans la ville. Entre autres, un des plus grands et des plus beaux lions qu'on nourrissait à Babylone, fut attaqué par un âne domestique, qui le tua à coups de pieds. Un jour, après s'être déshabillé et fait frotter d'huile, il se mit à jouer à la paume ; son jeu fini, lorsqu'il voulut se rhabiller, les jeunes gens qui avaient joué avec lui, virent un homme assis sur son siège, dans un grand silence, vêtu de sa robe royale, et la tête ceinte de son diadème. Interrogé qui il était, il fut longtemps sans répondre ; enfin, revenu à lui avec peine, il dit « qu'il s'appelait Dio-« nysius ; qu'il était de Messène ; qu'ayant été obligé « de quitter son pays pour des accusations qu'on « avait intentées contre lui, il s'était embarqué, et « qu'il était venu à Babylone *, où il avait été détenu « longtemps dans les fers, et que ce jour-là même « le dieu Sérapis * étant apparu à lui, avait brisé « ses chaînes, l'avait mené dans cette chambre, et « lui avait ordonné de prendre la robe du roi et son « diadème, et de s'asseoir sur son siège sans dire un « seul mot ».

Sur cette réponse, Alexandre fit mourir cet homme par le conseil des devins ; mais il tomba en même temps dans de grandes angoisses, se défiant d'un côté, et désespérant du secours et de la faveur des dieux, et de l'autre entrant dans de violents soup-çons contre ses amis. Il craignait surtout Antipater et ses fils, dont l'un, appelé Iolas, était son grand échanson ; l'autre, nommé Cassandre, venait d'ar-river à la cour, et ayant vu quelques Barbares adorer le roi, il se mit à rire aux éclats, car c'était un homme nourri dans les mœurs des Grecs, et qui n'avait jamais rien vu de semblable. Alexandre en fut si irrité, que, le prenant par les cheveux avec ses deux mains, il lui frappa rudement la tête contre la muraille.

Dès qu'Alexandre se fut donc abandonné à toutes ces superstitions, il fut si effrayé et eut l'esprit si troublé, que de la plus petite chose qui arrivait, pour peu qu'elle parût extraordinaire ou étrange, il en faisait d'abord un monstre, et en tirait un présage sinistre. De sorte que le palais était plein de gens qui sacrifiaient, d'autres qui faisaient des expiations et des purifications, et d'autres enfin qui se mêlaient de faire des prophéties; tant il est vrai que c'est un terrible mal que le défaut de confiance dans la Divinité, et le mépris qu'on a pour elle. Mais un mal bien terrible encore, c'est la superstition. Cependant, calmé par quelques oracles qu'il reçut du dieu au sujet d'Ephestion *, il renonça à son deuil, se livra encore à la débauche, et célébra des fêtes et des festins.

Un jour, après avoir magnifiquement traité Néarque, il se mit au bain selon sa coutume pour aller se coucher ensuite; mais il ne put refuser Médius le Thessalien, qui vint le prier d'aller faire collation chez lui. Là il but toute la nuit et tout le jour suivant, et, à la fin du repas, il sentit quelque mouvement de fièvre; ce n'est pas qu'il eût bu la coupe d'Hercule, et qu'il eût senti tout à coup une violente douleur au dos, comme s'il eût reçu au travers du corps un grand coup de lance; car ce sont des particularités que quelques historiens ont jugé à propos d'écrire, pour donner à cette histoire le dénouement d'une véritable tragédie, et pour la rendre par là plus touchante. Ayant été saisi de la fièvre, il sentit une altération si violente, qu'il but du vin; aussitôt il tomba dans le délire, et il mourut le trentième du mois de Daisius (1).

Dans les Ephémérides ou Journal de sa vie, voici ce que l'on trouve écrit sur sa maladie : « Le dix- « huitième du mois de Daisius, le roi dormit dans la « chambre des bains à cause de sa fièvre. Le lende- « main, dix-neuf, après s'être baigné, il passa dans

_____

(1) Ce mois correspond au mois de juin.

« sa chambre, où il joua aux dés toute la journée
« avec Médius. Le soir du même jour, après s'être
« encore baigné, et avoir sacrifié aux dieux, il soupa,
« et eut la fièvre toute la nuit. Le lendemain, qui
« était le vingt, il se baigna, fit le sacrifice ordinaire;
« et, s'étant couché dans la chambre des bains, il
« passa tout le jour à entendre le récit que Néarque*
« lui fit de sa navigation, et de tout ce qu'il avait
« vu dans la grande mer.

   « Le vingt-un, il fit encore la même chose; sa
« fièvre augmenta, et il eut une nuit très mauvaise.
« Le vingt-deux sa fièvre devint beaucoup plus vio-
« lente, et il se fit porter près du grand étang, où il
« s'entretint avec ses capitaines sur les places qui
« étaient vacantes dans son armée, et leur dit qu'ils
« ne doivent les donner qu'à des officiers éprouvés.
« Le vingt-quatre, il fut beaucoup plus mal; mais
« il ne laissa pas d'offrir le sacrifice et de s'y faire
« porter. Ce jour-là, il ordonna à ses principaux
« capitaines de faire la garde dans la cour, et aux
« chefs des files et capitaines de cinquante hommes,
« de passer la nuit et de faire la garde hors du palais.
   « Le vingt-cinq, il se fit porter dans le palais qui
« est au delà de l'étang; il dormit un peu; mais sa
« fièvre ne diminua point, et lorsque ses capitaines
« entrèrent dans sa chambre, il ne parlait plus. Le
« vingt-six se passa de même; de sorte que les Macé-
« doniens, craignant qu'il fût mort, vinrent aux por-
« tes du palais en poussant de grands cris, et, mena-
« çant leurs compagnons, ils les forcèrent de leur
« ouvrir. Dès que les portes furent ouvertes, ils
« entrèrent en foule et en tunique comme ils étaient;
« ils passèrent l'un après l'autre au pied de son lit.
« Ce même jour, Python et Seleucus, envoyés au
« temple de Sérapis*, demandèrent au dieu s'ils por-

« teraient Alexandre dans son temple. Le dieu leur
« répondit qu'ils le laissassent où il était. Le sur-
« lendemain, qui était le vingt-huit, il mourut sur le
« soir. »

(CXVII à CXXII.)

Il avait donné son anneau à Perdiccas * et
laissé le monde « au plus fort ». Les peuples
qu'il avait soumis ne voulurent pas croire à sa
mort. Son armée « ressemblait au cyclope qui,
après avoir perdu son œil, portait çà et là ses
mains sans savoir où il était ». Son esprit s'était
retiré d'elle.

Quand la nouvelle de la mort du héros parvint
à Athènes, l'orateur Démade * refusa d'y ajouter
foi : « Si la nouvelle était vraie, l'odeur de
cette mort se serait déjà fait sentir par toute
la terre. » Les ravages ordinaires de la maladie
ne semblèrent pas suffisants pour terrasser une
telle nature, et on accusa le poison. Encore six
ans après, Olympias * fit mourir un grand nombre de personnes et jeter au vent les cendres
d'Iolaüs qu'elle accusait d'avoir versé le poison
dans la coupe d'Alexandre.

CHAPITRE VII.

LA FIN DE LA GRÈCE.

PHOCION.

L'Athénien Phocion est un des hommes qui représentent le plus complètement l'idéal de la vertu politique dans le monde grec. Né en 402, il vécut dans ces temps troublés où il était aussi malaisé de connaître son devoir que de l'accomplir. Sa vertu fut accentuée par l'âpreté de son caractère que la grâce hellénique n'effleura jamais. Mais son patriotisme, éclatant à la veille de l'abdication politique d'Athènes, mérite qu'on l'associe à la gloire du dernier représentant de l'indépendance grecque, Philopœmen.

I

Son caractère.

Fort jeune encore, Phocion fut disciple de Platon, et ensuite de Xénocrate dans l'Académie, où dès

le commencement il forma ses mœurs et sa vie sur
le modèle de la plus parfaite vertu. Jamais Athénien
ne le vit ni rire, ni pleurer, ni se baigner dans les
étuves publiques, ni avoir ses mains hors de son
manteau quand il était habillé. D'ailleurs, quand
il allait à la campagne, ou qu'il était à l'armée,
il marchait toujours nu-pieds et sans manteau, à
moins qu'il ne fît un froid excessif et insupportable ;
de sorte que les soldats disaient en riant : « Voilà
Phocion habillé, c'est signe d'un grand hiver ».

Quoiqu'il fût d'un naturel très doux et très humain,
il avait le visage si rude et l'air si repoussant que
ceux qui ne le connaissaient point auraient craint de
se trouver seuls avec lui. Un jour que l'orateur Charès
parlait fortement contre ses sourcils terribles, les
Athéniens se mirent à rire ; mais Phocion leur dit :
« Cependant jamais ces sourcils ne vous ont fait
« aucun mal ; mais les ris de ces gens-là ont fait
« souvent verser bien des larmes à votre ville ».
Ses discours, toujours pleins de conceptions heureuses et de pensées nobles, étaient utiles et salu-
taires, toujours renfermés dans une brièveté propre
au commandement, et assaisonnés d'une austérité
qui n'était mêlée d'aucune douceur.

L'on dit qu'un jour que le théâtre était plein de
monde, Phocion se promenait sur la scène, tout
pensif et renfermé en lui-même, et qu'un de ses
amis lui ayant dit : « Phocion, vous avez bien l'air
« d'un homme qui médite. — Vous avez raison, lui
« répondit-il, je médite effectivement si je ne pour-
« rais point retrancher quelque chose du discours
« que je dois faire aux Athéniens ». Aussi Démosthène, qui méprisait tous les autres orateurs, dès
que Phocion se levait pour parler, avait coutume
de dire tout bas à ses amis : « Voilà la hache de

mes discours qui se lève ». Mais peut-être que
c'est aux mœurs de Phocion qu'il faut faire tout
l'honneur du grand effet que produisait son éloquence ; car souvent un mot, un signe, un clin d'œil
d'un homme de bien, ont plus de pouvoir et de
force pour persuader, que les périodes les mieux
travaillées et les figures les plus pathétiques.

Il fit plus d'expéditions, lui seul, non seulement
qu'aucun des capitaines de son temps, mais encore
qu'aucun de ceux qui avaient été avant lui : non
qu'il demandât ni qu'il briguât les charges, mais
il ne les fuyait point et ne les refusait point quand
sa ville l'y appelait ; car c'est une chose constante
et avouée de tout le monde, qu'il fut élu quarante-
cinq fois capitaine général, et qu'il ne se trouva
pas une seule fois aux élections ; mais qu'il fut
nommé toujours absent, ses concitoyens l'ayant
toujours rappelé pour le charger de la conduite de
leurs armées. Les personnes peu sensées ne pouvaient assez s'étonner de cette conduite du peuple,
d'en user ainsi pour Phocion, qui le plus souvent
s'opposait à ses volontés, et qui jamais ne faisait
et ne disait rien pour lui complaire.

Comme on dit que les rois s'amusent de leurs flatteurs quand ils ont lavé leurs mains pour se mettre
à table, de même le peuple d'Athènes se servait de
ses orateurs les plus gracieux et les plus agréables
pour avoir le plaisir d'entendre leurs harangues ;
mais quand il était question du commandement des
armées, alors, toujours sage et toujours sérieux, il y
appelait le plus austère et le plus sensé de ses
citoyens, et choisissait celui qui s'opposait le plus à
ses volontés et à ses caprices. Un jour qu'on lut en
pleine assemblée du peuple un oracle de Delphes,
qui portait, « que tous les Athéniens étaient d'accord,

« à l'exception d'un seul qui n'était pas de l'avis des
« autres », Phocion se leva et dit qu'on s'épargnât
« la peine de chercher ; que c'était de lui que par-
« lait l'oracle, car il était le seul à qui tout ce qu'on
« faisait déplaisait au dernier point ». Une autre fois,
ayant dit son avis devant le peuple, il fut applaudi
et suivi de tout le monde. Étonné de cette approba-
tion, il se tourna vers ses amis, et leur dit : « Ne
« m'est-il point échappé quelque sottise, sans que
« je m'en sois aperçu ? »

Un jour que les Athéniens refusaient de terminer
par les voies de la justice les différends qu'ils avaient
avec les Béotiens pour leurs limites, et qu'ils voulaient prendre les armes, il leur conseilla « de com-
« battre avec des paroles, en quoi ils étaient les plus
« forts, et non avec les armes, en quoi ils étaient les
« plus faibles. »

Une autre fois qu'ils n'avaient nulle attention à ce
qu'il disait dans le conseil, il leur dit : « Vous pouvez
« bien me forcer à faire ce que je ne veux pas, mais
« jamais vous ne me forcerez à dire contre mon sen-
« timent ce qu'il ne faut pas. »

Il y avait alors à Athènes un homme appelé Archibiade, qui contrefaisait le Lacédémonien, avec une
barbe d'une longueur démesurée, un méchant manteau tout usé, et un visage triste et sévère. Un jour,
dans une assemblée du peuple, Phocion, fatigué des
contradictions qu'il essuyait, appela cet Archibiade
à son secours, le priant de venir confirmer par son
témoignage la vérité de ce qu'il disait ; mais Archibiade, se levant, se rangea du côté des Athéniens, et
dit ce qui leur était le plus agréable. Alors Phocion,
le prenant à la barbe, lui dit : « O Archibiade, que
« ne faisais-tu donc raser cette grande barbe,
« puisque tu voulais faire le métier de flatteur ? »

Pour Phocion, jamais il ne fit le moindre mal à
aucun citoyen par aucune haine particulière, et ne
regarda personne comme ennemi; mais il était
sévère, intraitable, et inflexible à l'égard de ceux
qui s'élevaient contre lui, et qui résistaient à ce qu'il
proposait pour le bien de la patrie : car, dans tout le
reste de sa conduite, il se montrait doux, familier
et humain, jusque-là que quand ceux qui lui avaient
été les plus opposés, venaient à faire des fautes, et
à tomber dans quelque malheur, il courait à leur
secours, et paraissait pour eux dans les tribunaux,
dès qu'ils étaient en danger d'être condamnés.

Une femme d'Ionie, amie de la femme de Phocion,
étant venue la voir et logeant chez elle, lui montrait
ses bijoux d'or enrichis de pierreries, et qui consistaient en des bracelets et des colliers magnifiques :
« Pour moi, lui dit la femme de Phocion, mon seul
« ornement c'est Phocion, qui, depuis vingt années,
« est toujours élu général des Athéniens. »

Le fils de Phocion voulant aller combattre aux
jeux des fêtes Panathénées (1), son père le lui permit,
mais à condition qu'il courrait à pied : non qu'il fît
grand cas de cette victoire, mais afin que son fils,
exerçant et fortifiant son corps par la course, s'accoutumât à une vie plus réglée et plus sage ; car ce
jeune homme était fort dissolu, et aimait beaucoup

(1) C'était une des plus grandes fêtes d'Athènes ; on la célébrait
en l'honneur de Minerve. Il y avait les grandes et les petites
Panathénées. Les petites s'ouvraient par la course des chars ;
après la course des chars, il y avait d'autres combats, comme
la lutte, la course à pied.
Le fils de Phocion demandait à son père la permission d'aller
combattre aux jeux des Panathénées ; Phocion, qui connaissait la vanité de son fils, et qui sentait qu'il ne demandait
cette permission que pour paraître sur un char magnifique, lui
permit d'y aller, mais à condition qu'il ne paraîtrait que pour la
course, et qu'il ne combattrait qu'à pied.

le vin. Il remporta le prix de ces jeux, et plusieurs de ses amis demandèrent à Phocion la liberté de faire un festin pour célébrer cette victoire. Phocion refusa tous les autres, et ne permit qu'à un seul de témoigner par cette fête l'attachement qu'il avait pour sa maison. L'heure du souper venue, il se rendit chez ce jeune homme. Voyant des préparatifs magnifiques, et qu'on présentait à tous les conviés de grandes cuvettes pleines de vin préparé avec toutes sortes d'aromates pour leur laver les pieds, il appela son fils, et lui dit : « Phocus, ne veux-tu pas « corriger ton ami qui gâte et qui corrompt ta vic- « toire par ces délices indignes? » Pour le retirer et l'éloigner entièrement de cette manière de vivre si pleine de luxe, il le mena à Lacédémone, et le mit avec les jeunes gens qui étaient élevés dans toute la rigueur de la discipline de Sparte. Il déplut par là aux Athéniens, qui prirent cette action de Phocion pour la preuve qu'il négligeait et méprisait même les mœurs de son pays.

(Vie de Phocion, passim.)

II

Mort de Phocion.

Phocion avait cherché asile auprès d'Alexandre, fils de Polysperchon, régent de Macedoine. Il fut livré aux Athéniens, qui le condamnèrent à boire la ciguë. Phocion était âgé de quatre-vingt-cinq ans (317 av. J.-C.).

D'abord on lit publiquement les lettres du roi, qui

marquaient « qu'il avait trouvé ces gens convaincus
« de trahison ; mais qu'il leur en renvoyait le juge-
« ment, comme à des hommes libres, et qui avaient
« leurs privilèges et leurs lois ». En même temps
Clitus présente ces prisonniers au peuple.

A l'aspect de Phocion, les plus honnêtes citoyens,
baissant les yeux et se couvrant la tête, versèrent
des larmes ; et il y en eut un qui eut le courage de
dire tout haut, « que puisque le roi laissait au peuple
« le jugement d'une affaire de telle conséquence, il
« était bon de faire sortir de l'assemblée les esclaves
« et les étrangers ». Mais la populace s'y opposa, et
se mit à crier qu'il fallait plutôt lapider ces partisans
de l'oligarchie, ces ennemis du peuple. Il n'y eut
donc plus personne qui osât parler pour Phocion.

Mais lui-même ayant enfin obtenu audience, quoiqu'avec beaucoup de difficulté, il dit : « Athéniens,
« comment voulez-vous nous faire mourir ? Est-ce
« justement ou injustement ? » Quelques-uns ayant
répondu : « justement » : — « Eh ! repartit Phocion,
« comment pourrez-vous assurer que c'est justement,
« si vous ne daignez pas nous entendre ? » Voyant
qu'ils n'en étaient pas plus disposés à les écouter,
il s'avança et ajouta : « Pour moi, je confesse que je
« vous ai fait de grandes injustices, et je me con-
« damne moi-même à la mort pour toutes les fautes
« que j'ai commises dans le gouvernement ; mais
« pour ceux-ci, Athéniens, pourquoi les ferez-vous
« mourir, puisqu'ils ne vous ont jamais fait aucun
« tort, et qu'ils ne sont point coupables ? » Le peuple se mit à crier : « C'est parce qu'ils sont tes
« amis. »

A ces mots, Phocion se retira sans répliquer et se
tint en repos en attendant ce qui allait être ordonné.

Tous les suffrages furent à la mort. Avec Phocion

étaient Nicoclès, Thudippe, Hégémon et Pythoclès.
Mais Démétrius de Phalère, Callimédon, Chariclès et
quelques autres, quoique absents, furent aussi condamnés.

L'assemblée ainsi finie, ils furent menés dans la
prison. Les compagnons de Phocion, attendris par
les lamentations de leurs parents et de leurs amis,
qui venaient les embrasser dans les rues, et leur
dire les derniers adieux, marchaient en pleurant et
en déplorant leur malheureuse destinée ; mais Phocion avait le même visage et la même contenance
que lorsqu'il sortait de l'assemblée pour aller com-
mander l'armée, et que les Athéniens l'accompagnaient chez lui pour lui faire honneur. Ceux qui le
voyaient ne pouvaient s'empêcher d'admirer cette
fermeté et cette grandeur d'âme qui le rendaient in-
sensible aux accidents de la fortune ; mais plusieurs
de ses ennemis le suivaient en le chargeant d'injures. Et il y en eut un qui, plus insolent que les autres, vint lui cracher au visage. Phocion ne fit que
se tourner vers les magistrats, et leur dit : « Quel-
« qu'un ne veut-il point empêcher cet homme de
« commettre des choses si indignes et si malséan-
« tes ? »

Quand ils furent arrivés dans la prison, Thudippe,
voyant la ciguë que l'on broyait, se désespérait et
pleurait son infortune, disant que c'était à tort qu'on
le faisait mourir avec Phocion : « Hé quoi, lui dit
« ce dernier, n'est-ce pas une grande consolation
« pour un homme comme toi de mourir avec Pho-
« cion ? »

Quelqu'un de ses amis lui ayant demandé s'il
avait quelque chose à faire dire à son fils : « Oui
« certainement, dit-il, j'ai quelque chose d'impor-
« tant à lui recommander, c'est qu'il ne cherche

« jamais à se venger des Athéniens, et qu'il perde
« le souvenir de leur injustice. » Et comme Nicoclès, qui était le meilleur et le plus fidèle de ses
amis, lui demandait en grâce qu'il lui permît de
boire le poison avant lui : « Ah ! Nicoclès, lui répon-
« dit Phocion, tu me fais là une demande bien dure
« et bien triste pour moi ; mais, puisque je ne t'ai
« jamais rien refusé pendant ma vie, je t'accorde
« encore ce dernier plaisir avant ma mort. »

Quand tous les autres eurent bu, il se trouva que
le poison vint à manquer, et qu'il n'y en avait plus
pour Phocion ; l'exécuteur dit qu'il n'en broierait
pas davantage, si on ne lui donnait douze drachmes, qui étaient le prix de chaque dose. Comme
cela prenait du temps et causait quelque retard,
Phocion appela un de ses amis, et lui dit « que,
« puisqu'on ne pouvait pas mourir gratis à Athènes,
« il le priait de donner ce peu d'argent à l'exécu-
« teur. »

C'était le dix-neuvième du mois de mai, jour
auquel les chevaliers faisaient une procession à
cheval dans toutes les rues en l'honneur de Zeus.
En passant devant la prison, les uns ôtèrent les
couronnes de dessus leur tête ; les autres, jetant les
yeux sur les portes de cette prison, fondirent en
larmes ; et tous ceux à qui il restait quelque sentiment d'humanité, et qui n'avaient pas l'âme entièrement corrompue et aveuglée par la colère ou par
l'envie, trouvèrent que c'était une très grande im-
piété à la ville de n'avoir pu se contenir ce jour-là,
ni s'empêcher, pendant une fête si solennelle, de se
souiller de la mort violente d'un homme.

Cependant ses ennemis n'étant pas encore satis-
faits, et comme trouvant qu'il manquait encore
quelque chose à leur triomphe, firent ordonner par

le peuple que le corps de Phocion serait porté hors du territoire de l'Attique, et qu'aucun des Athéniens ne donnerait du feu pour honorer d'un bûcher ses funérailles. C'est pourquoi aucun de ses amis n'osa seulement toucher à son corps ; mais un certain Conopion, accoutumé à gagner sa vie à ces sortes de fonctions funèbres, prit le corps pour quelques pièces d'argent qu'on lui donna, le porta au delà des terres d'Éleusis, et, ayant pris du feu sur celles de Mégare, il lui dressa un bûcher, et le brûla.

Une femme de Mégare, qui assista par hasard à ses funérailles avec ses esclaves, lui éleva dans le même endroit un tombeau vide, sur lequel elle fit les libations accoutumées ; et, mettant dans sa robe les ossements qu'elle recueillit avec grand soin, elle les porta la nuit dans sa maison, et les enterra sous son foyer, en lui adressant ces paroles : « O mon foyer ! « je te confie et je mets en dépôt dans ton sein ces « précieux restes d'un homme de bien. Conserve-les « fidèlement, pour les rendre un jour au tombeau « de ses ancêtres, quand les Athéniens seront deve- « nus plus sages. »

(*Vie de Phocion*, ch. XLIX à LII.)

PHILOPŒMEN.

Usée par ses rivalités séculaires de ville à ville, divisée devant les progrès sans cesse croissants de la grandeur romaine, la Grèce méritait de périr ; il était dû cependant à son glorieux passé qu'elle succombât avec quelque honneur. Elle produisit encore un homme, « le dernier des Grecs ». La ligue achéenne fut reconstituée, et autour de l'Arcadien Philopœmen (1) se groupa tout ce qui pouvait former un parti national. Philopœmen rêvait de concilier deux choses : l'alliance de Rome et l'indépendance de la Grèce.

On put croire un instant, après la défaite des tyrans de Sparte, Machanidas et Nabis, que la ligue achéenne réaliserait, au moins dans le Péloponèse, cette unité cherchée par Aratus. Il y eut pour elle une courte période d'autorité dont Rome s'alarma. Le parti exclusivement romain mit la division dans les esprits ; Messène se souleva contre la Ligue à son instigation, et Philopœmen cherchant à la réduire fut

(1) Philopœmen naquit à Mégalopolis, en Arcadie, en 253 av. J.-C.

surpris par les Messéniens, jeté en prison et
condamné à boire la ciguë (183). Il mourut, em-
portant le rêve irréalisable d'une nation grecque
fortement unie et fondant son unité sur l'oubli
de ses haines locales et de ses rivalités de partis.

I

Son caractère.

Un Romain, voulant faire l'éloge de Philopœmen,
l'appela le *dernier des Grecs*, voulant dire qu'après
lui, la Grèce ne produirait plus de grand personnage qui fût digne d'elle.

Philopœmen n'était point laid de visage, comme
quelques-uns le prétendent ; on peut en juger par
sa statue que l'on voit à Delphes.

L'erreur de son hôtesse de Mégare qui le prit pour
un valet ne prouve rien contre lui. Cette femme
ayant appris que le général des Achéens devait lo-
ger chez elle, se tiraillait et se tourmentait pour lui
préparer à souper, parce que son mari était absent.
Sur ces entrefaites, arrive Philopœmen, vêtu d'un
pauvre manteau. Convaincue que c'est un des valets
du général qui avait pris les devants, la vieille
femme le pria de l'aider à faire la cuisine ; et Philopœmen, se débarrassant de son manteau, se mit à
fendre du bois. Le mari arriva, et dit à sa vue:
« Qu'est-ce ceci, Philopœmen ? — Rien du tout, si-
« non que je porte la peine de ma mauvaise mine. »

Dès qu'il fut sorti des mains des maîtres, il porta
les armes et prit part aux expéditions des gens

de Mantinée sur le territoire des Lacédémoniens.
Il s'accoutuma à être toujours le premier à l'aller et
le dernier au retour. Quand il était de loisir, en
temps de paix, il endurcissait son corps et le rendait dispos, robuste et léger, à force de chasser continuellement, ou de labourer la terre ; car il avait
un domaine qu'il visitait chaque jour après dîner
ou après souper. La nuit venue, il se jetait sur une
mauvaise paillasse, et reposait comme un de ses
manœuvres. Le matin, au point du jour, il allait
travailler aux vignes ou labourer. Tout le produit
de ses économies, il l'employait à atteler de beaux
chevaux, à faire fabriquer de belles armures, ou à
payer la rançon de ses concitoyens pauvres, faits
prisonniers à la guerre.

Quant à son bien, il s'efforçait de l'entretenir et
de l'accroître par le seul revenu du labourage,
estimant que c'était le moyen le plus juste et le plus
honnête. Il ne s'en occupait pas comme d'un passe-
temps ; il estimait au contraire que tout homme
d'honneur doit travailler à bien administrer son
domaine.

Il ne prenait pas plaisir à toutes sortes de labeurs ;
il choisissait de préférence les ouvrages qui pouvaient servir à son avancement dans la vertu.
D'Homère il lisait seulement les passages propres à
émouvoir le cœur et à exciter les prouesses des
hommes. Il estimait singulièrement les livres re-
latifs à l'art de la guerre. Sans aucune doute,
Philopœmen a été un des hommes qui ont le plus
estimé l'art de la guerre et qui l'ont le plus aimé,
comme le sujet le plus propre à fournir un continuel exercice de vertu.

II

Mort de Philopœmen.

Etant âgé de soixante-dix ans, Philopœmen fut élu pour la huitième fois général de la Ligue achéenne. Il espérait bien passer en paix non seulement l'année de sa charge, mais encore tout le reste de sa vie, sans émotion de nouvelle guerre. Cependant, quelque temps après, le Messénien Dinocrate, animé contre Philopœmen par une haine personnelle, et universellement décrié pour ses mauvaises mœurs, détacha Messène de la Ligue achéenne, et se prépara à occuper le village de Colonis. Philopœmen était alors à Argos, malade de la fièvre; mais, à cette nouvelle, il se mit en route pour Mégalopolis*. Il fit en un jour plus de 400 stades (1).

De là, il marcha au secours de Messène, conduisant avec lui une troupe de jeunes gens, tous riches, nobles et jeunes, attachés à Philopœmen par une vive affection et le suivant volontairement dans cette affaire.

Près de la colline d'Evandre, ils livrèrent bataille à Dinocrate. Mais ils eurent affaire ensuite à cinq cents cavaliers qui avaient la garde du territoire de Messène; les vaincus l'ayant aperçu des remparts, se rallièrent sur les collines environnantes. Philopœmen, craignant d'être cerné et voulant sauver ces jeunes gens qui avaient mis en lui leur confiance, se retira à son tour vers des lieux d'un difficile

---

(1) Mesure itinéraire des Grecs. Le stade le plus usité, celui d'Olympie, était de 600 au degré, c'est-à-dire de 185 mètres.

accès ; se tenant à l'arrière-garde, il se détournait
souvent pour faire face à l'ennemi, le chargeait, et
s'efforçait d'attirer vers lui les coups. Les Messéniens n'osèrent l'attaquer, mais ils couraient à distance autour de lui et le poursuivaient de leurs cris.

Philopœmen, tout entier à son désir de sauver sa
jeune troupe, ne s'aperçut pas qu'il était resté seul
au milieu d'une foule d'ennemis. Personne n'osa se
mesurer directement avec lui ; mais, de loin, les
Messéniens le poursuivaient de leurs traits, et ils le
poussèrent dans un endroit plein de sentiers et de
précipices, où il avait grand'peine à guider son
cheval, même en le poussant à coups d'éperons.

Sa vieillesse, entretenue par un continuel exercice, était encore verte et robuste ; mais, par malheur,
son corps était affaibli par la maladie ; et la longue
course qu'il avait fournie le matin l'avait rendu lourd
et embarrassé. Son cheval ayant buté, il tomba ;
dans la chute, il se heurta violemment la tête, et
demeura longtemps étendu sans bouger ni sans
parler. Ses ennemis, le croyant mort, s'approchèrent
et vinrent retrouver son corps pour le dépouiller.
Mais quand ils le virent lever la tête et ouvrir les
yeux, ils se jetèrent, en grand nombre, sur lui,
lui saisirent les deux mains, les lui lièrent derrière
le dos et l'emmenèrent enchaîné, accablant d'outrages un homme qui n'eût jamais cru devoir redou-
ter, même en songe, un semblable traitement de la
part de Dinocrate.

A la nouvelle de cette capture, les Messéniens,
transportés de joie, coururent en foule aux portes.
Mais quand ils virent Philopœmen indignement lié et
garrotté, au mépris des services et des honneurs
dont sa vie était pleine, ils furent touchés de pitié ;
et beaucoup pleurèrent en considérant la faiblesse

de la nature humaine, la vanité et le néant de toute
grandeur. Peu à peu, des paroles de pitié circulèrent
dans la foule: il fallait se souvenir, disait-on, des
bienfaits passés de Philopœmen, des services qu'il
avait rendus en chassant le tyran Nabis de Messène.

D'autres au contraire, pour faire leur cour à
Dinocrate, parlaient de mettre Philopœmen à la
torture et de le faire mourir, comme un ennemi
dangereux et tout à fait incapable de pardonner
une offense. On le conduisit dans une lieu appelé
le Trésor, caveau souterrain sans air ni lumière,
qui n'avait point de porte, fermé seulement par
une grosse pierre. On y descendit Philopœmen,
on roula la pierre à l'entrée et on mit des hommes
armés tout autour pour le garder.

La nuit venue, Dinocrate fit ouvrir le caveau, y
fit descendre l'exécuteur de haute justice avec un
breuvage de poison, avec ordre de le présenter
à Philopœmen et de ne remonter qu'après qu'il
l'aurait bu. Lorsque l'exécuteur entra, Philopœmen
était couché sur son manteau; il ne dormait pas,
il avait le cœur serré par l'inquiétude et la douleur.
Quand il vit de la lumière et cet homme près de lui,
il se mit sur son séant, mais à grand'peine, car il
était très faible; et, prenant la coupe, il demanda
à l'exécuteur si l'on n'avait pas de nouvelles des
cavaliers messéniens. L'exécuteur répondit que
la plupart avaient échappé. « C'est bien, dit Philopœmen avec un petit signe de tête: nous n'avons
pas été entièrement malheureux. » Puis, sans ajouter
un mot, il but et se recoucha. L'œuvre du poison fut
rapide, car le vieillard était affaibli: il ne tarda pas
à s'éteindre.

Quand le bruit de sa mort se fut répandu, ce fut
dans toutes les villes un abattement et un deuil

général. Les jeunes gens et les magistrats s'as-
semblèrent à Mégalopolis* et décidèrent qu'il fallait
sans retard venger cette mort. Lycordès fut élu
chef de l'expédition. Ils entrèrent dans le pays des
Messéniens, mirent tout à feu et à sang. Les Messéniens, effrayés, se rendirent et reçurent les Achéens
dans leur ville. Dinocrate se fit justice et se tua.
On brûla le corps de Philopœmen, on recueillit ses
cendres dans une urne, puis on partit de Messène,
non en désordre et pêle-mêle, mais suivant une
belle ordonnance et en marche de triomphe.

Les Achéens, couronnés de fleurs en signe de
victoire, versaient des larmes. L'urne sépulcrale
disparaissait sous une quantité de bandelettes et de
guirlandes; elle était portée par les fils du stratège
Polybe*, entouré des plus notables Achéens.

Venaient ensuite les soldats, portant leurs armes,
et montés sur des chevaux richement parés; ils
n'étaient ni exaltés par leur victoire, ni abattus par
leur deuil. Les habitants des villes et des villages
venaient en avant du cortège pour voir et toucher
l'urne qui contenait les restes de Philopœmen,
comme ils avaient coutume de toucher sa main avec
respect quand il revenait d'une expédition, ils l'ac-
compagnèrent jusqu'à Mégalopolis.

A l'entrée dans la ville, les vieillards, les femmes
et les enfants se joignirent à cette foule ; les gémissements de l'armée entière éclatèrent; chacun
regrettait ce grand homme; on pleurait aussi sur
la puissance politique de l'Achaïe qu'on croyait
anéantie avec lui. On fit au héros de magnifiques
funérailles. Les prisonniers messéniens furent la-
pidés autour de son tombeau.

(Vie de Philopœmen, ch. XXXI à XXXVII.)

LEXIQUE

DES NOMS HISTORIQUES ET GÉOGRAPHIQUES

A

ACHILLE. — Héros principal du poème d'Homère, l'*Iliade*. — On le disait fils de Pélée, roi des Myrmidons, et de la nymphe Thétis. Dans l'*Iliade*, Achille est le plus brave, le plus généreux, le plus beau des guerriers grecs.

ACROPOLE D'ATHÈNES. — Rocher escarpé sur leque Cécrops bâtit la citadelle d'Athènes. Le sommet en fut couvert de temples (*Parthénon*, consacré à Athéné, *Erectheum*, *Pandrosium*) et de statues (*Athéné Promachos*). L'Acropole n'était accessible que par un côté; Périclès y fit construire la magnifique avenue des *Propylées*.

AGAMEMNON. — Roi de Mycènes et frère de Ménélas. Chef suprême des Grecs à la guerre de Troie.

AGÉSILAS. — Roi de Sparte (399-361 av. J.-C.) ; conquit une partie de l'Asie-Mineure sur le Grand Roi. Plutarque a écrit sa *Vie*.

AGIS. — Roi de Sparte, qui régna de 425 à 398 av. J.-C.

ALCMAN. — Poète lyrique d'origine lydienne (VIIᵉ siècle av. J.-C.).

ALEXANDRIE. — Ville d'Egypte, fondée par Alexandre en 332 ; elle s'éleva sur l'étroite langue de terre qui sépare le lac Maréotis de la Méditerranée. Sous les Ptolémées, elle fut la capitale de l'Egypte.

AMAZONES. — Femmes guerrières de la légende; originaires du Caucase, établies plus tard en Asie-Mineure. Elles envahirent l'Attique sous le règne de Thésée.

AMMON. — Ammon, ou dieu Soleil, était une divinité asiatique, dont le culte s'établit dans la Grande Oasis, à l'ouest de Memphis. Cette divinité devint célèbre sous le nom grécisé de Jupiter ou Zeus-Ammon. On le représentait avec une tête de bélier.

AMPHIARAÜS. — Héros et devin de la période légendaire.

AMPHISSE. — Ville de la Locrisdo Ozole, était avec Naupacte une des capitales des Locriens.

AMYOT. — Ecrivain français du XVIe siècle (1513-1593). Il traduisit les *Vies des hommes illustres* de Plutarque.

ANAXAGORE. — Illustre philosophe grec né à Clazomène, en Ionie, vers 500 av. J.-C. Il vécut à Athènes pendant une trentaine d'années.

ANNIBAL. — Illustre général carthaginois, le plus redoutable adversaire des Romains (247-181 av. J.-C.). Plutarque a écrit sa *Vie*.

ANTALCIDAS. — Général lacédémonien, conclut avec la Perse le traité de l'an 387 av. J.-C.

ANTIPATER. — Général macédonien, qu'Alexandre laissa comme régent de Macédoine quand il partit pour la conquête de l'Asie.

ANTISTHÈNE. — Philosophe athénien, fondateur de la secte des cyniques. (Fin du Ve siècle av. J.-C.)

APELLES. — Le peintre le plus célèbre de l'antiquité, né à Colophon en Ionie, contemporain d'Alexandre. Sa peinture la plus admirée était une *Vénus Anadyomène* ou Vénus sortant de l'onde.

APOLLON. — Une des grandes divinités des Grecs ; fils de Zeus et de Létô ; frère jumeau d'Artémis. Né à Délos. — C'est le dieu bienfaisant de la lumière, protecteur de la végétation, médecin des âmes, dieu des arts et de la divination. Il conduit le chœur des Muses. — V. DELPHES.

ARACHOSIE. — Province de l'Empire perse, touchant à l'Indus.

ARÉOPAGE. — Tribunal d'Athènes, dont l'origine se perdait dans les temps les plus reculés. C'est devant lui que fut jugé le débat mythologique soulevé entre Poséidon et Athéné. Il fut transformé par Solon.

ARGOS. — Ville du Péloponèse sur les bords du fleuve Inachos. célèbre par son temple de Héra.

ARIADNE. — Fille de Minos et de Pasiphaé.

ARIMAN. — Le principe du mal, selon la religion des anciens Perses. Ariman est opposé à Ormuzd, principe du bien.

ARISTIDE. — Athénien, rival de Thémistocle. Il fut frappé d'ostracisme par le peuple en 483. On l'avait surnommé « *le Juste* ». Il mourut en 468, sans laisser de quoi subvenir aux frais de ses funérailles.

ARISTOPHANE. — Le plus célèbre des poètes comiques grecs; vivait à Athènes, de 444 à 380 av. J.-C.

ARISTOTE. — Célèbre philosophe grec, né à Stagire, ville de Macédoine, en 384 av. J.-C. Il suivit à Athènes les leçons de Platon. Il fut le précepteur d'Alexandre, et mourut en 322, à Chalcis en Eubée. On le regarde avec raison comme un des plus puissants esprits de l'antiquité.

ARTÉMIS. — Fille de Zeus et de Léto, sœur d'Apollon ; divinité de la lumière des nuits, de la chasse, des chants et des danses. A Ephèse, où elle avait un temple, Artémis était honorée plutôt comme la mère universelle des choses.

ATHÉNÈ. — (*Minerve*, de la Mythologie latine.) Elle sortit tout armée du crâne de Zeus. Elle personnifie la force et la prudence, tout ce qui fait la prospérité des Etats ; par suite. la paix, la sagesse, les sciences. Elle était la patronne spéciale d'Athènes et de l'Attique.

ATHÈNES. — Capit. de l'Attique, à 4 kil. environ de la mer, entre le Céphise à l'O., et l'Ilissus à l'E. ; au pied de l'Acropole. Cécrops passait pour avoir été son premier fondateur. Athènes comprenait 3 parties : 1° l'*Acropole*, ou ville haute ; 2° la *ville basse*, entourée de murs par Thémistocle ; 3° les *trois ports*, le Pirée, Munychie et Phalère, reliés à la ville par les *longs murs*. Vers la fin de la guerre du Péloponèse, Athènes comptait 10,000 maisons, et environ 120,000 h.

ATTIQUE. — Un des Etats de la Grèce centrale, offrant la forme d'un triangle dont deux côtés sont baignés par la mer. Elle était séparée de la Béotie par le Cithéron et le Parnès. On y distinguait trois régions : 1° le *Haut-Pays*, au N.-E. ; 2° la *Plaine*, au N.-O. ; 3° le *Littoral*, au S.

B

BABYLONE. — Une des plus illustres cités du monde antique, bâtie sur les deux rives de l'Euphrate. La Bible en attribue la fondation à Nemrod ; la tradition profane à Belus. Elle fut la capitale d'un empire indépendant, de la fin du VII° siècle au milieu du VI° av. l'ère chrétienne.

BACCHUS. — V. Dionysos.

BACTRIANE. — Province de l'Empire perse, touchant au fleuve Oxus, qui la séparait de la Sogdiane ; bornée au S. par la chaîne du Parapamisus.

BARATHRE. — Gouffre profond, en Attique, où l'on jetait les condamnés à mort.

BELUS. — Chef assyrien de l'époque légendaire, auquel on rendit les honneurs divins. Il passait pour le fondateur de Babylone.

BÉOTIE. — District de la Grèce centrale, au centre d'une région montagneuse, entre l'Hélicon à l'O., le Cithéron et le Parnès au S. ; confinait à la Locride des Opuntiens, à l'Attique, à la Mégaride, au golfe de Corinthe et à la Phocide.

C

CALAARIE. — Petite île en face de Trézène.

CAMBYSE. — Roi de Perse, fils et successeur de Cyrus. — (529-522 av. J.-C.)

CARIE. — Province de l'Asie-Mineure ; villes principales, Halicarnasse, Cnide.

CARMANIE. — Province de l'Empire perse ; le Kirman d'aujourd'hui ; touche au détroit d'Ormus.

CARTHAGE. — Grande cité africaine, au fond d'un golfe de la côte N. de l'Afrique, en face de la Sicile. Elle fut fondée par une colonie phénicienne, vers le IXᵉ siècle av. l'ère chrétienne. Elle lutta longtemps contre le monde hellénique, puis contre Rome, pour s'assurer la possession de la Sicile.

CATON L'ANCIEN ou le **CENSEUR**. — Illustre Romain, né à Tusculum en 234 av. J.-C. ; mort en 149. C'est un des types les mieux caractérisés du génie romain. Plutarque a écrit sa *Vie*.

CÉPHISE. — V. ATHÈNES.

CÉRAMIQUE. — Quartier d'Athènes orné de portiques, de temples et de théâtres.

CÉSAR. — L'un des plus grands hommes de l'antiquité. Vainqueur de la Gaule, il devint le maître de la République romaine et prépara la révolution qui devait amener l'Empire. (101-44 av. J.-C.)

CHALDÉE. — Province de la Babylonie, dont le nom sert souvent à désigner la Babylonie tout entière.

CILICIE. — Région de l'Asie-Mineure, bornée par la Méditerranée, le Mont Amanus et le Taurus. La partie N., dans laquelle se ramifie le Taurus, s'appelait la *Cilicie âpre* ; la région voisine de la mer, la *Cilicie plate* ou *Cilicie propre*. La Cilicie était la clef de la possession des côtes de Syrie.

CLÉOMBROTE. — Roi de Sparte (390 à 371 av. J.-C.).

CLITUS. — Général macédonien, ami d'Alexandre ; lui sauva la vie au passage du Granique. Il fut plus tard tué par Alexandre, dans un accès de folie, causé par l'ivresse, en 328.

CODRUS. — Roi d'Athènes, au XIIᵉ siècle av. J.-C. Il se dévoua dans une guerre contre les Héraclides, et par sa mort assura la victoire aux Athéniens. Par respect pour sa mémoire, les Athéniens abolirent la royauté et remplacèrent les rois par des archontes.

8***

COLIADE. — Cap sur la côte O. de l'Attique, à 20 stades (3.700 m.) au S. de Phalère.

CORINTHE. — Ville située sur l'isthme qui réunit le Péloponèse à la Hellade, au pied de l'Acrocorinthe, qui lui servait de citadelle. Corinthe avait un port sur chacune des deux mers que l'isthme sépare, le *Cenchrée* à l'E. et le *Léchée* à l'O.

CORONÉE. — Ville de Béotie, près de l'embouchure du Céphise dans le lac Copaïs. Victoire d'Agésilas sur les Athéniens, les Thébains, les Argiens et les Corinthiens (393 av. J.-C.).

CRATINUS. — Célèbre poète comique athénien (519-422 av. J.-C).

CRÉSUS. — Roi de Lydie, célèbre par son faste inouï ; régna de 560 à 584. Il fut vaincu et détrôné par Cyrus.

CRÈTE, — Une des plus grandes îles de la Méditerranée ; auj. Candie ; célèbre dès la plus haute antiquité par ses richesses et le chiffre de sa population. Homère parle de ses cent villes.

CYCLADES. — Groupe d'îles dans la mer Égée, ainsi nommées à cause de leur disposition en cercle (κύκλος), autour de Délos, la principale d'entre elles.

CYDNUS. — Riv. de la Cilicie *plate*, qui sort du Taurus et arrose Tarse ; elle était renommée pour la fraîcheur de ses eaux.

CYRUS. — Fondateur de l'empire des Perses ; régna de 559 à 529 av. J.-C.

CYTHÈRE. — Ile de la mer de Crète consacrée à Aphrodite. Cette déesse y avait un temple célèbre dans le monde hellénique.

CYZIQUE. — Ville de la Mysie (Asie-Mineure).

D

DAMAS. — Grande cité de l'Asie occidentale, dans la Cœlé-Syrie, au pied de l'Anti-Liban, sur une des grandes voies commerciales de l'Asie. Damas fut longtemps la capit. d'un royaume de Syrie, avant d'être soumise par les Assyriens, les Babyloniens et les Perses.

DANTE ALIGHIERI. — Célèbre poète italien, né à Florence (1265-1321). Son ouvrage le plus fameux est son épopée de la *Divine Comédie*, divisée en 3 parties : l'*Enfer*, le *Purgatoire*, le *Paradis*.

DARIUS. — 1° Fils d'Hystaspe, roi de Perse (521-485 av. J.-C.). C'est sous son règne qu'eut lieu la première guerre Médique.

2° Dernier roi de Perse (336-331 av. J.-C.), surnommé Codoman. Il fut détrôné par Alexandre, et assassiné dans sa fuite en Parthie par Bessus, satrape de la Bactriane.

DÉLOS. — La plus petite des Cyclades. (V. CYCLADES) C'est à Délos que fut déposé le trésor commun de la Grèce pour subvenir aux frais de la guerre contre les Perses.

DELPHES. — Petite ville de Phocide, célèbre par son temple et son oracle d'Apollon. La prêtresse, appelée Pythie, rendait ses sentences sur un trépied au-dessus de l'ouverture par laquelle s'échappaient de terre des exhalaisons enivrantes. — V. APOLLON.

DÉMADE. — Orateur athénien, contemporain d'Alexandre.

DEMARATUS. — Roi de Sparte (510-491 av. J.-C.).

DÉMÉTER. — Déesse de la terre, fille de Rhéa et sœur de Zeus.

DIONYSOS. — Le plus jeune des dieux, fils de Zeus et de Sémélé. Il personnifiait d'abord la végétation en général, puis plus particulièrement la vigne. — En Asie, il était représenté comme le dieu du plaisir, présidant aux fêtes licencieuses appelées *orgies*.

DRACON. — Archonte athénien, qui donna des lois à sa patrie (624 av. J.-C.). Ses lois se distinguèrent par la rigueur excessive des pénalités.

DRANGIANE. — Région de l'Empire perse, entre la Gédrosie, la Carmanie, l'Arachosie et l'Asie. Les Drangiens passaient pour une population très belliqueuse.

E

EGINE. — Ile du golfe Saronique, entre l'Attique et l'Argolide. Les Athéniens en prirent possession en 429 av. J.-C.

EGINÈTE. — Habitant de l'île d'Egine.

ELATÉE. — Ville de Phocide dans le voisinage de la Béotie.

ELECTRE. — Fille d'Agamemnon et de Clytemnestre, sœur d'Oreste ; héroïne d'une des tragédies d'Euripide.

ELEUSIS. — Ville de l'Attique, près des frontières de la Mégaride ; célèbre par son temple de Démèter et par ses mystères : grandes fêtes religieuses.

ÉPAMINONDAS. — Homme d'Etat et général thébain. Vainqueur, à Leuctres, des Spartiates (371), il assura, sa vie durant, la suprématie de Thèbes. — Plutarque a écrit sa *Vie*.

ÉPHÈSE. — La plus importante des villes Ioniennes de l'Asie-Mineure. Son temple d'Artémis, bâti au VIᵉ siècle av. J.-C , fut incendié par Hérostrate, la nuit même de la naissance d'Alexandre. Il fut reconstruit dans des proportions grandioses, qui en faisaient une des merveilles du monde hellénique.

ÉPHESTION. — Officier favori d'Alexandre ; il épousa une des filles de Darius et mourut à Ecbatane, en 324 av. J.-C. Alexandre lui fit faire des funérailles royales et rendre les honneurs divins.

ÉPHIALTE. — Homme d'Etat athénien, contemporain de Périclès.

ÉPIDAURE. — Ville d'Argolide, sur le golfe Saronique ; célèbre par son temple d'Esculape.

ESCHYLE. — Un des trois grands poètes tragiques de la Grèce. Il combattit à Marathon, à Salamine et à Platées. Sa pièce des *Perses* est une glorification du rôle d'Athènes dans les guerres Médiques.

ÉSOPE. — Fabuliste grec, que l'on croit avoir été originaire de Phrygie et contemporain de Solon.

ÉRECHTHÉE. — C'est le nom de deux des plus anciens rois d'Athènes. La tradition attribuait au premier l'introduction du culte d'Athéné, et la fête des Panathénées. Il fut adoré comme un dieu après sa mort, et un temple, l'Erectheum, lui fut consacré sur l'Acropole.

EUBÉE. — Aujourd'hui Négrepont ; la plus grande des îles de la mer Egée.

EUPATRIDES. — Nom donné, en Attique, avant Solon, à la classe des habitants de la plaine, qui avaient refoulé sur les hauteurs les anciens habitants pour prendre leur place. C'était une classe noble.

EUPHRATE. — Grand fleuve d'Asie, formé de deux cours d'eau, le Phrat et le Mourad, qui prennent naissance dans les montagnes d'Arménie. Il arrose la plaine de la Babylonie, et se réunit au Tigre, pour former le Chat-el-Arab. Il se jette dans le golfe Persique par cinq embouchures.

EURIPIDE. — Un des trois grands poètes tragiques de la Grèce, né à Salamine en 480, mort en 406.

EUROTAS. — Rivière de Laconie, qui arrosait Sparte. Son cours était ombragé de lauriers-roses.

G

GERESTE. — Ville de l'Eubée.

GORDIUM. — Ancienne capitale de la Phrygie et résidence des anciens rois de la dynastie de Gordius, père de Midas.

GRANIQUE. — Petite rivière de Mysie (Asie-Mineure), célèbre par la victoire d'Alexandre, en 334 av. J.-C.

H

HÉCATOMPYLES. — Cap. des Parthes, à l'E. des Portes Caspiennes.

HÉLICON. — Célèbre chaîne de montagnes en Béotie, consacrée à Apollon et aux Muses.

HELLESPONT. — Aujourd'hui Détroit des Dardanelles.

HÉRACLÈS. — Héraclès est le type du héros grec, c'est-à-dire de ces hommes primitifs, supérieurs en force, en beauté, en courage aux hommes venus plus tard. C'est le seul des héros qui ait mérité de monter au ciel pour y prendre rang de dieu. Fils de Zeus et d'Alcmène, il est condamné, par la jalousie d'Héra, à subir douze épreuves périlleuses, d'où il sort vainqueur ; ce sont les *douze travaux d'Hercule*.

HERMÈS. — (Le *Mercure* des Romains.) Fils de Zeus et de Maia. Héraut des dieux, il représente et protège tous les arts qui demandent de l'habileté, de la prudence, de la ruse : l'éloquence, la musique, le commerce, les jeux.

HERMIONE. — Petite ville d'Argolide, à l'extrémité d'un promontoire de la côte orientale.

HÉRODOTE. — Historien grec, appelé communément le *père de l'histoire*. Vivait au v° siècle av. J.-C. Son œuvre historique a pour sujet la lutte de la Grèce contre le monde barbare, et, par occasion, l'histoire de tous les pays engagés dans ces grands événements.

HÉSIODE. — Poète grec, que l'on regarde comme le contemporain d'Homère. Ses deux œuvres principales sont la *Théogonie* et les *Œuvres et Jours.*

HOMÈRE. — Grand poète épique de la Grèce dont on place l'existence vers le IX° siècle av. J.-C. Ses poèmes, l'*Iliade* et l'*Odyssée*, sont la source de toute la littérature grecque.

HYMETTE. — Mont de l'Attique, célèbre par son marbre et son miel.

HYPERBOLUS. — Démagogue athénien, objet de mépris ; contemporain de la guerre du Péloponèse.

HYPHASE. — Rivière de l'Inde, affluent de l'Acésinès, dans le Pendjab. L'Acésinès est aujourd'hui le Tchenab, et l'Hyphase, le Ghorra.

HYRCANIE. — Province de l'Empire perse, sur les côtes S. et S.-E. de la Caspienne.

I

IBÉRIE. — Nom donné par les Grecs à l'Espagne.

ILISSUS. — V. ATHÈNES.

ILIUM. — L'antique Troie, sur une petite élévation dans la plaine au pied du mont Ida, au N.-O. de la Mysie, en Asie-Mineure.

INDE. — Nom sous lequel les Grecs et les Romains désignaient tout le S.-E. de l'Asie.

L

LACÉDÉMONE. — V. Sparte.

LACONIE. — Contrée du Péloponèse, comprise entre l'Argolide, l'Arcadie, la Messénie et la mer. Elle avait Sparte pour capitale.

LAURIUM. — Montagne de l'Attique, au N. du cap Sunium, célèbre pour ses mines d'argent.

LÉONIDAS. — Roi de Sparte, qui s'immortalisa par la défense des Thermopyles (480).

LEUCTRES. — Ville de Béotie, célèbre par la victoire d'Epaminondas (317 av. J.-C.).

LIBYE. — Nom donné par les Grecs à l'Afrique en général.

LYCABETTE. — Mont. de l'Attique, se rattachant à la chaîne du Pentélique.

LYDIE. — Province d'Asie-Mineure, sur les bords de la mer Egée.

LYSANDRE. — Général lacédémonien, vainqueur des Athéniens à la bataille navale d'Ægos-Potamos (405) ; prit Athènes et y établit les trente Tyrans. Il périt dans un combat contre Thèbes en 394.

LYSIPPE. — Un des grands sculpteurs de la Grèce, contemporain d'Alexandre. Il était né à Sicyone.

M

MAGNÉSIE. — Ville de la Lydie, sur un affluent du Méandre.

MANTINÉE. — Ville de l'Arcadie, célèbre par plusieurs batailles en 418, 363 296, et 206 av. J.-C.

MARATHON. — Village et plaine du N. de l'Attique, dans laquelle se livra, en 490, la célèbre bataille qui sauva la Grèce de l'invasion des Perses.

MÉDÉE. — Magicienne, fille d'Æctès, roi de Colchide (pays de l'Asie, entre le Caucase, l'Arménie et le Pont-Euxin). Après avoir aidé Jason à conquérir la Toison d'or, Médée suivit le jeune héros en Grèce ; elle se vit préférer plus tard une rivale, se vengea en tuant les deux enfants qu'elle avait eus de Jason, et s'enfuit sur un dragon ailé. Elle se réfugia à Athènes, où elle épousa Égée.

MÉGALOPOLIS. — Ville de l'Arcadie fondée en 370 av. J.-C., sur les conseils d'Epaminondas ; devint la capitale du pays.

MÉGARE. — Capit. de la Mégaride, district de la Grèce compris entre la Béotie, l'Attique et le territoire de Corinthe.

MILET. — Une des plus opulentes villes de l'Ionie, célèbre par ses fabriques de drap.

MILTIADE. — Général athénien, qui remporta sur les Perses la victoire de Marathon (490.).

MINOS — Fils de Zeus et d'Europa, et législateur de la Crète. C'est de son petit-fils, Minos, qu'il est question dans la *Vie* de Thésée. Il épousa Pasiphaé, dont il eut Androgéos.

MOLOSSES. — Peuple d'Epire. La capitale de la Molossie était Ambracie.

MONTAIGNE. — Ecrivain français du XVIᵉ siècle (1533-1592). Il doit sa célébrité à son ouvrage les *Essais*.

MUSES. — Filles de Zeus et de Mnémosyne (*Mémoire*). Elles étaient au nombre de neuf, et présidaient, dans la croyance hellénique, aux diverses œuvres de la poésie et des arts. — V. APOLLON.

MYCALE. — Montagne de l'Ionie, en Asie-Mineure, en vue de laquelle les Grecs détruisirent la flotte perse le jour même de la victoire de Platées (479 av. J.-C.).

N

NÉARQUE. — Officier d'Alexandre, qui conduisit la flotte macédonienne des bouches de l'Indus à l'embouchure de l'Euphrate (326-325 av. J.-C.).

NICIAS. — Général athénien qui dirigea l'expédition de Sicile en 415. Plutarque a écrit sa *Vie*.

O

OLYMPIAS. — Mère d'Alexandre.

OLYMPIQUES (JEUX). — Jeux célébrés, dès les premiers temps de la Grèce, en l'honneur de Jupiter, dans la plaine d'Olympie, en Elide. Il y avait un intervalle de 4 ans entre la célébration des Jeux ; cette période s'appelait une Olympiade.

ORCHOMÈNE. — Ville de Béotie.

OROPUS. — Ville sur la frontière de la Béotie et de l'Attique.

ORTHIA. — Surnom donné, à Sparte, à Artémis. C'est devant son autel que les jeunes Spartiates subissaient la flagellation.

P

PALLAS. — Surnom d'Athéné.

PAN. — Dieu des troupeaux et des bergers, inventeur de la flûte. Il se plaisait, croyait-on, à parcourir les montagnes et les vallées de l'Arcadie, apparaissant parfois subitement aux voyageurs qu'il frappait d'une terreur *panique*.

PARIS. — Fils de Priam, roi de Troie. Il enleva Hélène, femme de Ménélas. Cet événement fut la cause de la guerre de Troie. Pâris personnifie, dans la poésie grecque, l'élégance efféminée et la mollesse.

PARMÉNIDE. — Philosophe grec, né à Elée, en Italie, vers 513 av. J.-C.

PARMÉNION. — Général Macédonien. Il suivit Alexandre en Asie ; impliqué dans un complot contre la vie du roi, il fut mis à mort en 330, sur l'ordre d'Alexandre.

PARTHÉNION. — Montagne sur les frontières de l'Argolide et de l'Arcadie.

PARTHIE. — Contrée de l'Asie au S. de la Caspienne, entre la Carmanie au S., la Médie à l'O.

290 LEXIQUE.

PAUSANIAS. — Macédonien qui assassina Philippe, roi de Macédoine, dans une fête célébrée à Æges, en 336 av. J.-C.

PÉLOPONÈSE. — (*Ile de Pélops*), auj. Morée, partie péninsulaire de la Grèce, rattachée à la Hellade par l'isthme de Corinthe. (V. PÉLOPS.)

PÉLOPS. — Petit-fils de Zeus et fils de Tantale, roi de Lydie. Mis en morceaux par son père, pour être servi en festin aux dieux, il fut rappelé à la vie par Jupiter, passa en Élide, épousa la fille d'Ænomaüs, qu'il avait vaincu à la course des chars, et régna sur la plus grande partie de la presqu'île, qui a gardé son nom (*Péloponèse*). Il eut pour fils Atrée, Thyeste, Pithée et Trœzen.

PERDICCAS. — Un des généraux les plus célèbres d'Alexandre. C'est à lui qu'Alexandre mourant remit son anneau.

PERSÉPOLIS. — Capitale de la Perse et de l'Empire perse, située au cœur de la Perse, dans la *Perse creuse*, dans la vallée de l'Araxe. Elle partageait avec Pasargade l'honneur de servir de sépulture aux rois. Elle fut incendiée lors de la conquête macédonienne (331). Ses ruines sont aujourd'hui encore importantes.

PHALÈRE. — Le plus oriental des ports d'Athènes. (V. ATHÈNES.)

PHARNABAZE. — Satrape perse de Phrygie (411 à 394 av. J.-C.).

PHILOPŒMEN. — Un des derniers grands hommes de la Grèce à son déclin. Né à Mégalopolis, en Arcadie, il fut huit fois général de la Ligue Achéenne ; fait prisonnier par les Messéniens, il fut condamné à boire du poison. (183 av. J.-C.)

PHOCÉE. — Ville ionienne de la Côte d'Asie.

PHRYGIE. — Contrée de l'Asie-Mineure.

PIRÉE. — V. ATHÈNES.

PISISTRATE. — Athénien qui usurpa plusieurs fois le pouvoir et qui gouverna Athènes avec fermeté. Il mourut en 527 av. J.-C.

PLATÉES. — Ville de Béotie, célèbre par la victoire remportée en 479 par les Grecs sur le général perse Mardonius.

PLATON. — Célèbre philosophe grec, né à Athènes en 429, mort en 347. Disciple de Socrate, il a fixé dans ses *Dialogues* la doctrine de son maître.

PLUTUS. — Dieu de la richesse. On disait que Jupiter l'avait privé de la vue, pour qu'il distribuât ses dons au hasard.

POLYBE. — Illustre historien grec, né à Mégalopolis vers 210, mort vers 112 av. J.-C. Il vécut longtemps à Rome et il écrivit l'*Histoire générale* de son temps.

POMPÉE. — Général romain, qui crut pouvoir balancer la fortune de César ; la bataille de Pharsale décida entre les deux rivaux (48 av. J.-C.).

PONT (royaume de). — Situé en Asie-Mineure, le long de la côte du Pont-Euxin, à l'E. du fleuve Halys.

POSÉIDON. — (*Neptune* de la mythologie latine.) Frère de Zeus et dieu des mers. Il habite, au fond des mers, des demeures brillantes, éternelles ; il court à la surface des flots, sur son char traîné par des chevaux aux pieds d'airain. Il porte en main le trident. Le cheval, emblème du mouvement rapide des flots, était consacré à Poséidon.

POTIDÉE. — Ville de Macédoine, sur l'isthme de la presqu'île de Pallène, colonie des Corinthiens ; prise par Philippe, roi de Macédoine, en 356 av. J.-C.

PROTIS. — Chef de la colonie phocéenne qui fonda Marseille, vers l'an 600 av. J.-C.

PYRRHUS. — Roi d'Epire, qui lutta contre la Macédoine, contre Rome, et qui termina son règne par une expédition contre Sparte et Argos. Il fut tué en occupant cette dernière ville (318-272 av. J.-C.).

PYTHIE. — V. Delphes.

R

ROUSSEAU (Jean-Jacques). — Célèbre écrivain français du XVIIIᵉ siècle (1712-1778). Ses principaux ouvrages sont l'*Emile* ou de l'*Education*, et le *Contrat social*.

S

SALAMINE. — Ile du golfe Saronique, entre l'Attique et la Mégaride, longtemps disputée entre Mégare et Athènes. C'est dans ses eaux que les Grecs remportèrent l'immortelle victoire du 23 sept. 480 av. J.-C.

SAMOS. — Une des îles les plus importantes de la mer Egée, sur la côte d'Ionie.

SARONIQUE (Golfe). — S'ouvrait entre l'Attique et l'Argolide.

SÉNÈQUE. — Célèbre philosophe romain, de la secte stoïcienne. Né à Cordoue, il fut le tuteur et plus tard le conseiller de Néron. Tombé en disgrâce, il se donna la mort sur l'ordre de l'empereur (55 ap. J.-C.).

SÉRAPIS. — Divinité égyptienne, dont les attributions sont incertaines.

SÉRIPHE. — Une des Cyclades.

SIMONIDE. — Un des plus célèbres poètes lyriques grecs, né dans l'île de Céos, l'une des Cyclades, au VIe siècle av. J.-C. La Fontaine lui a consacré une de ses fables (I, 14).

SOGDIANE. — Province de l'Empire perse, entre la Scythie et la Bactriane, et confinant aux déserts actuels du Turkestan.

SPARTE ou **LACÉDÉMONE**. — Capit. de la Laconie, sur l'Eurotas, au centre d'une plaine bornée par le mont Menelaion et le Taygète. Homère l'appelait la « creuse Lacédémone ». Elle n'eut jamais de remparts.

SUNIUM. — Promontoire formant l'extrémité S. de l'Attique.

SUSE. — Une des résidences principales des rois de Perse, sur le fleuve Choaspes, dans la province de Susiane, entre la Babylonie et la Perse.

SYRACUSE. — La ville la plus importante de la Sicile, dans l'antiquité ; sur la côte orientale de l'île. Elle fut assiégée par les Athéniens en 413. C'est sous ses murs que vint échouer la grande expédition préparée par les Athéniens pour la possession de la Sicile.

SYRIE. — Contrée de l'Asie Occidentale, située le long de la côte de la Méditerranée, entre l'Asie-Mineure et l'Egypte.

T

TAIGÈTE. — Montagne de Laconie.

TÉGÉE. — Ville d'Arcadie.

TERPANDRE. — Poète lyrique qui vécut à Lesbos, au VIIe s. av. J.-C.

THALÈS. — Né à Milet, en Ionie, vers 640 av. J.-C., l'un des sept sages de la Grèce. Le premier, il s'appliqua à l'étude des lois de la nature, à la géométrie et à l'astronomie.

THÉBAINS. — V. THÈBES.

THÈBES. — Cap. de la Béotie. Son acropole, la *Cadmée*, avait été fondée, croyait-on, par Cadmus. Thèbes eut son heure de gloire dans l'histoire grecque, après avoir détruit l'hégémonie lacédémonienne, à la bat. de Leuctres (371).

THÉMISTOCLE. — Célèbre Athénien, fils de Néoclès et d'une femme thrace, né en 514 av. J.-C. Il sauva la Grèce à Salamine, en 480. Banni en 471, il se réfugia à Argos, puis, en 465, à la cour du roi Artaxercès ; il mourut dans l'exil, en 449, âgé de 65 ans. Plutarque a écrit la *Vie* de Thémistocle.

THÉOPHRASTE. — Philosophe grec du IIIe siècle av. J.-C. Disciple favori d'Aristote, il est connu surtout par ses *Caractères.*

THERMOPYLES. — Défilé célèbre par la défense de Léonidas. Il fermait le passage de Thessalie en Locride, entre le mont Æta et les marais du fond du golfe Maliaque.

THESPIES. — Ville de Béotie, au pied de l'Hélicon.

THRACE. — Région située au N. de la Grèce proprement dite ; ses frontières étaient mal définies. Dans sa plus grande extension, elle allait de la mer Egée au Danube.

THUCYDIDE. — Le plus illustre des historiens grecs avec Hérodote, a écrit l'histoire de la *Guerre de Péloponèse* (471-401 av. J.-C.).

9*

TIMÉE. — Historien grec, né à Tauroménium en Sicile ; écrivit une histoire de la Sicile (352-256 av. J.-C.).

TIMON. — Athénien qui vivait à l'époque de la guerre du Péloponèse ; déçu dans ses affections, il faisait profession de misanthropie.

TISSAPHERNE. — Satrape de l'Asie-Mineure, de 414 à 395 av. J.-C.

TRÉZÈNE. — Ville du Péloponèse, dans l'Argolide, en regard des côtes de l'Attique.

TURENNE (Henri de la Tour d'Auvergne, vicomte de).— Un des plus grands hommes de guerre de la France ; sa carrière militaire s'ouvrit en 1630, sous Louis XIII, et se ferma en 1675, sous Louis XIV, à Salzbach, au moment où il avait tout préparé pour remporter la victoire sur le général des Impériaux, Montecuculli. Il fut tué d'un boulet de canon.

TYRTÉE. — Poète guerrier, dont les chants assurèrent la victoire aux Spartiates dans la 2e guerre de Messénie (VIIe s. av. J.-C.).

V

VIRGILE. — Célèbre poète latin (69-19 av. J.-C.). Il a écrit les *Bucoliques*, les *Géorgiques*, l'*Énéide*.

X

XÉNOCRATE. — Un des premiers disciples de Platon.

XÉNOPHON. — Célèbre historien grec, né vers 455, mort en 355 av. J.-C. Il conduisit la célèbre expédition des Dix Mille.

XERCÈS. — Roi de Perse (485-465 av. J.-C.), fils de Darius. C'est sous son règne qu'eut lieu la seconde guerre Médique.

Z

ZÉNON. — Philosophe grec, né à Elée, en Italie, vers 488 av. J.-C., résida quelque temps à Athènes.

ZEUS (*Jupiter* de la mythologie latine). — Le plus grand des dieux de l'Olympe, fils de Chronos (Saturne) et de Rhéa. Il est le père des dieux et des hommes ; le Destin lui-même lui est soumis ; il habite le sommet de l'Olympe. On l'honorait surtout à Olympie en Élide et à Dodone, dans la Thesprotide, au milieu d'une forêt de chênes.

ZEUXIS. — Célèbre peintre grec, né à Héraclée ; vivait à la fin du Vᵉ siècle.

TABLE DES MATIÈRES

———

TABLE DES GRAVURES

ET DES CARTES

———

———

POITIERS. — IMPRIMERIE OUDIN ET Cie.